AVEC TOUTE MA COLÈRE

Du même auteur

Aux éditions Robert Laffont

La Lionne du Boulevard, 1984.
Un homme fatal, 1987.
L'Absent, 1991.
Fanny Stevenson, 1993.
Artemisia, 1998.
Le Salon des petites vertus, 2000.
Le Voleur d'éternité, 2004.

Aux éditions Arthaud

En collaboration avec Christel Mouchard
Elles ont conquis le monde. Les grandes aventurières, 1850-1950, 2007.

Aux éditions Plon

Tout l'honneur des hommes, 2008.
L'Excessive, 2010.

Aux éditions Flammarion

Je te vois reine des quatre parties du monde, 2013.
Moura, la mémoire incendiée, 2016.

Retrouvez l'actualité de l'auteur sur
www.alexandralapierre.com

Alexandra Lapierre

AVEC TOUTE MA COLÈRE

Mère et Fille : le duel à mort
Maud et Nancy Cunard

Roman

Flammarion

ISBN : 978-2-0813-3283-6

À toutes mes amies chéries
qui ont eu des mères… compliquées.
Et à nos filles !

« Nancy Cunard, à notre grande surprise, était présente à ce déjeuner. Je crois que Nancy, dont la vie entière n'a été qu'une violente révolte contre sa mère, finira par lui ressembler trait pour trait.

N'était-ce pas Oscar Wilde qui disait : "Toutes les femmes finissent par ressembler à leur mère, et c'est là leur tragédie" ? »

Alfred Duff Cooper,
ambassadeur d'Angleterre en France,
Diaries, 31 mai 1945

Au lecteur

Maud et Nancy ont bien existé. Si Nancy Cunard compte de nombreux biographes et reste très connue de la postérité pour la justesse de ses combats, la vie de son grand adversaire, sa mère, n'a pas été racontée dans tous ses méandres, ses paradoxes et sa splendeur. Le portrait que Nancy a laissé de Maud, celui d'une mondaine frivole, antipathique et sans intérêt, continue de lui coller à la peau.

Toutes deux furent pourtant de grandes dames aux incroyables destins. Deux lutteuses qui auraient pu s'aimer mais ne cessèrent de se manquer, tels deux amants dont les élans ne coïncident jamais.

La longue suite de leurs déceptions sentimentales aboutit à la contestation réciproque de leurs existences : refus de se reconnaître l'une dans l'autre, qui devait conduire à leur destruction. Comme le cavalier blanc et le cavalier noir des légendes, la mère et la fille s'affrontèrent dans un duel à mort, sans comprendre que chacune ne s'attaquait qu'à elle-même.

Au terme de leur guerre, il ne pouvait y avoir ni vaincu ni vainqueur.

Avec toute ma colère est, bien sûr, une œuvre d'imagination. J'ai construit mon roman comme les actes d'un procès, reprenant les accusations dont les deux femmes se bombardèrent en public. Au fil des ans, elles en appelèrent au jugement moral de leurs contemporains, qu'elles érigèrent en arbitres.

Chaque fois que je l'ai pu, j'ai reproduit leurs propres paroles dans mes dialogues et mes interrogatoires. Et je me suis systématiquement appuyée sur les écrits des témoins de leurs deux causes, dont le lecteur trouvera une bibliographie succincte à la fin de ce livre.

A.L.

Recto : Maud

Photographiée par Cecil Beaton, circa 1945

Verso : Nancy

Photographiée par Man Ray en 1926

Livre premier

L'AFFAIRE CUNARD

1

La rencontre

Paris, 2004-2006.

Imbécile. Absurde. Totalement irrationnelle. Complètement irresponsable.

De cette litanie d'adjectifs, de ce déferlement d'adverbes, je fustige ma conduite. Comment puis-je agir avec une telle inconscience ? À quelques heures d'un départ ? Alors que je m'envole pour une enquête sur les traces du fils de l'imam de Tchétchénie – un voyage compliqué, que je prépare avec passion depuis plusieurs mois –, alors que je dois me trouver à Roissy dans la queue d'un embarquement pour le Caucase en fin d'après-midi, je me rue à l'aube dans le métro, file chercher ma voiture à l'autre bout de Paris, sors en trombe du parking, et fonce sur l'autoroute en kamikaze. Et toute cette agitation, pour quoi ? Visiter une improbable maison de campagne, quelque part en Normandie.

Quand je m'interroge sur l'urgence d'atteindre une destination aussi proche – moins de cent kilomètres : une promenade de santé, qui pourrait très bien attendre mon retour –, la réponse fuse : je dois retrouver *la maison.*

Aujourd'hui. Maintenant. Tout de suite. Avant de partir au bout du monde, en ce matin de mai 2006… Pas n'importe quelle maison, bien sûr. Celle qu'avait habitée, entre 1927 et 1948, l'héroïne d'un livre que j'avais décidé de ne pas écrire.

Cette femme, je l'avais rencontrée deux ans plus tôt – virtuellement rencontrée, car elle est morte en 1965 – et sa liberté m'avait obsédée tout ce temps, jusqu'à tourner à la fascination. Une femme sans contraintes ni limites. Sans entraves sociales, sans entraves intellectuelles, sans entraves sexuelles.

*
* *

Notre aventure avait commencé une nuit de printemps, sous le signe de la littérature et de l'alcool, comme toutes les aventures avec elle. Lors du lancement d'un livre, un monsieur ivre que je n'avais jamais vu et dont je ne connais toujours pas le nom, sifflait des bouteilles de champagne au buffet.

— Voulez-vous que je vous dise ? clamait-il avec de grands gestes, renversant sa coupe sur ma robe… Vous, Alexandra… Vous… vous devriez écrire l'histoire de Nancy Cunard !

Surprise par l'intimité du conseil et l'assurance du ton, j'avais choisi d'en rire :

— Bravo, ironisai-je. Enfin une idée géniale !

Nancy Cunard ? Le nom m'évoquait vaguement une égérie des Années folles, dont je reliais la silhouette aux photos de Man Ray. Elle suscitait aussi d'autres images :

l'affiche publicitaire d'un paquebot de la Cunard Line… Montparnasse, La Coupole, les surréalistes, Aragon ? Rien de précis.

— … Pourquoi *Nancy Cunard* ?

— Parce qu'elle détestait sa mère.

— C'est un peu court.

— Excepté que la mère était encore plus belle et plus intéressante que la fille : les deux femmes se sont battues à mort.

Le champagne coulait à flots dans mon décolleté : je battis en retraite, loin des bouteilles et des élucubrations.

Mon ivrogne anonyme me poursuivit.

— Je vous les donne, les deux *Cunardes*, lança-t-il dans la foule. Elles sont faites pour vous. Si vous deviez trop les aimer, elles vous en feront voir de toutes les couleurs !

« Nancy Cunard » : le nom resta fiché dans ma mémoire.

Je me surpris la nuit même à relire les poèmes d'Aragon que Nancy Cunard lui avait inspirés, à continuer au matin avec les romans d'Huxley, à poursuivre le soir avec l'autobiographie de Neruda : trois écrivains dont je savais désormais qu'elle avait été la maîtresse.

Je me présentai les mois suivants à l'ouverture de la Bibliothèque nationale. J'y trouvai les livres écrits ou publiés par Nancy Cunard, ainsi que sa biographie par une universitaire américaine, Anne Chisholm. L'ouvrage était de grande qualité : il retraçait sa vie, presque heure par heure, pendant soixante ans.

Le personnage valait le détour, en effet.

Sa beauté, ses audaces, son goût pour l'excès, son appétit pour les hommes et pour les femmes avaient provoqué une multitude de scandales qui éclatèrent à Londres, à New York et à Paris pendant l'entre-deux-guerres.

Ses engagements au service de l'égalité raciale, de la justice et de la liberté achevèrent de la transformer, aux yeux d'un certain milieu, en une dangereuse excentrique.

Aux yeux des autres, elle portait en elle ce qui restait de l'honneur de l'humanité.

*

Mais à sa biographie universitaire de 1979, aux nombreuses biographies qui allaient suivre, aux essais, aux romans, aux pièces de théâtre, aux expositions, que pouvais-je ajouter ?

D'instinct, j'étais plutôt touchée par les aventuriers de l'ombre dont les exploits m'émerveillaient, et dont la disparition dans les oubliettes de l'Histoire suscitait en moi colère et révolte. Rendre justice à ces héros, que la postérité avait perdus en effaçant leurs traces ; ressusciter leur mémoire par l'étude des textes inédits et des fonds d'archives inexploités ; redonner vie à ces grands destins trahis : telle restait mon obsession.

Or le destin de la flamboyante Miss Cunard n'appartenait pas à cette catégorie-là. En pleine lumière, de tout temps. Sous le feu des projecteurs. Même *post mortem*.

Pour moi, le sujet était clos. J'abandonnai. Je n'écrirais rien sur Nancy Cunard.

*

Elle ne me lâchait pas, cependant. Je reconnaissais sa démarche dans le chaloupé d'une passante. Je continuais de lire les auteurs qu'elle avait inspirés, de rêver aux amis qu'elle avait aimés, aux hommes qu'elle avait détruits, aux causes qu'elle avait défendues. Cahin-caha, sans même m'en apercevoir, je poursuivais mes recherches.

Manifestement, Nancy Cunard me tenait par quelque chose d'essentiel, que je ne parvenais pas à saisir.

Au fil de mon enquête, le caractère de sa mère, Lady Maud Cunard, ne laissait pas de m'intéresser. Elle n'était en rien cette femme conventionnelle qu'avait décrite Nancy. Par certains côtés, elle m'évoquait ma propre mère. Elle avait son sens esthétique, son charme, son enthousiasme. La ressemblance s'arrêtait là. Mais le conflit entre les deux Cunard, les blessures qu'elles s'étaient infligées l'une à l'autre, réveillaient en moi le souvenir de déchirements similaires.

Maud et Nancy avaient choisi la guerre.

La brouille, pour vivre debout. La rupture, pour aller jusqu'au bout.

Ayant, quant à moi, le goût du bonheur, j'avais fait le chemin inverse et préféré la conciliation à tout prix. Le danger de m'attaquer à la fureur de ces deux femmes m'apparaissait toutefois très clairement. Qui sait où leur colère allait me conduire ?

Perplexe, je dévorais les essais sur les relations mère-fille et constatais que, pour certains psychanalystes, le mythe d'Électre cherchant à se venger de sa mère n'était pas l'histoire d'une gentille petite qui révère la mémoire de son père assassiné. Mais celle d'une fille qui force la porte de la chambre conjugale et viole l'intimité de ses parents. Une fille qui ne supporte pas que sa mère puisse exister en dehors d'elle, en dehors de la maternité, et qui se pose en rivale. À mon grand étonnement, je découvrais que la coupable n'était peut-être pas Clytemnestre, mais Électre.

Et, cherchant je ne sais quelle réponse, je rêvais toujours aux contradictions de Maud et de Nancy.

*

Par sa souplesse mentale et son sens de l'humour, son goût de l'intrigue et son génie des relations publiques, Maud avait influencé les hommes et façonné les mœurs de la haute société britannique, durant la première moitié du XXe siècle. À toutes les époques, les reines et les favorites, les aristocrates et les courtisanes avaient su user de leur intelligence pour pousser leurs intérêts et ceux de leurs protégés. Mais nul mieux que Lady Cunard n'était parvenu à conjuguer l'art de la conversation avec l'industrie de la haute finance ; le monde des idées avec celui des fanfreluches et des ragots ; l'esprit avec le sexe. Un immense bas-bleu. Une formidable manipulatrice. L'incarnation de la muse et de la mécène américaine, dans l'Angleterre de Churchill. Le type même de la femme de pouvoir durant l'entre-deux-guerres.

Quant à Nancy, dès son installation à Paris en 1920, elle était devenue le destin des plus grands artistes de la *génération perdue*. Une mine d'inspiration pour les poètes en exil, les princes russes ruinés, les peintres d'Europe centrale, les sculpteurs sud-américains, et la colonie new-yorkaise fuyant les États-Unis où l'alcool était prohibé.

Sans parler des musiciens de jazz, des journalistes et des écrivains qui, de Montmartre à Montparnasse, servaient de piliers aux boîtes de nuit.

En nous retournant sur notre passé, chacun d'entre nous pourra trouver dans sa jeunesse un être qui l'a ensorcelé. Du moins, espérons-le, écrirait un témoin de ces années-là… *Jamais je n'ai rencontré une créature qui égalât Nancy Cunard, quand je l'ai vue pour la première fois.*

Il y avait ses yeux bien sûr, d'un bleu d'une intensité terrible, répondait en écho un autre admirateur. *Et il y avait son désespoir. Elle semblait faite d'albâtre, de pourpre et d'or : un vase antique où frissonnait une flamme. Une ombre indocile, triste et passionnée, que nul ne pouvait approcher. (...) Elle était toujours en train d'arriver ou de partir, toujours secouée par des tempêtes. Et toujours avec un compagnon différent. Que cherchait-elle ?*

Dans leurs poèmes, dans leurs mémoires, tous font d'elle une héroïne. Dès leurs premiers romans, Aldous Huxley et Michael Arlen la décrivent comme une croqueuse d'hommes. Une vamp. L'archétype de la séductrice d'après-guerre. À vingt ans, elle était déjà une femme fatale. Elle le resterait toute sa vie.

*

Je ne dormais plus. Tel le magistrat en quête de certitudes, je feuilletais les pages de mes dossiers, parcourais mes notes, jouais avec mes pièces à conviction, scrutais inlassablement mes photos.

Les visages de Maud et de Nancy : si semblables !

Je tentais d'interpréter leurs regards. Qui avait été la victime de l'autre ?

Ma vie devenait un interminable monologue intérieur, où je cherchais mentalement les raisons de ma passion et celles de ma méfiance :

« Deux monstres sacrés. En dépit des apparences, ces femmes n'appartiennent à rien. Aucune catégorie morale connue... Et c'est cela que j'adore, moi, chez elles ! Impossible de les faire entrer dans un panthéon quelconque. Pas de carcan. Pas d'étiquette. La vie de Nancy – qui ne fut ni heureuse ni stable – exclut qu'elle puisse servir de modèle à qui que ce soit. Même les féministes ne peuvent la revendiquer comme l'une des leurs. Impossible d'accepter que dans ce corps somptueux et provocateur aient pu coexister une véritable femme politique, une véritable poétesse, une véritable journaliste, une véritable éditrice. Sans même parler d'une véritable révolutionnaire. Elle reste *politically incorrect* sur tous les plans. Les historiens de la gauche mettent en doute ses mobiles. Ils prennent son engagement pour une vengeance personnelle et continuent de la décrire comme une pauvre petite fille riche, qui s'insurge contre l'injustice sociale pour régler ses comptes avec sa famille. Quant à sa propre classe, elle l'accuse d'être un traître, qui crache dans la soupe. Pourtant, elle mérite les honneurs. Sa voix n'a beau subsister que sous la forme d'un murmure, son regard se réduire à un trait de khôl, et son personnage se perdre dans le cliché de la vamp des Années folles, elle a joué un rôle majeur pour façonner la pensée contemporaine. Tous les grands combats idéologiques du XXe siècle se retrouvent dans ses révoltes. »

Mes envolées lyriques me ramenaient à la case départ : « Mais… elle ? *Elle* ? Que laisse-t-elle ? Elle ne passe ni pour l'un des grands écrivains de sa génération, ni pour l'un des grands reporters de guerre, ni même pour l'un des grands collectionneurs d'art nègre, dont elle fut pourtant le précurseur. Ses bracelets et ses masques africains ont été détruits ; et ceux qui ont subsisté : vendus aux enchères, dispersés aux quatre coins du monde dans d'autres collections… Qu'a-t-elle accompli ? À part ses exploits au lit ? À part le fait d'avoir été la maîtresse d'Aragon, d'Huxley, de Neruda, et j'en passe… »

Dans mon for intérieur, j'ironisais :

« C'est déjà pas mal ! Un tableau de chasse, constitué d'hommes de génie. Et le souvenir d'une beauté saisissante, qu'immortalisent les portraits de Kokoschka, les sculptures de Brancusi, les photographies de Man Ray et de Cecil Beaton.

« Mais *Elle*… Qu'a-t-elle produit ? »

Le cri du cœur :

« Une œuvre de titan ! Elle ne s'est pas contentée de "découvrir" Samuel Beckett ; ni de soutenir les républicains pendant la guerre civile en Espagne… Elle a publié un monument, *Negro* : 855 pages in-folio. Un travail colossal qui se penche sur tous les aspects de la culture noire. Un projet fou ! Une entreprise jamais imaginée, jamais tentée. Des intellectuels et des artistes de toutes races et de toutes nations, réfléchissant ensemble sur la culture noire… Et cependant *Negro* reste introuvable aujourd'hui ! Et son auteur ne figure dans aucune histoire du racisme. Une aristocrate blanche qui, en 1930, renonce à sa naissance et à sa fortune, pour se consacrer au combat de l'Afrique contre le colonialisme ? L'engagement n'est pas banal. Comment expliquer que son rôle ait été à ce point occulté ? Sinon peut-être par le refus de Nancy d'écrire jamais son autobiographie. En dépit de ses éclats, elle s'est si peu confiée ! Certes, sa personnalité apparaît en filigrane dans ses propres essais, mais elle n'a pas rédigé ses Mémoires. De là à en déduire qu'elle n'avait pas de vie intérieure, le pas est vite franchi. Son personnage reste donc un espace vide que peut remplir n'importe quelle théorie… Selon les idées – ou les fantasmes – des uns et des autres. »

Je réfléchissais un instant, et concluais :

« Comme je m'apprête peut-être à le faire, moi, en expliquant ses malheurs par sa relation avec sa mère ?

« Leurs déchirements – ce conflit entre mère et fille, à la fois tragique et banal, qui torture aujourd'hui tant de femmes de ma génération, tous ces rendez-vous manqués, ces procès d'intention, ces malentendus –, Maud et Nancy les ont poussés à leur paroxysme. Au point de faire de leur discorde le symbole de la rivalité féminine, l'archétype du carnage familial. Un véritable massacre.

« Pour comprendre le drame de la lutte à mort que se livrèrent ces deux fauves durant près d'un demi-siècle, il faudrait en convoquer tous les acteurs. Entendre ici tous les témoins. En premier lieu, écouter les plaignantes. Accusatrices, l'une et l'autre. L'une et l'autre, accusées… Et surtout celle par qui le scandale arriva. La fille qui se permit de dire *non* aux lois du monde, ces lois qui lui commandaient la gratitude envers l'être auquel elle devait tout… Notamment, la vie.

« Nancy ou la désobéissance.

« Traquer sa voix dans ses lettres et ses notes. Dans les sentiments contraires de ceux qui l'aimèrent, de ceux qui la détestèrent. Trouver dans sa colère, dans sa douleur, la clé de mon envoûtement. »

* * *

Nancy Cunard, 1896-1965
Sur… ***Nancy Cunard.***
Remarques en vue de l'éventuelle rédaction de son autobiographie, décembre 1956.

En écrivant sur moi, trois choses essentielles à prendre en compte.

1. Égalité des races.

2. Égalité des sexes.

3. Égalité des classes.

Je suis en accord avec tous les individus de tous les pays qui ressentent la même chose, et agissent en conséquence.

* * *

1920 : Aldous Huxley, vingt-cinq ans, écrivain anglais. Amant de Nancy, quand elle-même en a vingt-quatre. Dans son roman ***Contrepoint*****, il écrit :**

Elle voulait être elle-même. (...)

En plein commandement jusqu'à la limite extrême, prenant son plaisir sans égard pour quoi que ce fût. Libre non seulement financièrement et légalement, mais émotivement aussi.

Émotivement libre de prendre un homme, ou de ne pas le prendre. De le laisser tomber comme elle l'avait pris, à n'importe quel moment, quand bon lui semblerait. Elle n'avait nulle envie de capituler.

* * *

1926 : Louis Aragon, vingt-neuf ans, poète, journaliste, et romancier français. Amant de Nancy quand elle-même a trente ans, puis son ami jusqu'à sa mort. Il évoque sa relation avec elle au fil de son œuvre, notamment dans *Le Paysan de Paris*, *Aurélien*, *Blanche ou l'Oubli*, *La Défense de l'Infini* et *Le Roman inachevé* :

J'habitais encore rue Malebranche, quand un poète anglais, E.E. Cummings, est tombé à l'improviste sur moi. Il était accompagné d'une femme très singulière, grande, mince, un roseau pliant. Et moi, imbécile qui n'avais pas compris les liens entre eux ! Dans le taxi, elle a pris mon genou dans sa main. Lui, Cummings, descendit du taxi je ne sais trop pourquoi. Et je sentais encore cette main comme une brûlure sur mon genou, contre elle. Restés seuls, elle m'avait tout à coup embrassé.

*

Je m'étais fait l'ombre d'une femme, qui était entrée en moi comme un courant d'air dans la chambre. Elle me racontait ses amants : je me taisais sur mes médiocres aventures.

*

Elle n'aimait que ce qui passe et j'étais la couleur du temps
Et tout même l'Île Saint-Louis n'était pour elle qu'un voyage
Elle parlait d'ailleurs Toujours d'ailleurs Je rêvais l'écoutant
Comme à la mer un coquillage.

* * *

1926 : Georges Sadoul, vingt-deux ans, écrivain français. Ami de Nancy, quand elle-même a trente ans… Jusqu'à sa mort en 1965. Dans son essai, *The Fighting Lady*, Sadoul écrit :

S'il y eut jamais dans ce siècle une Lady, une grande dame dans le vrai sens du terme, par son intelligence, sa culture universelle, son courage, son désintéressement, ce fut Nancy Cunard.

Je la rencontrai pour la première fois à la fin de 1925 ou au début de 1926 à Paris, place Blanche, au café Cyrano qui est comme une dépendance du Moulin-Rouge, et où les surréalistes se donnaient alors rendez-vous deux fois par jour à l'heure de l'apéritif. Il y avait là Louis Aragon, André Breton, Paul Éluard, Benjamin Péret, René Crevel, Max Ernst, Philippe Soupault, etc. L'allure de Nancy frappait et retenait. On voyait d'abord ses yeux très bleus, assez étranges ; son visage fin et osseux ; la crinière léonine de ses cheveux blonds ; puis on s'étonnait de voir ses bras minces, recouverts, des poignets aux épaules, par des bracelets africains en ivoire, dont elle avait la passion. (...)

Une prodigieuse Fighting Lady, *une femme d'exception s'il en fut jamais.*

* * *

1928 : Henry Crowder, trente-huit ans, pianiste de jazz américain. Compagnon de Nancy jusqu'en 1935, quand elle-même a de trente-deux à trente-neuf ans. Dans son autobiographie *As Wonderful As All That ?*, il raconte :

Un soir après le dîner, nous en vînmes à parler des Noirs en Amérique et de leurs conditions d'existence. Je fus stupéfait de l'ignorance de Nancy en ces matières. Mais elle se montra passionnée et très désireuse d'apprendre.

Je lui parlai d'écrivains noirs, lui dis où se procurer des livres par des Noirs et sur des Noirs. Elle se constitua peu à peu une bibliothèque. Elle s'abonna à The Crisis, *un magazine noir de gauche publié à New York. Les quotidiens noirs firent également leur apparition dans la maison. J'étais heureux qu'elle manifestât un tel intérêt pour ma race. Avec le temps, sa façon d'en parler me convainquit qu'elle était réellement prête à faire quelque chose pour la cause.*

Je n'avais cependant pas la moindre idée, à l'époque, de l'incroyable enchaînement d'événements que cette conversation de hasard devant la cuisinière du Puits

Carré allait entraîner dans sa vie, dans la mienne, et dans celle des Noirs de mon pays.

* * *

1937 : Pablo Neruda, trente-trois ans, poète et diplomate chilien. Amant de Nancy quand elle-même en a quarante et un, puis son ami jusqu'à sa mort. Dans ses Mémoires *J'avoue que j'ai vécu*, Neruda témoigne :

Donquichottesque, immuable, courageuse et pathétique, Nancy fut à la vérité l'un des personnages les plus étranges que j'aie connus. (...)

Durant l'invasion de l'Éthiopie, elle se rendit à Addis-Abeba. Puis elle gagna les États-Unis pour se solidariser avec les jeunes Noirs de Scottsboro, accusés de crimes qu'ils n'avaient pas commis. Les jeunes Noirs furent condamnés par la justice raciste nord-américaine, et la police démocratique de ce pays expulsa Nancy. (...)

* * *

1923 : Solita Solano, trente-cinq ans, écrivain et journaliste américaine. Amie intime de Nancy, quand elle-même a vingt-sept ans, jusqu'à sa mort. Dans son essai, *Nancy Cunard : Brave Poet, Indomitable Rebel*, Solano écrit :

Après l'aventure éditoriale de Nancy aux Hours Press, après son travail titanesque sur l'histoire de la race noire, après ses témoignages sur la guerre civile en

Espagne, au fil des ans, il devint évident que la fréquenter ne voulait pas dire partager une soirée reposante à danser et cancaner après une journée de travail. Mais se colleter avec une force de la nature. (...)

Un mot, un regard, un souvenir, suffisaient à réveiller les combats de sa jeunesse, ses premières causes – contre la tyrannie des gouvernantes qui brisaient la curiosité des enfants à coups de règle sur les doigts ; contre l'indifférence des États envers les individus incapables de se défendre ; contre le racisme à l'encontre des Noirs ; contre l'exploitation des domestiques par les patrons – toutes les colères de Nancy... Alors, avec son cri de guerre, son fameux « Sus à l'ennemi ! », elle fonçait à l'assaut d'une nouvelle injustice. Le sommeil ? Le confort ? La nourriture ? Pas pour elle ! Quelqu'un souffrait quelque part.

* * *

1931 : Margot Asquith – Lady Oxford – soixante-sept ans. Amie de Lady Maud-Emerald Cunard, mère de Nancy. Lors d'un déjeuner mondain à Londres, elle lance :

Hello Maud !... Qu'est-ce qui fait courir Nancy, aujourd'hui ? L'alcool ? La drogue ?... Ou les nègres ?

* * *

Nancy Cunard

Sur… *Nancy Cunard.*

Parmi ses notes pour l'histoire de sa vie que lui réclament ses amis (1956 -1959), elle recopie, avec quelques variantes, le court texte qu'elle avait publié sur elle-même dans *Poèmes pour la France 1939-1947.*

JE NE VEUX PAS ÉCRIRE CE LIVRE, comme je l'ai dit clairement à mes chers éditeurs.

Mon autobiographie ? Mais pour quoi faire ? Certainement pas pour me faire plaisir ! (…)

Que dois-je dire de moi-même ? (…)

J'aime l'Espagne républicaine, l'Italie antifasciste, les Noirs – leurs cultures africaine et afro-américaine –, toute l'Amérique latine que je connais bien, la peinture, la poésie, la paix, le journalisme. Et la campagne. J'ai toujours vécu en France depuis que j'en ai eu la possibilité en 1920.

J'ai possédé à La Chapelle-Réanville, en Normandie, une petite maison qui s'appelait Le Puits Carré.

* * *

Le Puits Carré : l'écrin, le précieux reliquaire où s'entrelacent en filigrane le secret de ses départs et le mystère de ses aventures.

Une scène de la vie de Nancy ne cessait de hanter mon imagination : son retour en France, à La Chapelle-Réanville, justement. C'était à la fin de la guerre. En mars 1945. Elle avait alors quarante-neuf ans.

Le Puits Carré avait été pillé par les Allemands, puis dévasté par le maire et les paysans du village. Elle le savait. L'un de ses amants, un journaliste américain qui couvrait le Débarquement en Normandie, l'en avait avertie.

Volets arrachés. Fenêtres brisées. Portes défoncées. Meubles hachés menu. Lettres et manuscrits – Huxley, Aragon, Beckett, Neruda – brûlés. Cadres vides, accrochés aux branches des arbres. Toiles – Miró, Chirico, Picabia – éventrées et noyées dans le puits. Objets – masques et bracelets africains du XVIIe siècle – pulvérisés.

Ces œuvres d'art, de tous les temps et de toutes les civilisations, que Nancy Cunard avait rassemblées ici, témoignaient trop clairement de ses transgressions. On avait donc organisé l'anéantissement de la Beauté dont elle avait voulu préserver la mémoire.

Mes recherches m'avaient en outre appris que Maud, cette mère dont Nancy récusait toutes les émotions, avait connu le même drame, et traversé le même désespoir.

Grande collectionneuse elle aussi, très attachée aux tableaux, aux meubles, aux bibelots, aux mille splendeurs qui jalonnaient son existence, Lady Cunard avait tout perdu par le feu.

Les bombes incendiaires d'Hitler avaient consumé jusqu'à la trace de son passage sur terre, annihilant les créations des artistes dont elle avait inlassablement soutenu le génie. Et ce n'était pas la première fois. Déjà, avant la guerre – en 1933 –, un court-circuit qui s'était déclaré dans son appartement avait brûlé les correspondances des grands écrivains qui l'avaient courtisée. Et les centaines de livres anciens qui lui tenaient à cœur.

À l'inverse de Nancy, elle avait accepté ces désastres avec flegme.

*

Pour ma part, j'avais fini par entendre la leçon : *Mon autobiographie ? Mais pour quoi faire ?* s'était exclamée Nancy... *Certainement pas pour me faire plaisir !* Adieu donc les dames Cunard. Je poursuivrais d'autres quêtes, j'écrirais d'autres livres. Je donnerais même le titre de l'ouvrage que je leur destinais, *Les Excessives*, à d'autres personnages.

Un renoncement définitif.

* * *

Et soudain, là, en ce matin du 4 mai 2006, alors que je m'y attendais le moins, Maud et Nancy sont revenues me hanter.

À quelques heures de mon envol pour le Caucase...

Voir « Le Puits Carré », la maison de La Chapelle-Réanville.

Une exigence.

J'ai planté là mes bagages, et sauté dans ma R5 : je fonce maintenant vers la Normandie.

2

Le Puits Carré

La Chapelle-Réanville, mai 2006.

Avec sa petite église romane bien restaurée et ses résidences secondaires, La Chapelle-Réanville a le charme d'un village à proximité de Paris. Je repère deux vieilles dames sur le parking de la mairie… Connaîtraient-elles par hasard un lieu-dit « Le Puits Carré » ? La première répond par la négative. La seconde rectifie :

— Mais si, le Puits Carré, tu sais, la maison de l'Anglaise… Ah, comment s'appelait-elle déjà ? Je l'ai bien connue. Quand j'étais petite, je lui apportais son lait. Dès le matin, je la trouvais… enfin elle était, comment vous dire ?

Je hasarde :

— Un peu pompette ?

— Oh, bien plus que ça ! Complètement grise. Mais si vous voulez que je vous parle d'elle, venez chez moi à l'heure du café. J'habite ici… (Elle me désigne une porte.) À quatorze heures.

— J'y serai !… Et le Puits Carré ?

— Après le monument aux morts, à gauche en épingle à cheveux... Mais l'Anglaise a vendu sa maison il y a longtemps. En 47 ou 48. J'ignore qui l'habite aujourd'hui.

*

Je pile devant un portail aux planches disjointes... Pas de sonnette. Pas de boîte aux lettres. La propriété semble à l'abandon. Je pèse sur le vantail qu'obstruent des blocs de pierre. À peine ai-je pénétré dans le jardin que je reconnais tous les détails, si familiers par mes lectures. Les deux tilleuls, les rosiers sauvages, la longère avec son petit perron et ses portes-fenêtres... Figés dans le temps.

Je tourne autour d'un bâtiment, une grange au toit crevé : la fameuse grange où Nancy avait imprimé sur sa presse le premier texte de Beckett. Je me penche sur la margelle du puits, qui avait rafraîchi tant de bouteilles, quand les surréalistes venaient dîner sous les charmilles... Puis je m'avance vers la maison.

Je note que les volets ont été arrachés. Que les montants des fenêtres sont brisés et tous les carreaux cassés. Que la porte d'entrée semble fendue à coups de hache.

Si mon cœur continue de battre fort, ce n'est plus de plaisir. Mon exaltation a fait place à une angoisse sourde, qui tient autant du rêve que du cauchemar.

Je me tords les chevilles sur des outils plantés dans les mottes de terre. Je trébuche contre le manche d'une pioche, d'une faux.

Des buissons, monte un relent de charogne. Les oiseaux se sont tus. Le silence est total. Je n'entends que la pulsation de mon sang dans mes tempes.

La peur me submerge. Quelqu'un peut habiter ce monde étrange. Est-ce bien raisonnable de m'y aventurer seule ? Le danger donne à ma progression quelque chose d'irrésistible. Curiosité, entêtement, fascination : une force que je ne maîtrise pas m'oblige à fendre les hautes herbes, à longer la cave béante, à gravir les marches du perron, à pousser le battant d'un coup de pied.

Je pénètre dans la maison.

J'aurais dû m'y attendre, mais le spectacle dépasse toutes mes prévisions : un carnage. Pas un meuble qui n'ait été renversé et défoncé. Pas une commode, pas un tiroir qui n'ait été fouillé et vidé. Pas un sofa, pas un matelas qui n'ait été crevé et dépecé. Je passe d'une pièce à l'autre, escaladant à tâtons les tas de livres, les cadres et les piles de papiers répandus au sol.

La destruction et la mort sont partout.

Je tente de comprendre…

Des vêtements moisissent encore contre le hublot de la machine à laver, et des jouets d'enfants traînent çà et là.

Ce pillage ne peut avoir de lien avec Nancy ! Si j'en juge par le style des tissus, des lampes et du mobilier, les objets datent du milieu des années 1970, dix ans au moins après son décès. Trente-cinq ans après qu'elle s'est séparée du Puits Carré.

M'enfonçant dans le lit de détritus, je progresse difficilement vers les quartiers privés de l'ancienne maîtresse des lieux.

Je connais le plan de la maison par les descriptions de Georges Sadoul. À droite dans l'entrée, une première salle ; puis la cuisine, où je bute encore contre de vieilles casseroles ; et tout au bout de l'enfilade, aussi loin que possible de la route : la chambre de Nancy, cette chambre qu'ont si souvent chantée ses amants.

Inchangée.

Si les petits meubles qu'elle avait fait fabriquer ont disparu – les barres où elle enfilait ses bracelets africains à l'horizontale, au pied de l'escalier –, je reconnais la rampe en fer forgé qui monte à l'étage. Même ses deux fauteuils à bascule, dont les miliciens avaient arraché le cannage, existent encore.

De l'âtre plein de feuilles et de cendres, j'exhume les vestiges d'un grand livre calciné, semblable à ceux qu'elle avait trouvés ici au lendemain de la guerre.

Mais le plus étrange n'est pas là.

Le manteau de sa cheminée est tagué de graffitis modernes. Une inscription s'étale sur toute la largeur de la hotte.

Cinq lettres : NEGRO.

Negro : le travail dont elle était la plus fière. L'œuvre de sa vie.

La description de Nancy, lors de son propre retour à La Chapelle-Réanville en 1945, me revient en mémoire :

Avec la cendre de ma documentation pour Negro, *mon anthologie sur l'histoire mondiale du racisme, ils ont barbouillé la cheminée d'inscriptions, de dessins orduriers et d'insultes qui se détachent en noir sur les pierres ocre des murs et de la hotte.*

Comment expliquer que, soixante ans plus tard, le même graffiti figure au même endroit dans sa chambre ?

Coïncidence ?

Ou bien les squatters de 2006 connaissent-ils si intimement l'histoire du Puits Carré et le drame de sa propriétaire, qu'ils peuvent se permettre cette sorte de plaisanterie ?

*
* *

Quand je reviendrai du Caucase quelques mois plus tard, mon premier coup de téléphone sera pour la vieille dame que j'avais interviewée à La Chapelle-Réanville, l'après-midi de ce jour de mai 2006, qui m'avait tant bouleversée. Autour de notre café dans son jardin, elle ne m'avait rien révélé que je ne sache déjà.

Maintenant, au bout du fil, elle me distille de sa voix flûtée : « Oh ma pauvre, depuis votre passage, tout a brûlé. Un court-circuit… Il ne reste *rien* de votre Puits Carré ! »

J'en demeure saisie.

Un court-circuit ? Je suis bien placée pour savoir que, dans la maison, l'électricité était coupée.

*

Comme dans un rêve, j'erre parmi les restes de ma maison naufragée, racontait Nancy en 1945. *(...) Des livres, des livres, des livres répandus partout, un matelas épais de livres dans la salle de bains, humide, profond et puant comme une litière, que je fouille et retourne en quête des vestiges de ma vie. Avant. Avant. Avant me submerge comme une vague immense,* avouait-elle encore. *En moi le passé remonte. Les ombres remuent. Tous les êtres d'avant se bousculent.*

Mes photos demeurent l'ultime trace de l'existence de Nancy Cunard au Puits Carré. Les derniers vestiges de sa mémoire incendiée.

Le Puits Carré tel que je l'ai vu
en mai 2006

Le puits qui donne son nom à la maison.

Entrée de la cave avec les disques 45 tours répandus sur les marches.

L'intérieur

La litière de livres.

La chambre de Nancy

NEGRO

Devant ces images, je suis prise de vertige, je perds pied. Je ne sais plus distinguer le passé du présent, le cauchemar de la réalité. Les époques semblent se confondre, les tragédies se répéter. *Le passé remonte. Les ombres remuent. Tous les êtres d'avant se bousculent.*

Comment, dès lors, ne pas retourner aux origines de l'« affaire Cunard » et témoigner du carnage entre la mère et la fille ?... *Avec toute ma colère et mon amour*, comme l'écrivait la jeune Nancy en signant ses lettres à Maud.

Six ans après leur rupture, en 1937, elle reprendrait l'expression, l'appliquant à un autre de ses combats : « Je suis aux côtés du peuple de l'Espagne républicaine, avec toute ma colère et mon amour. »

With all my anger and love.

Livre deuxième

L'OMBRE, L'IMAGE ET LE DOUBLE

1

Duel de femmes sous le Blitz

Londres, août 1944.

À la sortie des théâtres, en ce soir d'août 1944 à Londres, c'était le black-out.

Les quelques spectateurs qui avaient bravé le couvre-feu s'éparpillaient sur les trottoirs. Leurs ombres se hâtaient, s'enfonçant au cœur de la nuit, trébuchant sur les sacs de sable empilés le long de la chaussée.

Dans la rue, les rares véhicules roulaient lentement, tous feux éteints. Pas un bruit. Pas une lueur. Même les lentilles des feux rouges étaient masquées par des plaques de métal. Une obscurité totale. Seuls les chromes et la figure ailée d'une Rolls réfléchissaient encore quelques fragments de lumière.

Là, derrière ses vitres closes, les voix des passagers sonnaient gaiement. Dans le morne silence de la ville, le snobisme de leur accent évoquait l'argent, le luxe et l'éclat. Adossées aux capitons de cuir pourpre, deux femmes commentaient la pièce qu'elles venaient de voir.

L'une, minuscule, frêle, blonde, le teint rose et poudré comme une marquise d'antan, la taille souple dans sa robe du soir signée d'un grand couturier, paraissait encore une jeunesse, en dépit de sa soixantaine d'années. Elle en avait probablement quinze de plus car, depuis la Belle Époque, elle passait pour l'une des hôtesses les plus influentes et les plus spirituelles d'Angleterre. Son humour pince-sans-rire, sa passion de la musique et son goût pour les émeraudes étaient de notoriété publique dans le grand monde. Elle aimait tant les pierres vertes, de chez Boucheron ou de chez Cartier, qu'elle avait fini par transformer son prénom de Maud en *Emerald.* Ses nombreux amis tentaient de lui complaire en l'appelant du nom qu'elle s'était choisi, mais les plus proches, ceux qui la connaissaient de longue date, s'habituaient mal à ce changement. *Emerald* en public restait donc *Maud* en privé.

D'origine américaine, Maud-Emerald avait été mariée à un aristocrate anglais, héritier de la première flotte transatlantique de paquebots : *The Cunard Line.*

Elle avait surtout été la passion de George Moore, l'un des écrivains irlandais les plus populaires de sa génération, et la maîtresse de Sir Thomas Beecham, l'immense chef d'orchestre qui avait lancé les Ballets russes à Londres, l'homme qui régnait sur l'opéra international depuis près d'un demi-siècle, sur Covent Garden et le London Philharmonic orchestra. Au terme d'une liaison de toute une vie, Sir Thomas venait de l'abandonner pour épouser l'une de ses élèves. Il ne s'était pas donné la peine de l'avertir de son mariage. Pas même la peine de rompre avec elle, avant de la quitter. Maud-Emerald n'avait appris son malheur que par une gaffe, lors d'un dîner mondain. Terrassée par le choc, elle n'avait rien laissé paraître de sa douleur. Elle s'était même gardée de poser la moindre question. À peine un temps de silence, un fragment de seconde pour accuser le coup, avant de reprendre le fil de sa conversation, un art qu'elle maîtrisait mieux que quiconque en Europe.

Cette grande dame s'appelait Lady Cunard.

L'amie avec laquelle elle conversait aurait pu être sa fille. Cette femme-là avait jadis été sacrée par *Vogue* « la débutante la plus ravissante de la saison ». Une beauté, en effet. Née Lady Diana Manners, héritière du duc de Rutland, elle avait bravé son milieu en devenant comédienne et femme de lettres. Au grand désespoir de sa famille, elle avait choisi de ne pas épouser un aristocrate, mais un brillant avocat du nom d'Alfred Duff Cooper. Devenu *First Lord of the Admiralty* en 1937, Duff Cooper s'était opposé à la honte des accords de Munich avant de donner sa démission du gouvernement Chamberlain. Il avait toutefois accepté le ministère de l'Information, un poste créé à son intention par Churchill à l'heure de la bataille d'Angleterre. Très proche du général de Gaulle, c'était lui, Duff Cooper, qui avait rendu possible l'appel du 18 Juin.

Au terme de cinq ans de guerre, alors que Londres subissait son second Blitz et que les Allemands lançaient sur le pays leur armada meurtrière d'avions sans pilote – les V1 et demain les V2, les armes de destruction massive d'Hitler qui massacraient le peuple britannique, pulvérisant au hasard immeubles et monuments –, les Duff Cooper étaient de passage dans leur ville martyrisée. Ils venaient de quitter Alger et se préparaient à partir comme ambassadeurs à Paris, libérée depuis quelques jours. Leur réseau de relations internationales les rendait tous deux parfaits pour ce rôle.

Lady Diana Cooper était toutefois beaucoup plus qu'une affolée mondaine ou qu'un charmant bibelot. Âgée de cinquante-deux ans aujourd'hui, elle restait une merveille de fantaisie et d'intelligence. Sur tous les plans, une splendeur.

Les liens qui l'unissaient à Maud Cunard, une amie de sa mère, dataient de son enfance. Du fait de l'écart de génération, Lady Diana passait même pour la « protégée » de Lady Cunard qui l'avait soutenue dans toutes ses batailles. Maud était allée jusqu'à lever des fonds pour l'élection de Duff Cooper au Parlement. Entre elles, la confiance et la complicité demeuraient totales.

Deux hommes servaient d'escorte à ces audacieuses dans leurs équipées à Covent Garden ou dans les théâtres, sorties téméraires en cette période de bombardements. L'un était un richissime dandy chilien, ancien amant de Jean Cocteau. L'autre, un illustre historien de l'architecture, expert en châteaux anglais.

Soudain, les sirènes…

Les quatre passagers se turent.

Ils avaient levé la tête. Ils écoutaient, ils regardaient. Les missiles allemands pleuvaient à quelques pâtés de maisons.

Un coup de frein les précipita brutalement les uns contre les autres. La Rolls avait pilé, manquant de peu une passante qui traversait la rue. Les lumières des V1, avec leur queue de comète, illuminèrent le ciel. Pendant un instant, on y vit comme en plein jour. La longue silhouette qu'on avait failli écraser surgit dans un éclair. Un visage fin et osseux, un casque de cheveux dorés, courts et crantés, un bandeau sur le front comme dans les années 1920, deux accroche-cœurs sur les tempes. Et puis ce corps incroyable, d'une minceur de liane... Tous l'avaient reconnue : Nancy, l'unique enfant de Maud.

Dans la lueur des bombes, la mère et la fille restèrent figées.

Maud ne descendit pas sa vitre, n'ouvrit pas sa portière, n'invita pas sa fille à monter à côté d'elle. Elle n'esquissa même pas un geste, ne prononça pas un mot.

Plantée au milieu de la chaussée, Nancy non plus ne bougeait pas. Elle ne donnait aucun signe de reconnaissance. Elle n'exprimait rien. Elle gardait toutefois son œil bleu, dur, rivé sur la femme assise au fond de la voiture.

Elle aurait quand même pu saluer les autres passagers. Diana et les deux hommes étaient ses confidents, à elle aussi.

Elle finit par détourner la tête pour rejoindre, de son pas dansant, le groupe d'amis qui l'attendait sur le trottoir d'en face. Dans le lointain, d'immenses feux consumaient les quartiers bombardés, et le ciel s'était embrasé. Avec ses compagnons, elle disparut derrière le nuage blême qui émanait des immeubles touchés. La poussière des milliers de briques pulvérisées par les bombes se referma sur elle, achevant de donner à son apparition quelque chose de fantomatique.

En cette nuit de Blitz, Nancy Cunard était cependant un personnage bien vivant. Une âme en colère. Un cœur intact... Ou presque.

À quarante-huit ans, elle n'avait rien perdu de sa beauté. Elle gardait ce regard minéral qui fascinait tant les hommes. Et cette démarche rapide, reconnaissable entre mille, cette façon de poser très exactement les pieds l'un devant l'autre, comme sur un fil au-dessus du gouffre. Ce pas retenu et piaffant d'un pur-sang qu'on bride… Sans parler de son élégance et de sa distinction innée.

Elle était toutefois une femme mûre, avec de nombreux combats derrière elle.

Elle avait passé sa vie *ailleurs, toujours ailleurs.* Mais elle était revenue à Londres, qu'elle n'aimait pas, afin de continuer la guerre contre les nazis. Elle éditait à cette heure un recueil collectif, *Poèmes pour la France.* L'ouvrage devait être publié par un journal de gauche, *La France libre*, qui s'opposait à l'autorité du général de Gaulle, et qu'on disait communiste.

Tout cela, Lady Cunard le savait.

La Rolls avait repris sa route et progressait avec lenteur. Personne n'osait commenter le hasard de cette rencontre entre la mère et la fille. Nul, dans les hautes sphères, n'ignorait qu'elles ne s'étaient pas vues depuis près de treize ans. Et qu'elles se détestaient jusqu'à l'exécration. Leur brouille avait été rendue publique par un coup d'éclat de Nancy, un scandale dont Maud ne se remettait pas. Elle ne l'évoquait jamais. *Never explain, never complain* : ce silence était bien dans sa manière. Au point que l'on aurait pu la prendre pour un animal à sang froid, dépourvue de toute émotion, incapable du moindre sentiment.

Elle était toutefois bien placée pour savoir que sa fille lui livrait une lutte à mort qui ne s'achèverait qu'avec sa disparition. Leurs amis communs le savaient, eux aussi.

Ils ne doutaient pas que cette haine finirait par les tuer l'une et l'autre. Si tous rêvaient d'une réconciliation, aucun ne trouvait le courage de s'immiscer entre ces deux femmes, trop excessives et trop blessées. Même Diana Cooper, qui les aimait tendrement, n'osait aborder le sujet de leur rupture.

La Rolls s'arrêta mollement devant le perron du Dorchester, le palace qu'habitait Lady Cunard depuis que son splendide appartement de Grosvenor Square avait été bombardé. C'était lors du premier Blitz de 1940, quand elle avait perdu tout ce qui lui tenait à cœur, ses meubles, ses livres et ses précieuses collections d'œuvres d'art.

Elle logeait désormais dans une suite au septième étage de l'hôtel. Fidèle à elle-même, elle avait orné son deux-pièces selon son goût. De lourds brocarts roses pendaient aux fenêtres et sa bibliothèque de style Louis XV croulait sous les volumes de *La Comédie humaine*, somptueusement reliés. Balzac restait son auteur favori.

Les hommes politiques, les écrivains et les artistes usaient de son salon comme d'un club. Elle n'y donnait plus les grandes réceptions dont elle avait le secret, mais des soupers fins à huit ou dix personnes. Ses intimes, Somerset Maugham, H.G. Wells, Moura Budberg, pouvaient débarquer à tout instant : ils la trouveraient toujours chez elle après le spectacle, campée dans sa bergère, une coupe de champagne à la main. N'avait-elle pas décidé que la guerre ne changerait rien à ses habitudes ? Et pour cause : « la guerre est tellement vulgaire ! » La frivolité de ses petites phrases lui servait à brouiller les pistes. Avec ses sentences d'un snobisme affiché, Lady

Cunard masquait son cran. Comme les milliers de Londoniens qui l'entouraient, elle affectait de continuer à « vivre quand même », sans laisser la barbarie entamer son moral. Plus anglaise que les Anglais, elle détestait les grands mots et ne fonctionnait que par litotes.

Même les nuits de bombardement, alors que les sirènes et les explosions rendaient les échanges inaudibles, elle refusait de descendre dans l'abri, pourtant très confortable, que l'hôtel avait installé pour ses clients. Elle continuerait de recevoir et de pratiquer avec ses amis l'art de la conversation, malgré les bombes allemandes. De toute façon, elle préférait mourir à Londres plutôt que s'ennuyer dans les châteaux, au milieu des vaches et des moutons. Finir à la campagne ? Jamais. Elle détestait la nature.

Quand on louait son courage et qu'on la grondait de prendre ce risque de périr ainsi chaque nuit, Lady Cunard haussait les épaules : allons donc, de quel *risque*, de quel *courage* lui parlait-on ? L'hôtel Dorchester était la construction la plus solide de la capitale. La preuve ? Les membres du Parlement – les *M. P.* – se repliaient dans ses bains turcs pour leurs débats nocturnes et d'interminables parties de bridge. Même Churchill avait, un temps, résidé dans l'immeuble : il avait fait construire un mur sur le balcon de sa propre suite pour s'y trouver plus tranquille. Ses ministres et ses conseillers, Lord Halifax et Duff Cooper, demeuraient également au Dorchester. Elle pouvait donc garder près d'elle sa chère Diana jusqu'au petit matin. Que demander de plus ?

À quelques encablures, sous les mêmes bombes et dans les mêmes fracas, Nancy haussait également les épaules devant le danger, balayant la peur d'un revers de main, et refusant, elle aussi, d'user des abris. Comme sa mère, elle préférait mourir, plutôt que s'enterrer dans une cave. Et comme sa mère, elle habitait un hôtel. Une chambre au troisième étage d'un modeste garni. Elle y recevait ses amis jusqu'à l'aube – musiciens de jazz, hommes politiques, écrivains, artistes –, qui venaient discuter des horreurs de la guerre et de l'avenir du monde, autour de ses bouteilles de gin.

Certains, qui avaient commencé la nuit chez la mère, viendraient la terminer chez la fille. Tous étaient frappés par une évidence : en dépit de ce qui les opposait, elles se ressemblaient… Même physiquement. La voix, les gestes, l'allure.

Elles avaient beau s'affronter dans leurs actes et leurs convictions – Lady Cunard pouvait bien avoir reçu Ribbentrop, l'ambassadeur d'Hitler avant la guerre, tandis que Nancy s'élevait contre Franco –, elles restaient indissociables.

Séductrices, intelligentes, audacieuses, cultivées, obstinées… Et libres jusqu'à la folie.

Recto verso, les deux faces de la même médaille, le négatif l'une de l'autre. Le blanc et le noir. Équivalents.

Et si Maud ne faisait jamais allusion à sa fille et semblait l'avoir rayée de la liste des vivants, si Nancy multipliait les sarcasmes et se répandait en invectives contre ce *pantin ridicule*, cette *marionnette pathétique*, elles ne cessaient de se hanter l'une l'autre.

Et pour cause ! Comment oublier son double quand votre propre image vous renvoie son reflet dans le miroir ?

*

Avec l'aube, les sirènes s'étaient tues.

Diana Cooper n'aurait eu que quelques pas à faire pour regagner sa propre suite, mais elle s'attardait… Ce soir, Maud lui avait paru lointaine. En tout cas, moins présente que d'habitude. Elle ne doutait pas que l'apparition de Nancy dans le feu des V1 avait réveillé chez elle une abominable souffrance.

Cette torture que Maud n'avouait pas, ce silence sur un mal qui la dévorait devenaient insoutenables : la querelle entre la mère et la fille ne pouvait plus durer ! Qui sait s'ils ne seraient pas tous morts demain ? Et Maud et Nancy les premières. L'heure de la réconciliation devait sonner.

— Quand même, soupira-t-elle, le destin est incroyable. Quel hasard d'être tombés sur Nancy cette nuit !

Maud ne réagit pas. Son regard toujours si gai, si vif, semblait las.

Dans ce visage impeccablement fardé, que Diana connaissait bien, elle notait une brusque fatigue qui en décomposait les traits. Lady Cunard était soudain devenue une vieille femme.

Pourquoi remuer le couteau dans la plaie ? Diana hésitait. Pourquoi insister ?

L'occasion de parler de Nancy ne se représenterait pas. Diana le savait. Elle poursuivit avec légèreté :

— Je ne l'avais pas vue depuis un certain temps. Je l'ai trouvée plutôt en bonne forme.

— Nancy paraît toujours en forme quand elle n'est pas ivre.

— Maud *darling*, ne croyez-vous pas qu'il serait temps d'enterrer la hache de guerre ?

— Pour ma part, je ne l'ai jamais brandie.

— Je sais. Vous n'êtes pour rien dans cette dispute. Mais pourquoi ne pas profiter de la présence de Nancy à Londres pour la revoir ?

— Je n'en ai aucun désir : elle m'est tombée du cœur depuis belle lurette.

— C'est votre fille unique, et vous l'aimez.

— Ma chère, pour faire la paix, on doit être deux.

— Ou trois… Nancy est mon amie d'enfance. Je pourrais organiser une rencontre. Vous servir de médiatrice. Il suffirait peut-être que vous vous asseyiez dans la même pièce et que vous vous parliez.

— Je n'ai rien à lui dire.

— En tout cas lui pardonner.

— Mais, ma chérie, je lui ai pardonné de longue date. Il faut toujours pardonner à une malade.

Sur ces paroles, Maud esquissa le geste de se lever. Diana ne put que la suivre. Bras dessus bras dessous, les deux femmes se dirigèrent vers la porte. Maud tapota la joue de sa protégée, et conclut avec tendresse :

— Allez vous coucher, ma chérie… Je n'ose imaginer les dégâts qu'ont causés les fusées d'Hitler. Duff et les autres auront besoin de vous, demain.

*

Le matin trouva Diana Cooper devant une tasse de café, dans le garni de Nancy.

En dépit de la décoration qui rendait la chambre plutôt plaisante – quelques masques congolais au mur, des tissus africains à dessins géométriques jetés sur la tapisserie démodée du sofa –, l'atmosphère était à l'austérité. L'air sentait la cendre froide, et le parquet apparaissait sous la trame du tapis, chiné chez un brocanteur. L'ensemble créait une esthétique hors du temps, assez dépaysante à Londres… Aux antipodes des moquettes profondes et des bergères roses du Dorchester.

— Ne crois-tu pas que tu devrais revoir ta mère ? demanda Diana. (Elle affectait la décontraction, buvant son café à petites gorgées. Mais elle ne lâchait pas prise.) Tu sais, l'abandon de Sir Thomas Beecham l'a beaucoup affectée.

— Rien n'affecte *Her Ladyship*, sinon ses blessures d'orgueil, rétorqua Nancy à travers la fumée de sa cigarette.

— Elle est devenue très fragile.

— Allons donc ! La méchanceté conserve.

— Nancy, je t'en prie, songe à faire la paix. Je le dis pour ton bien.

— Jamais je ne me suis mieux portée que depuis la seconde où j'ai rayé cette garce de ma vie.

— Tu ne l'as pas rayée : tu ne cesses d'en parler. Elle t'obsède ! Laisse-moi organiser une rencontre, une seule, qui te permettra de l'oublier définitivement.

— N'y songe même pas.

*

La revoir ?

En se laissant tomber sur son lit, Nancy se jura qu'elle se tirerait plutôt une balle dans la tête que de renouer avec cette poupée mécanique, cet automate à mi-chemin entre la perruche et l'hydre. Une bestiole aussi monstrueuse qu'insignifiante. D'autant plus dangereuse qu'elle restait un animal fabriqué. Une machine, avec une apparence de cœur.

Revoir *Emerald* ? Nancy ricana. Émeraude. Ce prénom ridicule suffisait à résumer toute la vacuité du personnage ! Que quiconque puisse même imaginer une réconciliation l'ulcérait. Décidément, Diana et les autres continuaient à se laisser berner. Ils n'avaient toujours rien vu, rien compris ! *Her Ladyship,* qu'ils trouvaient tous si charmante, si distinguée, si courageuse, si généreuse, tellement intelligente, tellement vive et lettrée ? Une minable petite arriviste, d'une médiocrité sans fond ! L'incarnation de la stupidité, du snobisme et du mensonge.

Nancy n'en finissait plus d'égrener la liste de ses griefs envers cette génitrice qui l'avait trahie au plus profond.

*

La veille, quand Lady Cunard, aidée de sa femme de chambre, s'était démaquillée, crémée, coiffée et couchée, elle n'avait pas non plus trouvé le sommeil. Elle avait même fini par rallumer sa veilleuse pour relire son roman favori : l'histoire d'un père trop aimant, que ses filles exploitent. *Le Père Goriot.*

Mais fût-ce en compagnie de Balzac, elle n'était pas parvenue à se concentrer.

L'idée qu'avait émise Diana la choquait. Elle ne lui était jamais venue. En tout cas, pas de façon consciente.

Revoir Nancy ? Tout son être se cabrait devant une telle éventualité.

Nancy avait cessé d'être du même sang, en admettant qu'elle l'eût jamais été. Une déséquilibrée, une folle. Comment pouvait-on se conduire de manière si ordurière ? Comment, quand on avait reçu son éducation, comment pouvait-on... Maud s'était arrêtée sur cette pente.

Elle ne parvenait même plus à prendre la mesure de cette humiliation, de cette honte qui l'avait terrassée treize ans plus tôt, *le coup de grâce* que Nancy lui avait assené... Une mise à mort. Elle en restait toujours incrédule et suffoquée. Une telle violence ! Une telle vulgarité dans la vengeance !

Ne plus y penser.

Et cependant, elle y pensait... C'était à Noël. En 1931. Nancy avait largement dépassé l'âge adulte : elle avait alors trente-cinq ans. De France où elle résidait, elle avait écrit et fait imprimer à plusieurs centaines d'exemplaires un pamphlet dénonçant publiquement le passé et les travers de sa mère.

Ce texte, elle ne s'était pas contentée de l'expédier à la presse. Elle l'avait envoyé en guise de carte de vœux à Sa Majesté le roi d'Angleterre George V, aux dames de la Cour, à la Chambre des Lords, aux Communes, à ses propres amis, et à tous les amis de Maud.

Elle l'y attaquait au plus profond, dans son essence même, révélant ses instincts, sa nature, l'hypocrisie de sa morale et de ses pseudo-principes, ses sympathies fascistes. Et son racisme.

Nancy relatait même le scandale de sa propre liaison avec un Noir, accusant Lady Cunard d'avoir cherché à faire expulser son amant de Londres.

… *Mais,* Your Ladyship, *vous ne pouvez pas assassiner ou déporter quelqu'un sous le prétexte que c'est un nègre et qu'il ose se mélanger avec des Blancs.*

Vous pouvez en revanche prendre un billet pour assister à un spectacle de choix dans le sud des États-Unis : là-bas, le lynchage des nègres est annoncé à l'avance. Et vous mêlerez la pureté acquise de votre anglais aristocratique aux invectives nasillardes de la populace américaine.

Mais j'oubliais : voilà qui vous ramènerait à vos origines yankees et manquerait singulièrement de classe.

En ce monde où tout – le passé, le présent, l'avenir –, *tout* reposait sur les apparences, où les émotions et les drames personnels devaient rester secrets, Nancy savait que sa mère ne pourrait se remettre d'un tel étalage. En la mêlant au déshonneur de ce règlement de comptes familial, en l'entraînant avec elle dans cette sorte de chute, elle la mettait au ban de la société que Maud avait conquise au prix d'immenses efforts et d'une discipline de fer. Leur linge sale lavé en public privait à jamais Lady Cunard de sa dignité et l'excluait *ipso facto* des rangs de la noblesse britannique.

Nancy l'avait voulu ainsi. Un assassinat. Elle avait pesé chacun de ses mots.

Souligner les origines yankees d'*Emerald*, associer le flegme de cette grande dame à l'hystérie de la populace et aux barbaries du Ku Klux Klan, c'était anéantir cinquante ans de batailles, l'œuvre d'une vie. L'aristocrate qui incarnait le bon goût, ce personnage que Maud avait construit en effaçant toute trace de son enfance dans le San Francisco des courtisanes et des aventuriers, n'existait plus.

Nancy savait aussi qu'avec ce geste, elle se coupait elle-même du milieu qu'elle détestait. Elle rompait, de manière définitive, avec son propre passé. Il n'y aurait plus de marche arrière. Elle avait choisi de commettre l'irréparable.

Comment, dès lors, entendre la proposition de Diana ?

Une vue de l'esprit, raisonnait Maud, un vœu pieux déconnecté de la réalité.

D'un autre côté, sa nature pragmatique lui soufflait qu'un rapprochement avec sa fille serait tout de même de bon aloi. Non pas l'absolution, mais un retour à un rapport civilisé. Une relation socialement acceptable.

… Avec une hystérique comme Nancy ? Impossible. Jamais !

*

Maud et Nancy ne trouvèrent le sommeil ni la nuit de leur rencontre sous le Blitz ni les suivantes. Durant leurs insomnies, elles ne cessaient plus de s'accuser l'une l'autre, se lançant mentalement dans d'interminables réquisitoires.

La suggestion de Diana les hantait.

Avant de partir s'installer à Paris, Diana pourrait en effet leur servir d'arbitre… Non pas lors d'une rencontre. Encore moins pour une réconciliation. Mais dans une sorte de procès où chacune justifierait ses actes devant leur amie commune.

Un tribunal d'honneur, où elles appelleraient leurs champions à la barre, avec des témoins à charge et un jury pour les départager. Une forme de duel judiciaire, où les deux inculpées accepteraient de s'exposer aux coups de l'adversaire avec, au terme de ce combat moral, un vainqueur et un vaincu.

Qui incarnait le triomphe du Bien sur le Mal ?

Qui se révélait fourbe et lâche ? Qui était juste et droite ?

Qui, de la mère ou de la fille, détenait la Vérité ?

En somme, le Jugement de Dieu.

2

La médiation

Londres, hôtel Dorchester, un mois plus tard.

— Il y a quelque chose d'assez excitant à vivre sous le Blitz… Ne trouvez-vous pas, Diana *darling* ? demanda Maud de sa voix flûtée.

En ce soir de septembre 1944, le hurlement des sirènes, la double détonation des V2, le tonnerre des barrages antiaériens dans Hyde Park couvraient, encore une fois, leurs murmures. Peu importait. Les lèvres peintes en rouge, leurs clips aux oreilles, les deux amies philosophaient à mi-voix, non sans chercher du regard l'heure qui s'affichait aux pendules. Réflexe d'un autre temps. Sur les commodes, les balanciers des deux cartels Louis XV avaient depuis longtemps cessé d'osciller. Déjà, lors du Blitz des années 1940-1941, les horloges de Londres s'étaient arrêtées, leurs aiguilles bloquées sur la minute où avait explosé la bombe la plus proche.

En vérité, toutes deux attendaient l'arrivée d'une troisième… Nancy. Cette dernière avait finalement accepté de rencontrer sa mère en présence de Diana, à la condition que Lady Cunard le lui demandât explicitement.

Au terme de longues négociations, Diana avait présenté à Nancy les conditions de Maud : que Nancy se déplace jusqu'à son hôtel, au jour et à l'heure qui conviendraient à sa mère, l'agenda de Lady Cunard restant très chargé.

Diana avait donc passé plusieurs autres nuits auprès de Nancy à régler les plus infimes détails de sa médiation.

Beaucoup de temps perdu en pinaillages. Chacune des parties s'était montrée aussi méfiante, aussi tatillonne que s'il s'était agi de la préparation d'un duel ou d'un assassinat.

Les Duff Cooper quittaient Londres ce 13 septembre 1944.

En admettant que cette entrevue ait lieu, ce devait être avant le départ de Diana à l'ambassade d'Angleterre à Paris. Maintenant.

Une prise de contact informelle, autour d'un verre. À dix-neuf heures. Dans la suite de Maud.

Mais, bien entendu, Nancy se faisait attendre. Rien d'étonnant : un retard d'une heure restait sa moyenne. Qui la connaissait ne s'en offusquait pas. Elle finissait toujours par arriver. En coup de vent. Chargée de sacs et de manuscrits. Essoufflée. S'excusant à peine, inconsciente de l'agacement qu'elle avait pu susciter. Toutefois, en quelques secondes, sa gentillesse, son charme et son feu dissipaient la tension. Dès son entrée en scène, ses interlocuteurs oubliaient leur irritation.

Cette fois, on pouvait craindre qu'elle n'apparaisse pas du tout. Et Maud, après avoir fait l'effort de la recevoir – Maud, elle-même toujours si peu ponctuelle ! –, ne souffrirait pas de nouveaux délais. En admettant même que Nancy finisse par surgir, elle ne serait plus écoutée. C'était du moins ce que redoutait Diana.

Miracle : Lady Cunard ne manifestait aucun énervement. Plutôt crispée à l'heure du rendez-vous, elle semblait se détendre. Pas une plainte pour se lamenter du retard de sa fille. Et pas un mot sur l'éventualité que Nancy pût être retenue par le danger de traverser Londres sous les bombes. Elle se gardait même d'exprimer une inquiétude à propos d'un péril quelconque. Elle n'était pas mécontente, en outre, que Diana fût témoin de ce « lapin » que lui posait Nancy. Elle-même faisait preuve d'aménité tandis que l'autre se montrait insultante.

— Personnellement, babillait Maud, je n'aime rien tant que ces rues sans lumière, sans voitures, sans piétons. Juste une ville noire, vide, déchirée par les explosions et brusquement illuminée par les flammes.

— Flotter dans un présent sans avenir peut être assez excitant, je le reconnais, acquiesça Diana d'un ton morne.

— N'est-ce pas ? La peur elle-même se transforme en une sorte d'addiction euphorique.

— Pas pour moi… Si nous n'étions pas ensemble, je détesterais ces horribles nuits d'insomnie à guetter le signal *All Clear* que je ne parviens toujours pas à distinguer des autres sirènes.

— Nous sommes certes un peu déprimées en cet instant, car les obus nous tombent dessus. Mais songez à notre extase demain matin, en nous réveillant vivantes, au son des bris de verre : toutes les vitres du quartier qu'on balayera dans les rues.

— C'est un point de vue.

Silence.

— Vous n'ignorez pas, ma chérie, que je n'ai jamais été fasciste ?

Ah, on entrait dans le vif du sujet. Puisque la partie adverse faisait défaut, Maud attaquait.

— Évidemment, Maud. Ni fasciste ni pronazie.

— Ce n'est pas ce que colporte Nancy.

— Nancy exagère toujours.

— Nancy n'exagère pas : Nancy *ment*… Elle sait parfaitement que je déteste le national-socialisme, et que je l'ai détesté de tout temps. Si j'ai donné cette réception en l'honneur de Ribbentrop en 1937, c'est parce qu'il était alors l'ambassadeur d'Allemagne.

— Nous cherchions encore à éviter la guerre.

— En rencontrant Ribbentrop dans mon salon, en s'entretenant avec lui de façon informelle, votre mari pouvait le convaincre de calmer les délires d'Hitler… En organisant ce dîner autour d'eux, c'est ce que j'espérais.

— Duff l'a compris ainsi. Ne vous faites pas de souci là-dessus : il n'attache aucun crédit aux propos de Nancy sur ce chapitre… Ni lui, ni Churchill, ni personne en Angleterre.

— Mais reconnaissez que la calomnie est assez désagréable. Bien qu'en effet, traiter publiquement sa propre mère de nazie ne soit rien, absolument rien, je vous l'accorde, comparé au reste… Vous, Diana, vous ne vous êtes pas toujours entendue avec votre mère, n'est-ce pas ? Mais cela ne signifie pas que vous la haïssiez.

— Nancy ne vous hait pas.

— Non ? Et comment qualifieriez-vous ses sentiments ? Je comprends, ma chérie, que vous puissiez avoir du mal à les saisir. J'ai toujours fait pour elle tout ce que je pouvais. Vous en êtes témoin. Je n'ai jamais cherché que son bien.

— On ne fait pas le bien des gens malgré eux.

— Mais je n'ai jamais empêché Nancy de faire ce qu'elle voulait.

— Je suppose que certains de ses choix vous étonnent. Comme nous tous.

— Détrompez-vous, ma chérie : les excès de Nancy ne me surprennent pas. Sa conduite me semble, et m'a toujours semblé, abominablement attendue. D'une accablante banalité, même. Cette jeune fille avait à ses pieds le meilleur de Londres, le plus noble, le plus riche, le plus lettré… Elle a préféré le pire. Si ce n'est pas le caprice d'une enfant gâtée, cela, je ne sais pas ce que c'est ! Au fond, Nancy ne s'est donné que la peine de naître… Voyez-vous, ma chérie, moi, j'ai adoré ma mère. Oui, j'ose l'avouer : ma mère m'a tout donné. Et son amour m'a comblée. La quitter a été, dans ma vie, un déchirement terrible.

— Vous ne m'avez jamais parlé d'elle, Maud. Ni de vous, d'ailleurs. À aucun d'entre nous. Comme si votre vie avait commencé en Angleterre, lors de votre arrivée au château de Nevill Holt avec Sir Bache. Mais avant ? Vos parents ? Votre enfance ?

— Très heureuse. Il n'y a rien à en dire.

— Rien ? Tout de même, ce devait être quelque chose, la conquête de l'Ouest… San Francisco à ses débuts, au temps de la Ruée vers l'or ?

— C'étaient des mines d'argent.

— D'or ou d'argent, je suppose que la différence n'était pas grande pour les prospecteurs.

— Détrompez-vous. Les mines d'argent de Virginia City n'appartenaient pas à des prospecteurs. Ni même aux mineurs. Elles employaient plus de trente mille hommes, qui creusaient de gigantesques galeries dont la température pouvait monter à 60°, et descendaient à un kilomètre sous terre dans le désert du Nevada. L'un des sous-sols les plus riches de l'Histoire… On appelait cette veine la *Comstock Lode*. Vingt millions de dollars lourds extraits en quatre ans. Trois cents millions, les dix premières années de mon enfance, pour les quatre banquiers qui se partageaient les bénéfices du filon. Et ils avaient choisi mon père pour avocat.

— Comment était-il ?

— Je l'ai très peu connu. Il est mort quand j'étais petite, en laissant ma mère extrêmement malheureuse. Elle l'adorait. Il descendait de Robert le Hardi – Robert Emmet – que vos ancêtres, ma chérie, avaient jugé à Dublin en 1803, comme patriote et révolutionnaire irlandais. Son exécution a contraint ma famille à quitter notre île pour émigrer dans l'Iowa. Mais les Emmet n'ont jamais oublié la gloire de leur passé. Mon arrière-grand-père, Thomas Addis Emmet, est devenu procureur général de l'État de New York. Et aujourd'hui, les Emmet sont si célèbres parmi les Irlandais qu'une statue à la mémoire de Robert le Hardi s'élève dans le Golden Gate Park de San Francisco.

Un sourire effleura les lèvres de Diana : que Maud puisse se vanter d'appartenir à une lignée de révolutionnaires lui paraissait vaguement paradoxal. D'autant que d'autres histoires, des ragots qui couraient dans Londres depuis des décennies, lui revenaient en mémoire.

Lady Cunard était d'origine américaine, sans doute. Mais non comme la duchesse de Marlborough, née Consuelo Vanderbilt, ou la mère de Winston Churchill, née Jenny Jerome, qui appartenaient aux grandes familles de la côte Est. À entendre ces dames, ni les Astor, ni les Rockefeller, ni les Vanderbilt n'auraient jamais reçu Maud-Emerald, aussi riche fût-elle.

Les anecdotes les plus croustillantes sur le passé de Maud émanaient de Nancy, Diana devait bien le reconnaître. Elle se souvenait que, du temps de leur intimité, lorsqu'elles hantaient les bars ensemble, Nancy lui avait raconté – non sans délectation – que sa grand-mère était une catin et une maquerelle, tout comme sa mère. Et qu'on ne devait pas croire un mot des bribes que *Her Ladyship* livrait à la postérité… Qu'elle n'était pas née Emmet, mais Burke. Et que l'immense fortune de Miss Burke lui venait des prouesses amoureuses de Mrs Burke, sa mère. Cette merveilleuse maman, cette veuve éplorée ? L'une des grandes horizontales de San Francisco ! Une demi-mondaine, entretenue par les quatre propriétaires de la Comstock Lode, justement. Quatre aventuriers sans foi ni loi qui, en effet, avaient donné à Mrs Burke, la charmante cocotte dont ils se partageaient les faveurs, les conseils les plus avisés en matière de placements dans les mines d'argent du Nevada et du Mexique.

Nancy prétendait même avoir rencontré, durant son enfance, l'un des derniers amants de sa grand-mère : le fameux Horace Walpole Carpentier, fondateur de la ville d'Oakland, un forban qui passait pour un bibliophile éclairé. Maud l'appelait alors son « tuteur » et disait qu'elle devait *tout* à l'affection de ce gentilhomme. Et pour cause ! Horace Carpentier avait la réputation d'aimer les petites filles, et d'avoir tant aimé Maud en particulier qu'il l'avait prise chez lui, quand Mrs Burke mère avait trouvé un amant assez brave, assez riche et convenable, pour l'épouser en secondes noces.

Pygmalion de rêve ou *Sugardaddy* libidineux, Carpentier avait éduqué sa « nièce » dans un cadre digne de sa beauté et de sa jeune intelligence, l'initiant aux arts que lui-même, au fil des ans, avait appris à cultiver : la littérature, la musique et la philosophie. Non sans avoir fait d'elle la première de ses favorites.

Le Sexe, l'Argent, la Connaissance : le tiercé gagnant pour parvenir à la perfection d'une Lady Cunard ? À cette combinaison idéale, Nancy n'aurait pas manqué d'ajouter l'Ambition et l'Hypocrisie.

Au diable Nancy, qui ne laisserait jamais à sa mère aucune chance de survie ! Car, en la matière, *survivre* semblait bien avoir été l'un des soucis de Maud : elle, elle ne s'était pas seulement « donné la peine de naître ».

Tout de même, Diana s'étonnait. Elle mesurait soudain que le goût si parfait de Maud, sa culture magnifique et son tact sans égal reposaient, peut-être, sur son éducation *nouveau riche* et l'infaillibilité de son instinct de courtisane.

Le gouffre entre les deux images la gênait. Comment faire coïncider la distinction physique et morale de son impeccable amie avec la trivialité d'une petite aventurière californienne, pupille d'un vieillard aux mœurs dissolues ?

Sentant qu'elle s'égarait, Diana revint au sujet qui les occupait :

— Et Nancy, son père…

— Mon mariage a été dicté par la nécessité de guérir d'un chagrin. En vérité, à l'époque, j'étais très jeune et j'avais le cœur brisé.

— Je ne voudrais pas être indiscrète, mais…

— À cinquante ans de distance, cela n'a plus guère d'importance : vous pouvez vous montrer curieuse et me poser toutes les questions que vous voudrez, ma chérie… J'avais été quittée par mon premier, mon grand amour, le jeune homme qui a fait de moi ce que je suis… Il m'a appris à comprendre la poésie, à regarder, à écouter… Et voyez-vous, de son initiation, je ne me suis jamais remise.

— Je le connais ?

— Peut-être. Un garçon remarquable par la naissance, la beauté et l'esprit. Extrêmement cultivé. Nous nous sommes connus à Paris… C'était le petit-fils du dernier roi de Pologne.

— *Good heavens*, je ne vous savais pas aussi romantique, Maud ! Comment s'appelait-il ?

— Le prince Poniatowski.

— Vous parlez d'André ?

— Oui… Le prince André, ma chérie. Comme dans *Guerre et Paix*.

Diana avait très bien connu ce Poniatowski-là. *Le beau Ponia*, comme on le surnommait dans le monde. Un grand séducteur, en effet. Les anecdotes sur ses amours ne se comptaient plus. Et très lettré. Mécène de Debussy – ce qui avait dû plaire à Maud – et protecteur de Mallarmé… Il descendait d'un roi, certes. Mais il était aussi le petit-fils du duc de Morny par sa mère, donc l'arrière-petit-fils de Talleyrand, et le filleul de Napoléon III. De quoi faire rêver. Et sa présence dans les dîners déplaçait les foules sur les deux continents. Non content d'avoir épousé l'héritière la plus charmante de Californie, il possédait en outre le démon des affaires : il avait multiplié la fortune de sa belle-famille en investissant dans les chemins de fer américains.

Diana se rappelait soudain ce qu'on lui avait raconté du scandale de la liaison du beau Ponia avec une aventurière du nom de Miss Burke, à San Francisco. Comment imaginer un lien avec Lady Cunard ? André avait poussé le flirt assez loin pour que la petite Burke ne doute pas qu'il allait la demander en mariage. Il n'en avait, bien sûr, jamais eu l'intention. Pour activer les choses, elle avait mis ses amies dans la confidence et s'était débrouillée pour que les journaux officialisent les fiançailles… Ulcéré qu'on lui force ainsi la main, Poniatowski avait exigé un démenti officiel de la mère et de la fille Burke, deux parvenues dont l'arrivisme était de notoriété publique. La « promise » s'était arrangée pour donner à croire que la rupture venait d'elle, une rupture provoquée par l'opposition du nabab Horace Carpentier, son « tuteur ». Mais personne n'avait été dupe. D'autant que Poniatowski s'était fiancé dans la foulée à une autre jeune fille de San Francisco, de meilleure famille et beaucoup plus riche que Miss Burke. Et toute la presse ne parlait désormais que du bonheur de ce jeune couple-là.

Les dames Burke s'étaient enfuies en Europe, affectant de faire leur Grand Tour. Mais ni l'une ni l'autre n'étaient du genre à capituler devant l'adversité.

À leur retour, près d'un an plus tard, elles s'installèrent en plein cœur de Manhattan, accueillant chez elles les artistes en vogue et toutes les personnalités étrangères. Elles se rendirent en stakhanovistes à l'opéra, reçurent dans les restaurants à la mode, assistèrent aux soirées les plus spectaculaires de la ville. Et ce fut là, lors de l'un de ces dîners mondains que donnaient les riches *businessmen* pour les nobles du Vieux Monde, qu'elles rencontrèrent un aristocrate anglais, alors en voyage d'affaires à New York.

Certes, par l'âge, il aurait pu être le père de Miss Burke. Certes, il n'avait ni le panache ni le charme du prince Poniatowski, et il ne brillait guère par ses connaissances intellectuelles. Mais il possédait un titre, un château, une fortune. L'occasion semblait trop belle.

La rencontre avait eu lieu en mars 1895. Le mariage fut expédié en avril. Trois jours après la noce, les nouveaux époux voguaient à bord d'un paquebot de la Cunard Line, en route vers leurs terres boisées du Leicestershire. *Lady Cunard* était née. Elle laissait derrière elle sa mère chérie, secouant son mouchoir sur le quai.

— Sir Bache Cunard vous a tout de même donné une fille, rappela Diana d'un ton qui se voulait optimiste.

— Et quelle fille !

Sous l'ironie, la tristesse était si perceptible que Diana ne put résister au sentiment de culpabilité qui l'envahit.

Depuis toujours, elle s'était laissée fasciner par cette sublime créature. Maud-Emerald : un oiseau rare et précieux. Dans sa jeunesse, elle l'avait admirée. Aujourd'hui, elle se sentait attendrie, protectrice, étrangement responsable. Elle aimait sa dignité. Elle aimait sa pudeur.

Maud ne faisait jamais allusion à ses propres succès – et Dieu sait si elle en avait connu –, Maud ne se mettait jamais en scène… Une femme dépourvue du moindre égotisme. L'obliger maintenant à évoquer ses échecs relevait de l'indiscrétion et de la cruauté. De quoi Diana se mêlait-elle en remuant toutes ces souffrances ?

Oui, de quoi s'était-elle mêlée en imposant à Maud la rencontre de ce soir avec Nancy, qui l'avait traînée dans la boue et ne viendrait plus ?

Autant de tensions et de tortures inutiles.

Un ratage complet.

*

— Tu aurais quand même pu la prévenir ! tempêta Diana, en téléphonant le lendemain à Nancy.

— Comment ça, *la prévenir* ? Je me suis tapée de traverser tout Londres… pour que cet abruti du Dorchester m'empêche de monter !

— Tu veux dire que tu étais là… en bas ?

— Je veux dire que ma mère est une garce. Elle avait donné l'ordre au concierge de ne laisser monter personne chez elle… Sous le prétexte qu'elle y recevait quelqu'un d'important.

— Mon Dieu, mais quel horrible malentendu !

— Quelle ignoble hypocrisie, tu veux dire !

— Elle ne l'a pas fait exprès.

— Tu plaisantes ?

— Ta mère t'attendait !

— Elle s'est bien moquée de toi en te faisant croire qu'elle acceptait notre rencontre et t'imposait ses « conditions »…

C'est toujours la même chose avec elle : une mauvaise foi sans limite.

— Elle t'espérait, Nancy !

— Tu veux un autre exemple ? Il y a une douzaine d'années – *avant* que je découvre qu'elle nous faisait suivre par la police, Henry et moi, qu'elle tentait de le faire arrêter sous le prétexte qu'il était noir et qu'il couchait avec une Blanche, bref *avant* ma rupture avec elle –, je l'avais déjà affrontée. Une scène orageuse, où je lui avais reproché son ingérence et ses indiscrétions. Au lendemain de notre dispute, elle a voulu se faire pardonner. Elle m'a envoyé un bracelet pour preuve de son amour. Pas n'importe quel bracelet… Tu connais sa « générosité ». Un machin somptueux, constellé de ces pierres vertes qu'elle affectionne tant. J'avais d'abord été choquée qu'elle pense pouvoir m'acheter avec un bijou, et j'ai voulu le lui renvoyer. Ensuite j'ai réfléchi. Peu importait que je déteste, moi, les émeraudes et qu'elle le sache : elle m'offrait ce qui lui paraissait, à elle, le plus beau, le plus précieux des cadeaux. L'objet qui lui tenait vraiment à cœur… Son geste m'a émue. J'en ai même été profondément touchée. J'ai sauté sur le téléphone, je lui ai écrit une lettre pour l'en remercier… Plus tard, j'ai pensé que ces gros cailloux pourraient peut-être aider la cause d'Henry et de tous nos amis dans le besoin. J'ai donc porté le bracelet chez un bijoutier… Il l'a regardé, me l'a rendu : les pierres étaient fausses. Du toc… C'est cela, *Her Ladyship* !

3

DIANA ENTRE DEUX FEUX

Paris et Londres, 1945-1948.

Au lendemain de l'échec de sa « médiation », Diana Cooper partit rejoindre l'ambassade d'Angleterre à Paris, où Duff venait d'être nommé. Comme prévu.

Maud, quant à elle, continua d'occuper sa suite au septième étage de son palace favori. Vivre à l'hôtel lui convenait. Elle y resta après la guerre. Lors de ses passages éclairs à Londres, Diana prit donc l'habitude de réserver son ancienne chambre au Dorchester, afin de s'attarder chez elle comme pendant le Blitz… Maud, inchangée. Maud, toujours plus curieuse du monde, plus intéressée par les nouveautés, les arts, la politique et les potins.

Jamais Diana ne se sentit plus proche de sa vieille amie qu'en cette époque de paix reconquise.

Elle tenait, par contre, Nancy à distance. Non qu'elle la condamnât ou cherchât à rompre avec elle. Son affection demeurait intacte. Mais elle refusait de se trouver à nouveau prise entre deux feux. Écartelée entre sa fidélité pour la mère et sa fidélité pour la fille… Elle n'y pouvait rien : ses sentiments envers Maud étaient tellement plus faciles à vivre ! Elle-même s'en voulait de son choix, une préférence qu'elle jugeait arbitraire.

Pleine de remords, elle se faisait l'avocat du diable, défendant mentalement Nancy contre son propre abandon :

« En dépit de ses colères, elle est tout sauf une enfant gâtée, raisonnait-elle. Et *tout*, sauf une profiteuse et une dilettante. Sa rage ne relève pas de l'hystérie, contrairement à ce que croit Maud. Mais d'une forme d'intégrité… Et sans doute d'une espèce de pudeur. Elle a beau faire du bruit, elle se cache. Ses excès ? Un rideau de fumée qui masque son désespoir.

« Oui, elle aime trop les hommes, mais elle savoure si peu les joies de l'amour. Ou si mal. Pour le reste… D'instinct, elle irait plutôt vers la simplicité. Aucun besoin de luxe, en dépit de son extraordinaire élégance. Aucun goût pour les mets délicats. Ni même pour le vin. Elle en boit trop, mais se moque de savourer de grands crus. Et le champagne n'a jamais été son truc.

« Hormis sa passion pour la beauté du monde – pour tous les arts, la poésie et la nature –, elle ne jouit d'aucune des voluptés de l'existence. Au fond, elle n'a rien d'une hédoniste. »

Diana, qui avait partagé ses folies de jeunesse, mesurait soudain combien le plaisir – en tout cas le plaisir des sens – importait peu à Nancy.

Une révélation.

« Qui l'eût cru ? s'étonnait-elle. Qui l'eût cru ? Une sorte d'ascète, Nancy ? Pourquoi pas ? Elle n'écrit, elle ne publie, elle ne voyage que pour dénoncer les injustices qui l'entourent. Elle ne s'arrête jamais sur cette voie : elle étudie, elle travaille, elle lutte comme une damnée. Son empathie envers les humiliés s'incarne dans une action qu'elle mène presque avec l'acharnement des saints et des martyrs. Elle, qui ne croit pas en Dieu, évoque ces chevaliers en quête du Graal ou ces croisés qui mouraient pour leur foi.

« Elle a été d'un courage épatant, lors de la guerre d'Espagne. Non contente de soutenir les républicains sur place, elle a continué à les défendre publiquement après la défaite.

« Qui aurait visité, comme elle, tous les camps de concentration autour de Toulouse, en quête de ses camarades d'une semaine à Barcelone, d'un jour à Madrid, d'une heure à Valence ? Qui aurait dénoncé, comme elle, l'inhumanité des conditions de vie imposées par les autorités françaises aux réfugiés espagnols ? Qui aurait harcelé les préfectures pour obtenir leur liberté, au risque d'être elle-même expulsée en tant qu'étrangère ?

« Et Nancy n'a pas seulement sorti quelques prisonniers de l'enfer, songeait Diana. Elle les a accueillis chez elle. Aucun d'entre nous ne peut se flatter d'avoir aidé autant de gens, d'avoir sauvé autant de vies !

« Au Puits Carré, elle a logé des inconnus par familles entières. Un geste qui pouvait lui coûter cher. Elle le savait. Conduire des étrangers, communistes de surcroît, dans un petit village de Normandie à l'aube de la guerre mondiale ? Les soigner, les nourrir, les vêtir, leur procurer des billets de train et de bateau ? Leur donner tous les moyens pour fuir ? Ou pour rester ?

« En fait de gosse de riche, comme la décrit Maud... une héroïne.

« Totalement cohérente avec elle-même.

« N'empêche… Sa façon de nous crier *La Vérité* à longueur de journée, d'accuser des pires crimes tous ceux qui ne sont pas d'accord avec elle, sa façon de refuser le moindre compromis, prouvent que Nancy n'a rien appris de la vie. Je la respecte, je l'admire, mais elle m'agace. Elle m'exaspère même, se désolait Diana. Et ses griefs envers sa mère sont devenus fatigants ! À cinquante ans passés, elle pourrait parler d'autre chose. Comment cette femme si généreuse, si libre, si vivante, comment cette merveille d'intelligence, peut-elle revenir éternellement à sa relation avec sa mère ?… Après les combats qu'elle a livrés, et tout ce qu'elle a traversé ! »

*

Au lendemain de la Libération, le nom de Miss Nancy Cunard n'apparaîtrait donc que très rarement sur les cartons d'invitation qui conviaient l'élite britannique aux soirées de l'ambassade d'Angleterre, rue du Faubourg-Saint-Honoré. Celui de Lady Cunard, en revanche, reviendrait sans cesse sur les bristols des places à table.

Lors de tous les banquets officiels que donnerait Diana Cooper, Maud-Emerald séjournerait dans l'ancienne demeure de Pauline Borghèse.

*

Nancy, pour sa part, finit par regagner la France en mars 1945 : elle comptait se réinstaller chez elle, à La Chapelle-Réanville, dans sa ferme normande. Si l'un de ses amants, journaliste de guerre, l'avait bien avertie du sac de sa maison, elle n'avait pas mesuré la barbarie de la dévastation.

Devant le spectacle, elle s'effondra. Un écroulement intérieur, total.

Sa formidable colère contre la bêtise, contre la méchanceté, contre l'ignorance qui avaient détruit son passé, lui permit toutefois de réagir. Elle choisit de se battre pour obtenir réparation. Sinon une réparation réelle – la perte était irréparable –, du moins une reconnaissance symbolique de la haine dont elle avait été la victime, et du pillage perpétré chez elle par les Allemands, le maire et les miliciens de La Chapelle-Réanville.

*

Trois ans de lutte.

En dépit de ses courriers répétés et des démarches de son avocat, ses efforts restèrent vains. Durant des mois et des mois, sa plainte ne fut même pas enregistrée par la Justice. Quant au ministère de la Reconstruction, il prétendait avoir égaré son dossier.

Elle finit, en dernier recours, par appeler à l'aide ses puissants amis à Paris : Alfred Duff Cooper, l'ambassadeur d'Angleterre, et son épouse Diana.

Trop tard. En janvier 1948, leur mission en France venait de s'achever.

Les Duff Cooper comptaient néanmoins s'établir dans le Valois. Ils avaient loué le château de Saint-Firmin, au fond du parc royal de Chantilly. Diana y recevait ses proches – aristocrates, artistes, intellectuels – de tous les milieux et de toutes les nations. Exactement comme Nancy Cunard l'avait fait au Puits Carré, avant la guerre.

Malgré leur éloignement, Diana pouvait comprendre que Nancy s'insurgeât avec tant de fureur contre la destruction de la Beauté et de l'Histoire que représentaient ses collections. Aussi se mêla-t-elle de son combat. Usant de ses prérogatives d'épouse de l'ancien représentant de Churchill, elle chercha à taper haut et fort. Peine perdue. À Lady Diana, comme à Miss Cunard, on répondit que les experts se trouvaient débordés. Miss Cunard n'était pas la seule personne en France qui ait été spoliée par les nazis : les plaintes affluaient de partout ! Certes, cette dame était de nationalité britannique, et le pillage de sa maison avait été, en partie, perpétré par des miliciens français. Certes, cette dame y avait perdu tous ses biens – notamment ses précieux tableaux, ses objets d'art et ses manuscrits, d'une valeur objectivement inestimable. La Quatrième République ne se reconnaissait néanmoins aucune responsabilité dans cette affaire. D'autant que le successeur de Mr Duff Cooper à Paris, Son Excellence monsieur l'ambassadeur Harvey, s'en lavait les mains.

Diana, qui détestait le nouvel ambassadeur, prit cette fin de non-recevoir comme un camouflet personnel. Les deux amies se retrouvèrent donc sur leur ancien terrain : celui de la révolte. Et leur rage commune contre l'indifférence et la passivité des autorités raviva une affection vieille de trente ans.

*

En ce début de juin 1948, les jeux étaient faits. Nancy – incapable d'accepter le ravage du Puits Carré, incapable aussi de le reconstruire et d'y vivre – s'était décidée à le vendre. Dans l'état où se trouvait la propriété, l'affaire avait traîné. Comble de l'ironie : la seule personne intéressée par la maison se révéla être une amie de sa mère. Mais au dernier moment, la lady dépêchée par Maud s'était désistée.

Aujourd'hui, miracle ! Le Puits Carré venait enfin de trouver acquéreur : un couple de Parisiens, qui cherchait une résidence secondaire, prendrait possession de la maison en ruine, demain matin.

Restait donc à récupérer les ultimes reliques, à les mettre en cartons et à dire adieu.

Restait à retourner sur les lieux du carnage.

Livre troisième

HISTOIRE DE MAUD

Portraits croisés

Nancy

1

De Paris à La Chapelle-Réanville, en roulant la nuit vers le Puits Carré, juin 1948.

Foncer à tombeau ouvert dans le noir. Faire vrombir le moteur. Réveiller les bourgeois. Au volant de sa décapotable, Diana traversait en trombe les villages de Normandie où pas un bruit, pas une lueur ne filtraient. Nancy, qui n'avait jamais su conduire, pressait Diana d'accélérer *for the fun*. La bouteille de gin qu'elles se passaient et buvaient au goulot – Diana par minuscules gorgées, Nancy à grandes lampées – donnait à penser qu'elles étaient déterminées à semer la pagaille et à s'amuser.

En fait de partie de plaisir, l'une et l'autre sentaient que la nuit serait rude. Elles allaient au Puits Carré déménager les ultimes vestiges de la vie de Nancy. Ensemble… Histoire de conjurer la souffrance du déchirement, en la partageant.

La voiture enfilait les grand-rues désertes, zigzaguait entre les haies des bocages.

Fidèles à leurs habitudes, les deux femmes avaient quitté Paris en retard et n'arriveraient pas avant minuit.

Les pans de leurs foulards s'envolaient derrière elles, se confondant avec la fumée des cigarettes qu'elles allumaient à la chaîne.

Pour l'heure, elles plaisantaient, évoquant leurs excès d'autrefois, leurs rébellions de jeunes filles, et leurs amants communs… La liste était longue et les souvenirs nombreux. Un sujet, néanmoins, restait tabou : la folle admiration de Diana pour Lady Cunard.

— Je reconnais que l'absence de base ne me vaut rien, lança Nancy de sa voix aiguë, hachée par la vitesse, cette voix reconnaissable entre toutes.

Avec ses accroche-cœurs sur les tempes, ses yeux d'un bleu dur cernés de khôl, et sa robe taille basse, elle restait une icône de la mode des Années folles. Les derniers bracelets de sa collection africaine, qui lui recouvraient toujours les bras jusqu'aux coudes, s'entrechoquaient contre la portière dans les cahots de la route.

— … Retrouver une maison est devenu mon obsession ! Tu sais, ce n'est pas par fatalisme qu'aujourd'hui j'accepte le saccage et la fin du Puits Carré. Le mot même d'*accepter* n'est pas le bon, car on ne peut pas plus accepter un fait qu'on ne peut le refuser. L'une ou l'autre posture n'y changera rien… Le pire, c'est qu'à La Chapelle-Réanville, il n'y a eu ni bombardements, ni tirs d'artillerie, ni raids aériens, à aucun moment de la guerre. Rien que la bêtise des gens, leur peur et leur haine à l'égard de tout ce qu'ils ne connaissent pas.

— Tu pourrais chercher une ferme à côté de chez moi, vers Chantilly ?

— Trop proche de la Normandie, *darling* ! Je ne peux plus supporter les paysages de cette campagne-là.

— Le Midi, alors ?

— Pourquoi pas ?

— Cannes ?

— Trop cher. Mais j'ai visité une bergerie à vendre dans le Lot.

Elles avaient quitté la nationale pour s'engager dans les chemins creux.

— Je ne suis jamais allée dans le Lot, on dit que c'est une région superbe.

— À Lamothe-Fénelon, exactement : le village où est née mon arrière-grand-mère... *Her Ladyship* t'a dit qu'elle était française pour un quart ? Originaire de Lamothe-Fénelon, justement. Incroyable coïncidence, non ? Qu'en penses-tu ? Revenir dans le berceau de ma famille maternelle. Retourner aux origines de Milady. *Rentrer au bercail*... Ce serait tout de même le pompon, tu ne trouves pas ?

Terrain miné.

— Le pompon, en effet.

Diana soupira. Voilà... À quelques kilomètres de l'arrivée, Nancy attaquait. Elle avait tenu jusqu'à Vernon, sans aborder la question. Elle n'y résistait plus.

— Ne fais pas cette tête, Diana. Au contraire de ce que tu imagines, je ne pense jamais à *Her Ladyship*.

— Nancy, s'il te plaît... Ne commence pas.

— Et quand je pense à elle – les rares fois où cela m'arrive –, je ne la considère qu'avec la plus grande objectivité.

— Parfait. Tu t'es amputée de tes sentiments. Tu n'éprouves plus rien. N'en parlons plus.

— Cette femme a toujours été très loin de moi, à toutes les époques de ma vie.

— Cette femme reste ta mère. Et si elle devait disparaître sans que tu l'aies revue, tu pourrais le regretter.

— Je ne regretterai jamais d'avoir rompu avec ce monstre d'égoïsme et d'hypocrisie.

— Elle ne va pas très bien. Tu le sais ?

— Ses sbires se croient obligés de me téléphoner à chaque fois qu'elle attrape une angine. Et comme elle en attrape beaucoup – du moins, c'est ce qu'elle veut me faire croire –, ils ne cessent de me déranger.

— Elle souffre de la gorge, et les pronostics…

Fixant droit devant elle le halo des phares sur la route, Nancy lança d'une voix dure :

— Qu'elle crève !

Maud

1

La même nuit, à la même heure, Londres, hôtel Dorchester, juin 1948.

Ralentir le rythme de vos plaisirs. Refuser les invitations qui vous tiennent à cœur. Renoncer à toute sortie au théâtre, au concert. Vous reposer et rester chez vous : en ce début d'été, Lady Cunard expérimentait des obligations nouvelles. Son médecin, le très mondain docteur Pierre Lancel, l'en avait avertie : sa santé ne saurait supporter la fatigue des soirées et l'irritation de la fumée. Les cigarettes que les convives enchaînaient dans les réceptions risqueraient de lui être fatales.

Si Lancel ne prononçait pas devant elle le mot qui terrifiait ses patients, il savait que Lady Cunard n'ignorait rien de son état. En fait d'angines à répétition, elle souffrait d'un cancer de la gorge. La pudeur étant devenue chez elle une seconde nature, elle ne lui demandait pas, au contraire de ses autres malades, le temps qui lui restait à vivre. Sans doute avait-elle deviné que l'échéance n'était même plus une question d'années, ni de mois.

Quoi qu'il en soit, elle affichait son habituelle insouciance. Et puisqu'elle devait limiter ses sorties, elle inviterait ses proches à souper en faisant monter le *room service* dans sa suite au Dorchester. Seule contrainte pour ses hôtes : sortir fumer sur le balcon.

Ce soir, Maud avait toutefois jeté un froid en portant un toast qui ne lui ressemblait pas. Sa coupe levée, elle n'avait pas bu à la santé de ses invités, ni même à celle de Churchill ou du roi. Mais elle avait clamé : « À la Mort ! », avant d'avaler son champagne cul sec. Un geste aussi large, une parole aussi dramatique tranchaient avec cinquante ans de litotes et de petites gorgées. Elle avait eu beau pétiller d'esprit durant la suite du dîner, ses convives en étaient restés glacés. Ils avaient choisi de se retirer tôt.

Seule dans sa chambre, Maud feuilletait l'un des romans qu'elle avait pour habitude de lire au lit. Depuis sa jeunesse, combien de nuits d'insomnie ? L'œil vague, elle fixait la fenêtre en se demandant ce que ses amis diraient d'elle après sa disparition. En quels termes annonceraient-ils sa mort ? La présenteraient-ils comme une salonnarde ? Une intellectuelle ? Une muse ? Le grand mécène de la musique anglaise durant plus d'un quart de siècle ? Elle avait déjà rédigé son avis de décès, bien sûr. Mais, dans le libellé, une question se posait : Nancy devait-elle figurer parmi les endeuillés ?

La réponse changerait dix fois jusqu'à l'aube. Au matin, elle ne varierait plus : *Non.* Mais alors, qui ? Lady Diana Cooper, bien sûr, sa fille d'élection. Qui d'autre ? Certainement pas la famille de Sir Bache Cunard, avec laquelle elle avait coupé les ponts. Pas non plus la famille Burke en Amérique, ni même les Emmet qu'elle n'avait pas vus depuis un demi-siècle… Celle du général Carpentier, son tuteur bien-aimé ? Les multiples autres « nièces » de Carpentier lui reprochaient d'avoir capté sa fortune… Ses amants ? La plupart des hommes qui l'avaient vénérée étaient morts. Ou bien l'avaient quittée, comme Sir Thomas Beecham, son compagnon de trente ans, l'amour de sa vie.

Tous ces abandons…

Elle ne put retenir un frisson. La trahison de Sir Thomas, même à quelques années de distance, restait une émotion qu'elle ne pouvait soutenir.

Le sentiment de sa solitude la gagnait. Glaçant. Elle devait se reprendre… Elle n'était pas si seule, après tout ! Elle avait Diana. Et puis Mary Gordon, sa femme de chambre si fidèle, si dévouée. Elle tenait absolument à ce que Gordon figurât sur les cartons notifiant ses funérailles, et qu'elle y apparût à l'égal de ses relations titrées. Sur le communiqué, que Maud conservait dans son secrétaire à l'intention des journaux et de la Cour, elle l'avait placée en première ligne : « Miss Mary Gordon, la compagne de tous les instants de Lady Cunard, a la grande douleur de vous faire part de… » Nancy, qui la prétendait si snob et si sectaire, serait surprise d'une telle promiscuité.

À Diana, elle léguerait ses perles et ses pierres précieuses, en espérant que la chérie ne serait pas trop déçue. Elle ne se doutait sûrement pas que sa Maud – dont la passion pour les bijoux de chez Cartier l'amusait tant – ne portait désormais que des perles de culture. Quant à ses émeraudes… Si elles arrivaient encore de Paris, elles ne venaient plus de la place Vendôme, mais de chez Burma, le plus habile des imitateurs.

Sur ce point, une certitude : à Londres, nul n'imaginait qu'elle mourait ruinée. En vérité, la Faucheuse arrivait à point. Impossible de louer plus longtemps sa fameuse suite au Dorchester.

Seuls biens qu'elle avait réussi à ne pas vendre : ses tableaux impressionnistes. Du moins les toiles que l'écrivain George Moore, son adorateur de toujours, lui avait léguées en 1933. Celles-là, elle les avait mises au coffre avant le bombardement du premier Blitz, qui avait détruit ses collections. Plusieurs Manet, deux Berthe Morisot, un Monet, qui valaient aujourd'hui une fortune. Elle en avait détaillé les héritiers dans son testament : ces merveilles iraient pour un tiers à Diana ; un autre tiers à Sir Robert Abdy, ce cher Bertie dont les hommages lui auraient réchauffé le cœur jusqu'au bout ; et le dernier tiers à Nancy.

À Nancy, vraiment ? Pourquoi à Nancy ?

— *Elle ne mérite rien !*

Ces paroles, Maud les avait entendues aussi clairement que si quelqu'un avait parlé dans la pièce. La Voix s'exprimait ainsi la nuit, et de plus en plus souvent. Avec elle, Maud dialoguait jusqu'à l'aube… Déjà, une vieille habitude.

Ensemble, elles évoquaient des incidents oubliés, ressuscitaient des rencontres magnifiques ou des ruptures pénibles, se rappelaient les bons mots, les propos d'anthologie que Maud avait prononcés. Ou les méchancetés que d'autres avaient colportées derrière son dos.

Elle savait bien que ses échanges avec la Voix se déroulaient dans sa tête. Mais elle ne pouvait pas plus renoncer à ces discussions avec elle-même qu'elle ne savait résister à une conversation avec autrui.

— Un tiers me paraît juste… Nancy est tout de même ma fille !

— *Votre vraie fille, c'est Diana. L'autre est une folle qui dilapidera votre héritage.*

Bizarrement, elle tutoyait sa voix intérieure, mais la Voix lui disait « vous ».

La Voix gardait ses distances. Elle maîtrisait les faits, connaissait les dates. Elle affichait l'impartialité du Juge et l'omniscience du Créateur. Elle pouvait aussi feindre l'ignorance et jouer l'avocat du diable. Elle avait le goût de la rhétorique. Un vrai don pour la joute oratoire.

Elle semblait tantôt pleine de respect, tantôt provocatrice. Elle était même capable d'une forme d'esprit de contradiction, qui vous poussait dans vos retranchements. À tel point qu'on devait quelquefois esquiver ses attaques. Mais n'était-ce pas là tout l'intérêt, tout le plaisir d'une causerie entre soi ?

Maud soupira :

— Radier Nancy de mon testament ferait, dans le monde, mauvais effet.

— *Lui léguer les Manet de George Moore ne servira qu'à engraisser les Noirs et les communistes.*

— George Moore l'aimait.

— *George Moore n'aimait que vous.*

George Moore. Le G. M. de sa jeunesse… Elle n'avait plus songé à lui depuis tant d'années. Ni même à sa mère et à son enfance. Oui, bien sûr, il y avait eu cette soirée avec Diana sous le Blitz, quand cette dernière l'avait interrogée sur le passé. Mais l'évocation en était restée là.

La Voix, pour sa part, lui racontait sans cesse son histoire. En l'écoutant, elle revoyait tout : la couleur, la matière, la coupe de ses toilettes, les décors qui avaient servi de cadre à ses émotions. Sa vie défilait en une suite de scènes dont elle-même restait le sujet, l'objet, l'unique héroïne.

Les êtres qu'elle avait croisés reprenaient vie maintenant, à l'heure où elle sentait, où elle savait qu'elle allait mourir… Sinon mourir cette nuit, mourir demain ou après-demain matin.

Avant d'être mangée à l'aube, elle se battait, comme la chèvre de Monsieur Seguin, à laquelle elle se comparait. Contre les accusations de Nancy qui la dévoraient, elle se battait, elle se battait, elle se battait.

— George Moore me vénérait. Il croyait avoir trouvé en moi l'incarnation de son idéal… Il ne me voyait pas telle que je suis. L'adoration, c'est encore bien autre chose que de l'amour.

— *Mais vous, vous l'avez aimé...*

— Évidemment. Il m'a fascinée. C'était – c'est ! – un immense écrivain. Et dois-je te rappeler que nous sommes restés liés pendant près de quarante ans ?

— *De tous vos amants, il est celui que vous avez préféré ?*

— *Tous* mes amants ? Encore une exagération de Nancy. Si j'en compte dix, c'est bien le diable !

— *Non négligeable, pour une femme mariée... Je vous répète ma demande : George Moore reste-t-il votre préféré ?*

— S'il fallait répondre à cette question idiote, je te dirais, comme Robert Louis Stevenson, que le premier amour touche à la virginité des sens, et donc…

— *Donc le gagnant serait votre tuteur, le général Carpentier ?*

— Mon tuteur n'a jamais été mon amant.

— *La rumeur dit pourtant que le vieux Carpentier lutinait ses « nièces » de très, très près.*

— Quand la rumeur émane de qui nous savons, mieux vaut s'en méfier.

— *Il avait été l'un des soupirants de votre mère. En vous donnant à lui, elle ne pouvait ignorer le danger.*

— Je vois où tu veux en venir… Et les mots de « maquerelle » et de « catin », dont Nancy se permet de qualifier sa grand-mère, sont insupportables ! Elle ne parlerait pas de la lignée des Cunard d'une telle façon. De nous deux, Nancy est de loin la plus snob.

— *Sauf votre respect, le passé de madame votre mère n'en demeure pas moins chaotique.*

— Si par « chaotique » tu entends les difficultés d'une veuve dans le coupe-gorge qu'était San Francisco, certainement ! En Californie, ma mère était une déracinée.

— *Mais tout le monde l'était, dans l'Ouest.*

— Son élégance restait toutefois une rareté. Vois-tu, elle était à demi française et lisait Victor Hugo dans le texte. Je la vois encore, toute petite, les talons de ses bottines plantés dans les pentes de San Francisco, un tome des *Misérables* sous le bras. Un volume en maroquin rouge qui se découpait sur le noir de sa houppelande… Incroyablement cultivée, avec un grand sens artistique auquel s'ajoutait une gaieté sans égale.

— *Votre mère fut une femme charmante, en effet : l'incarnation du chic pour les nouveaux riches qui tendaient vers la sophistication.*

— Et sa nature optimiste a été mise à rude épreuve. Après avoir perdu son premier mari – mon père –, après s'être retrouvée sans ressources avec une petite fille, elle a dû faire le deuil du deuxième homme de sa vie, le charmant William O'Brien.

— *Oui, l'un des quatre propriétaires des mines de la Comstock Lode. Celui qu'on appelait « le beau millionnaire aux yeux bleus »... dont vous êtes probablement la fille.*

— Encore une idée fixe de Nancy. Elle voit des enfants illégitimes partout ! Elle se croit, quant à elle, la fille de George Moore. Cela ne l'a pas empêchée d'essayer de le séduire, en se déshabillant devant lui. Elle s'est exhibée nue pour qu'il l'admire... Étrange conduite avec l'homme qu'on considère comme son père. Mais passons sur les turpitudes de Nancy.

— *Nous y reviendrons.*

— Quoi qu'il en soit, mon père n'était pas William O'Brien.

— *Bon, reprenons au début. Vous êtes née à San Francisco...*

— En 1880.

— *Nous sommes entre nous, Maud. Inutile de vous rajeunir.*

— Le 3 août 1872.

— *Votre père meurt quand vous êtes en bas âge. Et l'homme qui le remplace auprès de sa veuve, le richissime William O'Brien – qui vous instituera, votre mère et vous-même, légataires d'une partie de ses biens – meurt à son tour. Votre mère se laisse alors courtiser par celui que vous appelez votre tuteur, puis elle se remarie avec un agent de change new-yorkais.*

— Exact.

— *Et là, vous refusez d'aller vivre avec elle.*

— Je ne refuse rien du tout ! Elle était très éprise de son époux : un homme merveilleux, ce James Frederick Tichenor. Je l'ai, comme elle, adoré. Mais j'avais quinze ans et restais très attachée à celui qui avait veillé sur mon enfance. Le général Carpentier avait eu la générosité de s'occuper de mon éducation. Il m'avait fait donner des cours de piano. Et je lui dois d'être devenue la musicienne que mes amis ont l'indulgence d'appeler aujourd'hui une virtuose. Grâce au général, je peux encore jouer sans partition les *Lieder* de Schubert, et même les chanter… Et comme je te le disais, c'est moi qui ai choisi d'aller vivre chez lui. J'adorais me perdre dans le labyrinthe de sa bibliothèque pour y découvrir les éditions rares de Zola, de Balzac et de Shakespeare. J'adorais l'accompagner dans ses voyages à New York, le suivre au Metropolitan pour entendre les plus grands interprètes. La découverte de Wagner a été le choc de ma vie. Je me souviendrai toujours de cette représentation du *Ring* à ses côtés. Ce fut une révélation. Un nouveau monde s'ouvrait à moi !

— *Avouez que le vieux satyre avait trouvé en vous une nymphe à sa mesure... Intelligente, ravissante, libre de toute entrave familiale. Un délice. Sinon son égale, du moins son émule dans les plaisirs de l'esprit comme dans ceux de l'amour.*

— Notre affection est restée cantonnée dans les limites de la décence.

— *Qu'entendez-vous par là ?*

— Qu'il faut avoir l'esprit aussi vicieux que Nancy pour imaginer autre chose !

— *La décence n'a pourtant pas été l'une de vos préoccupations majeures... Je me trompe ?*

— Tu te trompes. J'ai toujours fait preuve de correction et de savoir-vivre. C'est la raison pour laquelle la trahison du prince Poniatowski m'a tant bouleversée autrefois. Nous partagions la même passion pour la musique, nous avions les mêmes goûts littéraires. Quand je l'avais connu à Paris, il m'avait présentée à Debussy, il m'avait emmenée aux fameux mardis de Mallarmé. C'était bien la première fois qu'une jeune fille de San Francisco fréquentait de tels cercles. Et quand j'avais dû rentrer, il m'avait écrit presque chaque jour de France, me disant combien je lui manquais… Une cour très appuyée. Je n'ai pas pris mes rêves pour des réalités, tu sais. Il m'aimait… Enfin, je l'aimais.

— *Vous brandissez le nom d'André Poniatowski comme celui de l'homme qui vous a brisé le cœur. Mais il est loin d'avoir été le seul à le faire battre...*

— Je te l'ai déjà dit : je n'ai aimé mon tuteur que d'un sentiment filial.

— *Je ne vous parlais pas du général Carpentier. Après lui, après Poniatowski, n'y a-t-il pas eu dans votre vie une liaison plus improbable ?*

— Si tu fais allusion à ma relation avec George Moore…

— *Je crois que la scène de votre rencontre résume la liberté dont vous avez toujours fait preuve.*

— Je te l'accorde. Veux-tu que je te dise ? En dépit de ce que Nancy affirme, j'ai toujours été bien plus libre qu'elle. George Moore t'aurait même dit qu'il n'avait jamais connu, chez aucune femme, une telle liberté intellectuelle. Que mon audace l'a bouleversé. Qu'il en est resté toute sa vie sidéré... J'avais vingt ans, lui quarante et des poussières, je te le rappelle. Et j'étais désespérée par l'abandon du prince André. Quand ma mère a voulu me faire oublier mon chagrin en entreprenant le Grand Tour, je connaissais déjà Paris pour y avoir séjourné avec mon tuteur. Mais elle pensait que ce voyage en sa compagnie me guérirait. Elle n'avait pas tort : la tendresse de ma mère valait tous les baumes.

— *Vous aviez toutes deux hérité de la fortune d'O'Brien, vous passiez pour de riches Américaines, vous aviez les moyens de vos plaisirs.*

— Oui... Et de plus, le mari de ma mère ne connaissait aucune difficulté financière. Il nous avait ouvert de vastes crédits pour soigner mes peines de cœur. En ce mois de mai 1894, nous étions descendues à l'hôtel Savoy dont le restaurant surplombe la Tamise, un palace aussi merveilleux que le Dorchester. Ce jour-là, nous y avions convié quelques amis à un déjeuner placé, où nous rendions plusieurs invitations. En entrant dans la salle, j'ai tout de suite repéré sur la terrasse l'auteur que j'admirais le plus au monde : George Moore. *G. M.*, comme ses amis l'appelaient déjà dans la presse. Appuyé au balcon, il se tenait dos au fleuve et détaillait avec le maître d'hôtel le menu du dîner qu'il comptait offrir au Savoy le lendemain. Les jeunes générations ont oublié qui était George Moore ! Il passait cependant pour l'un des membres les plus doués et les plus fantaisistes de l'intelligentsia irlandaise. Il avait jeté sa gourme à Paris, s'était lié avec la bohème, avait fréquenté Verlaine, Zola, Rodin, tous les impressionnistes. Le génie de Monet paraît une évidence aujourd'hui. Mais George Moore a été le premier à collectionner ses œuvres en Angleterre. Il vénérait Manet, qui l'a immortalisé dans un portrait magnifique. Lui-même avait voulu être peintre, ses critiques d'art étaient célèbres. Et cette année-là, il venait de publier son chef-d'œuvre, *Esther Waters*, que le Tout-Londres encensait. Les nombreux dessins qui le représentaient dans les journaux me l'avaient rendu immédiatement reconnaissable. Sa silhouette, avec ses épaules tombantes qui lui donnaient l'allure d'une bouteille de champagne, faisait la joie des caricaturistes. Sans parler de sa moustache broussailleuse, de ses mains toujours en mouvement et de ses gilets souvent mal boutonnés. Mais il pouvait aussi se montrer très élégant. Le jour de notre rencontre au Savoy, il avait l'air d'un dandy. Il parle toujours de l'effet de mes robes sur ses sens… Je me souviens, moi, de la coupe impeccable de son costume qui sortait tout droit de Savile Row, de son col dur, de sa cravate à pois et de ses boutons de manchette en lapis-lazuli. Il incarnait l'artiste-gentleman dans toute sa splendeur. On le disait un peu distrait. Facilement impertinent. Pour ne pas dire totalement provocateur… Ses liaisons étaient de notoriété publique. Je dois dire qu'il avait de quoi plaire ! À la fois excentrique, téméraire et séducteur. J'avoue que je n'ai pas hésité une seconde. J'ai traversé la salle pour lui dire que je voulais l'inviter à déjeuner avec moi.

— *À vingt ans, dans le monde, une jeune fille pouvait se permettre cette sorte de geste ?*

— Certainement pas.

— *Pourtant vous vous l'êtes autorisé.*

— Et grand bien m'en a pris. Cette vision d'une petite personne marchant droit sur lui l'a obsédé jusqu'à sa mort. Il n'y a pas un seul de ses romans où je n'apparaisse dans la toilette que je portais ce jour-là : LA robe à tournure en taffetas rose et gris. Il est revenu sans cesse à ces deux couleurs, au crissement de mes jupons, à mes petites mains gantées, au voile de gaze qui couvrait mon décolleté, aux moindres détails de mon anatomie… Partout, dans toutes ses héroïnes, il décrit l'or de ma chevelure, le bleu changeant de mon regard. Le portrait est certes flatteur, mais pas autant qu'on pourrait le croire : n'oublie pas que j'avais près d'un quart de siècle de moins que lui. Et George Moore avait beau passer pour un roué, il était déjà un vieux lion. De toi à moi, il n'a pas cédé tout de suite à mon invitation, il a hésité. Il m'a même dit qu'il était très occupé par l'écriture d'un nouveau roman et qu'il devait rentrer chez lui travailler. J'ai dû insister. Expliquer qu'un des invités de ma mère venait de se décommander et que nous avions une place libre à ma droite. J'ai été jusqu'à changer les cartons afin qu'il vienne s'asseoir à côté de moi. Là, seulement, il a accepté. Et durant le déjeuner, il s'est montré le causeur le plus brillant que j'aie jamais entendu. Il osait des paradoxes fous. Je reconnais que nous nous sommes livrés à un jeu de ping-pong audacieux, et que nos reparties nous ont tourné la tête à tous les deux. Pour ma part, je buvais ses paroles et suis sortie complètement ivre de ses mots d'esprit.

— *Quant à lui, il a écrit qu'il avait trouvé en vous ce qu'il adorait chez une femme : l'instinct et le courage.*

Maud ne put retenir un petit sourire. Sans aller jusqu'à se rengorger, elle se redressa dans son lit. Ce portrait d'elle-même lui causait une consolation des plus agréables.

— Oui, il disait cela : que j'étais courageuse comme un moineau.

— *Ou comme un épervier.*

— Il disait cela aussi. Je crois que je l'ai conquis quand j'ai posé ma main sur son bras.

— *Encore un geste d'une familiarité insensée chez une jeune fille.*

— Et quand je me suis écriée : « George Moore, vous avez une âme de feu ! », il s'est enflammé. La phrase peut te paraître d'une banalité abyssale, elle lui a beaucoup plu, il me l'a répétée mille fois… Je crois, sans fausse modestie, qu'il ne s'est jamais remis de ce déjeuner.

— *Il l'a dit, en effet : « Toutes les amours fragmentaires de ma jeunesse semblaient s'être incarnées dans une passion qui ne s'éteindrait plus. À quoi servirait d'écrire que sa chevelure était épaisse et blonde, que ses yeux étaient gris et bleus ? J'avais connu beaucoup de femmes avant elle, et bon nombre avaient des cheveux aussi beaux et des yeux aussi profonds. Mais nulle autre n'avait possédé cette vertu indispensable de me faire sentir plus intensément vivant en sa présence. Et Maud avait ce pouvoir-là : celui de m'insuffler la vie lorsqu'elle se tenait à mes côtés, celui de me l'ôter lorsqu'elle s'éloignait. »... Mais vous ne vous êtes pas éloignée de George Moore, n'est-ce pas ?*

— Si. Ma mère et moi-même devions quitter Londres quelques jours plus tard, pour visiter l'Allemagne. Quant à lui, il passait le mois d'août à Bayreuth. Nous nous sommes écrit tout l'été : en septembre, il a changé ses plans. Il est venu nous rejoindre à Dresde. Puis à Aix-les-Bains. Puis à…

— *« Nous » rejoindre ? Vous suivre, vous ! Il est tout de même étonnant que votre mère n'ait pas protesté en le voyant débarquer à Dresde, à Aix, dans tous les hôtels où vous descendiez.*

— Ma mère admirait l'œuvre de George Moore, au moins autant que moi.

— *Ce n'est pas une raison pour qu'elle laisse ce célibataire endurci, ce vieux Valmont, vous courtiser ! D'autant que votre réputation avait déjà été très compromise par le scandale de vos fausses fiançailles avec Poniatowski.*

— Ma mère était une femme intelligente et pleine d'amour. Tout sauf une bourgeoise, tout sauf une prude… Et elle m'adorait. Mon désespoir en perdant l'amour du prince lui avait causé une belle peur ! Elle avait craint pour ma vie. Me voir de nouveau pleine de joie grâce à la présence de George Moore lui réchauffait le cœur. Mais elle ne nous lâchait pas. Nous avons dû ruser pour déjouer sa surveillance.

— *Et vous y êtes parvenus...*

— J'ai bizarrement oublié nos promenades seul à seule. Ce blanc dans ma mémoire m'a causé assez d'ennuis quand, trente ans plus tard, j'ai dit à George Moore que je ne me rappelais pas être allée avec lui sur le lac du Bourget.

— *Il s'en souvenait, lui ! Il a écrit que vous, Maud, vous vous arrêtiez dans la forêt, que vous le faisiez asseoir à côté de vous sur l'herbe d'une clairière, que vous le regardiez tranquillement et que vous lui disiez : « Vous pouvez me faire l'amour maintenant, si vous le désirez. »*

— George Moore s'est beaucoup répandu… Le moins qu'on puisse dire c'est qu'il ne péchait pas par excès de discrétion.

— *Avouez tout de même que pour une vierge sans expérience... Il disait encore que votre sensualité le ravissait. « Une sensualité froide, car dénuée de tendresse et de passion. » Mais une sensualité de nymphe triomphante, si sûre de sa nature divine qu'elle ne semblait jamais triviale. Une sexualité de dryade païenne, certaine de son pouvoir et sereine dans son plaisir.*

— G. M. était un voyeur. Et un fanfaron. Surtout, surtout, G. M. était un romancier. Pour construire une scène, il en exagérait beaucoup la dramaturgie.

— *Il raconte aussi que vous vous êtes enfuie avec lui dans un hôtel d'Avignon, que vous y avez partagé le même lit, que vous y étiez nue, et que vous lui avez tout donné.*

— Sauf l'essentiel… Puisque tu connais si bien l'œuvre de George Moore, je te rappelle qu'il a jugé utile de préciser : « Si l'amour était réduit à une possession totale, comment m'en serais-je sorti ? Durant plus d'un an je fus l'amant d'une jeune fille américaine qui est arrivée vierge (techniquement) à son mariage. »

— *Si je ne m'abuse, il ne s'est pas arrêté là : « Les baisers dans le nid de l'amour sont plus intimes et plus excitants que l'acte banal, tel que les épiciers et leurs dames l'accomplissent à minuit dans leur lit. »*

— Oui, passons… Quoi qu'il en soit, ces moments en France ont scellé notre amitié.

— *Amitié ? Une liaison plutôt dangereuse.*

— Dangereuse ? Pour qui ? George Moore m'a demandé à genoux de l'épouser.

— *Et vous avez refusé !*

— Si j'avais accepté, nous aurions été heureux… combien de temps ? Six mois ? Il en est convenu. Il prétendait que j'étais faite pour briller, avoir un salon et réunir autour de moi les grands esprits de mon temps. Et que, pour cela, j'avais besoin d'un tremplin… Et donc d'un mari. Ensemble nous avons égrené les noms des candidats possibles.

— *Et il n'a pas trouvé pour vous l'époux idéal.*

— Non.

— *Mais votre mère vous a facilité la tâche. Comme d'habitude.*

— Elle partageait entièrement l'avis de George Moore : je devais me marier. Elle-même rentrait à New York. Elle tenait à me ramener avec elle. Je l'ai suivie sans balancer.

— *Vous parlez de votre séparation d'avec G. M. avec tant de détachement ! En réalité, elle a été douloureuse.*

— Très. Je savais toutefois que je le retrouverais un jour. J'en étais certaine. J'avais adoré l'Europe, j'étais déterminée à revenir à Londres vivre auprès de lui. Et c'est exactement ce que j'ai fait ! Ma mère et moi sommes arrivées à New York à la fin du mois de février 1895, nous avons rencontré Sir Bache Cunard en mars, et tu sais que je l'ai épousé en avril.

— *La sœur de Sir Bache a tenté de vous détourner d'une telle alliance.*

— Quand elle m'a écrit que mon fiancé était un vieux garçon, qu'il n'aimait que la campagne, que je serais déçue, que j'allais m'ennuyer avec lui toute ma vie, je savais qu'elle avait raison... Sir Bache s'est révélé être exactement ce qu'elle disait, et ce que je pensais.

— *Vous avez pourtant choisi de passer outre...*

— Vois-tu, je l'aimais bien. En tout cas je l'aimais mieux que la plupart des hommes de ma connaissance. Et j'ai honnêtement tenté de jouer le jeu.

— *Le jeu ?*

— J'ai essayé de lui rester fidèle.

— *Si chez vous, la fidélité dure un maximum de trois mois, alors oui, vous avez joué le jeu.*

— Je te jure que ma rencontre avec George Moore, trois mois après mon retour en Angleterre, a été un hasard complet ! Il me savait mariée, mais il ignorait que j'étais revenue. À l'époque, j'habitais Nevill Holt... Je n'avais pas tenté de renouer avec lui. Ce jour-là, j'étais à Londres, où je venais de faire quelques courses. Je roulais en fiacre, avec mes paquets, sur Fulham Road. Le fiacre de G. M. roulait dans l'autre sens. Nos chevaux se sont croisés. J'ai poussé un cri. Lui aussi. Très émus, nous avons fait arrêter nos voitures. Il est monté dans la mienne, m'a baisé la main… Cela peut paraître bizarre, mais nous étions tous deux dans un tel état d'agitation que nous n'avons parlé que de Zola. Il ne s'est rien passé d'autre.

— *Et ensuite ?*

— Ensuite, la platitude de Sir Bache… Sa lourdeur comparée au charme et à la fantaisie de G. M… Bref, lors d'une chasse à courre au château de Windleston chez notre amie commune Sybil Eden, nous avons fait en sorte de nous retrouver. Et là, il est venu me rejoindre dans ma chambre, et nous nous sommes complètement donnés l'un à l'autre.

— *Complètement ?*

— J'avais un mari désormais. Je n'avais plus besoin de… Cela dit, et tout à fait entre nous, G. M. savait regarder, toucher, palper, caresser en virtuose…

— *Mais ?*

— Pour le reste, il était meilleur *dans le rose et le gris.* Les demi-teintes.

— *N'empêche que vous êtes tombée enceinte.*

— Pas nécessairement des œuvres de G. M.

— *Vous avez couché avec lui à Windleston en août 1895. Et Nancy naît en mars 1896. Est-elle sa fille, comme elle le pense ?*

— Nancy n'a jamais osé me poser la question. Et G. M. non plus. Il était même si terrifié par ma réponse que, lorsqu'elle lui a fait part de son intention de m'interroger, il l'a suppliée de n'en rien faire.

— *Cependant, si quelqu'un pouvait le savoir, c'était vous.*

— L'idée d'être le père de Nancy plaisait à George Moore. Il n'avait aucune envie d'y renoncer. Il préférait le doute… Et peut-être craignait-il qu'elle apprenne de ma bouche que ce grand défenseur du paganisme et de l'amour libre n'était pas aussi flambant au lit qu'il le donnait à croire.

— *Prétendriez-vous que G. M. était impuissant ?*

— Intermittent. De toute façon, il n'aurait eu qu'à compter sur ses doigts. Entre août et mars : sept mois… Et la naissance de Nancy ne fut pas prématurée.

— *Elle a cependant sa haute taille, ses yeux bleus, elle lui ressemble physiquement !*

— Nancy possède plutôt son intelligence et ses dons littéraires… Et Sir Bache était, lui aussi, de haute taille. Et il avait, lui aussi, les yeux bleus.

— *Donc à vous entendre, l'affaire est classée.*

— Comment en être certaine ? Au fond, je crois la chose sans importance.

— *Pour vous, peut-être. Mais pour elle ? Vous auriez pu la rassurer dans un sens ou dans l'autre.*

— Comment aurais-je pu rassurer quiconque, n'étant sûre de rien moi-même ?

— *Et si nous évoquions votre vie à Nevill Holt : vos premières impressions ?*

— Comparé à Windleston, le château des Eden, ou à Knole, le château des Sackville-West, celui des Cunard était moins monumental.

— *Et peut-être plus humain ?*

— Sans doute… Froid, quand même, avec ses pierres jaunes et grises, ses tours à créneaux et son église gothique. Le charme du lieu reposait en partie sur le paysage. Le parc, avec ses immenses pelouses qui descendaient vers la masse noire de la forêt, plaisait beaucoup aux visiteurs. Pour ma part, comme tu le sais, je n'ai jamais eu l'âme bucolique.

— *Vous avez aimé y vivre...*

— Je crois qu'il y a eu trois temps dans mon histoire avec le château. Au début, il m'a impressionnée. Ma mère me manquait terriblement. Son enthousiasme, sa chaleur... Si nous avions été ensemble, nous aurions ri de tous les détails. Mais à mon arrivée, le rire était étranger à Nevill Holt. Il faut dire que le château avait été acheté dans un piètre état par le frère aîné de Sir Bache, qui était mort avant d'avoir eu le temps d'en faire un endroit confortable. Et la famille Cunard, qui n'avait pas le moindre sens de l'humour – et moins encore le sens esthétique –, s'y était installée dans un amas de meubles victoriens d'une laideur sans égale. Mon mari ne s'intéressait de toute façon qu'à la pêche et à la chasse : il ne recevait qu'à ces occasions. Il était fier de ses écuries, fier de son chenil, fier de son atelier dans la tour où il forgeait le métal. Vois-tu, Sir Bache se prenait pour Louis XVI : toute la journée, il fabriquait des clés et des objets en argent totalement inutiles.

— *Bref, ce n'était pas un intellectuel.*

— Une litote... Quand il ne montait pas à cheval et qu'il n'allait pas à la messe, il se voulait orfèvre et travaillait de ses mains dans sa tour. Pour mon anniversaire, son cadeau le plus délirant fut une grande grille qui ouvrait sur le potager. Il y avait sculpté « Viens dans le jardin, Maud » : une devise qu'il avait tirée d'une chanson, et prenait pour un mot d'amour.

— *Une prière, plutôt.*

— Oui. Une supplication. En vérité, j'étais, moi, rarement dehors. Je préférais m'occuper de l'intérieur de la maison. J'ai refait toute la décoration et réaménagé les salons. Et là, j'ai commencé à m'amuser. La seconde période de ma vie à Nevill Holt a été très gaie… Quand je l'ai transformé et que j'en ai fait une merveille selon mon goût.

— *Et finalement, grâce à vous, Nevill Holt est devenu à la mode parmi les membres de la haute société.*

— Cela, ce fut mon troisième temps. Mais cette vogue de se retrouver chez moi chaque week-end n'a pas été lancée d'un coup. Ce n'est pas à toi que je vais apprendre la difficulté d'*appartenir* à l'aristocratie britannique… Tu te souviens comment le groupe de Marlborough House m'appelait au début : *le canari jaune que Sir Bache a rapporté de son voyage chez les Sioux*. Il a fallu que le canari leur crée un nid douillet ; qu'il leur démontre, par le brillant de sa conversation, qu'il savait les distraire ; et surtout, surtout, par la sophistication de sa table, qu'il pouvait les régaler. Bref, leur prouver que l'oiseau jaune de Sir Bache n'avait rien d'une perruche américaine… L'important, vois-tu, c'est d'avoir en cuisine un excellent chef français. Une hôtesse qui peut jouer les sonates de Beethoven en virtuose sur un bon Steinway. De jolies femmes, toutes bien nées, qui enflamment les sens des grands aristocrates dans les sofas du salon. Des hommes politiques, des explorateurs et des artistes au fumoir… Et les paradoxes d'un écrivain célèbre pour divertir tout le monde.

— *George Moore, encore et toujours.*

— Tu vas trop vite : son tout premier séjour à Nevill Holt a été un désastre ! Il était persuadé que je me moquais de lui et que je prenais plaisir à le voir souffrir.

— *Oui, et d'ailleurs, il a écrit : « Toutes les nuits, elle verrouillait sa porte. Le grincement de cette clé me bouleversait et reste encore dans mes oreilles. »*

— Je te l'ai déjà dit, j'ai essayé de rester fidèle à Sir Bache.

— *En vous offrant une petite semaine d'adultère lors des chasses à Windleston ?*

— Ce n'est pas parce que j'avais trompé mon mari une fois chez les Eden, que je devais en faire une habitude.

— *Combien de temps a duré votre résistance ?*

— Le temps nécessaire pour y céder... Peu après la naissance de Nancy, G. M. était retourné vivre à Dublin. Une idée idiote. Il voulait participer au renouveau de la vie littéraire irlandaise. Durant toute cette période, il m'a écrit des centaines de lettres, m'assurant que je restais sa muse. Et lors de ses retours en Angleterre, il venait séjourner à Nevill Holt. Il y écrivait très bien. Il a fini par s'y installer chaque été. Pour lui, ce furent dix saisons de bonheur.

— *Et pour vous ?*

— J'attendais son arrivée avec une folle impatience.

— *Vous ne verrouilliez plus votre porte ?*

— Non... Mais je n'étais pas la seule liaison amoureuse de G. M., tant s'en faut. Depuis notre première rencontre au Savoy, il avait noué un nombre incalculable de flirts. Déjà à l'époque du *taffetas rose et gris*, il se disait épris d'une autre qui venait de lui briser le cœur. Une femme du monde très lancée, une femme de lettres… Il racontait que, lors de leur dernière promenade à Hyde Park, elle lui avait annoncé son intention de le quitter. Il l'avait laissée le dépasser de quelques pas, avant de lui balancer un gigantesque coup de pied dans le derrière. La poussière de l'allée avait imprégné le pouf de la dame. Une grande bottine d'homme sur la soie noire de sa robe. Elle s'était promenée avec cette trace jusqu'au soir. Tout Londres avait pu admirer la chaussure de G. M. sur ses fesses. Et le ridicule avait fini par tuer l'infidèle. C'était cela, George Moore ! Il égrenait ce genre d'anecdote à table, tirant de ses histoires des conclusions philosophiques, plus drôles et plus scandaleuses les unes que les autres. Il n'aimait rien tant que choquer mes invités. Et plus il les trouvait ignorants ou stupides, plus il les provoquait. Il horrifiait tout particulièrement le malheureux Sir Bache, qui pourtant l'aimait bien. G. M. était même le seul de mes amis que mon mari n'évitait pas. Il sentait sans doute que, comme lui, G. M. était jaloux de certains de mes convives et qu'il aspirait, comme lui, à s'en débarrasser.

— *Mais de G. M., on ne se débarrassait pas.*

— Non, il était l'hôte chéri de la maison. Une star. Depuis son succès avec *Esther Waters*, il avait publié quatre livres – quatre triomphes – et déployait une fabuleuse activité littéraire.

— *Et Nancy, dans tout cela ?*

— Ah, nous y voilà… Nancy !

NANCY

2

De Paris à La Chapelle-Réanville, en roulant vers le Puits Carré, juin 1948.

— …Tu ferais mieux de dire en face à ta mère ce que tu lui reproches. Qu'est-ce qu'elle t'a fait ?

— Ce n'est pas une histoire d'actes, Diana – du moins pas seulement –, ni même de paroles. Mais de ton. Une inflexion qui m'est réservée… La note dans sa voix quand elle s'adresse à sa fille. Une subtile et systématique condescendance. Un petit quelque chose qui condamne, avant même le début de l'échange.

— Raison de plus pour crever l'abcès une bonne fois pour toutes !

— Il n'y a rien à crever : le pus suinte depuis le premier jour.

— Alors, cautérise la plaie.

— Impossible, *darling.* La plaie, c'est son horreur de la maternité. La plaie, c'est ma naissance, qui a déformé son corps merveilleux. La plaie, c'est l'existence en son sein d'un être plus jeune qui, à terme, la poussera dehors.

Je veux dire une rivale qui, un jour, occupera le devant de la scène à sa place.

Diana fronça le sourcil :

— Si quelqu'un se pose en rivale, Nancy, je ne suis pas certaine que ce soit ta mère ! Elle n'est pas dans la compétition. Du moins vis-à-vis de toi ou de femmes d'une autre génération qu'elle. Au contraire ! Elle adore s'entourer de jeunes personnes… Jolies, de préférence.

— Tu songes à son affection pour toi ? À sa gentillesse à ton égard ? Je te rappelle qu'elle n'est pas ta mère, qu'elle joue seulement à le paraître.

— Je peux imaginer qu'elle aurait préféré avoir un garçon, afin que le titre et le nom des Cunard passent à sa descendance.

— *Le nom des Cunard* ! Tu plaisantes ? Elle s'en moque… Préféré un fils ? Oui, peut-être. Pour exercer sur lui son pouvoir de séduction. Pour le fasciner et le dévorer. Entre nous, je ne suis pas certaine qu'un fils lui aurait survécu. Chez elle, ce n'est pas tant un manque d'instinct qu'un dégoût physique, une horreur devant une progéniture qui la menace d'exclusion et de mort. Et puis aussi, comme toujours, une question de classe. Elle le dit : « C'est tellement vulgaire d'avoir des enfants ! »

Maud

2

La même nuit, à la même heure, Londres, hôtel Dorchester, juin 1948.

— À cinq ans, un amour de petite fille… Mais elle avait été un bébé monstrueux. Franchement, j'ai détesté être enceinte. Le jour de l'accouchement fut sans doute le pire de ma vie. Les souffrances de ces heures… Je me suis juré que cela ne m'arriverait plus. Dès lors, j'ai fait chambre à part avec son père et pris les mesures qui s'imposaient avec George Moore. Passons. Pour le reste… Une enfant adorable.

— *Dont vous ne vous souciiez guère, n'est-ce pas ? Je veux dire : Nancy ne se trouvait pas au cœur de vos préoccupations...*

— En effet. J'avais d'autres priorités : le château à gérer, mes amis à recevoir, ma place à conquérir en Angleterre. Nancy, toutefois, n'a pas été abandonnée. Elle a beau prétendre le contraire… Jamais ! Jamais *abandonnée* !

— *Cependant, vous fréquentiez peu la nursery. G. M., qui parle sans cesse de votre instinct...*

— Pas de mon instinct maternel, j'en conviens. À vingt-quatre ans, j'en étais dépourvue, je ne le nie pas.

— *À trente aussi ?*

— De mon temps, les rapports entre les générations étaient différents d'aujourd'hui. Dans notre milieu, c'étaient les nurses, pas les mères, qui s'occupaient des enfants. Et je peux te jurer une chose : j'ai veillé sur le choix de celle qui élèverait ma fille. En fait d'indifférence, j'ai sélectionné sa gouvernante avec une attention extrême. Oui, j'y ai veillé de toute mon âme !

— *À entendre Nancy, la première était en effet une perle : une Française de Toulon aux joues roses. Très gentille, très jolie, très gaie. Une gouvernante que votre fille adorait.*

— Cette *perle* me trompait et la faisait me mentir.

— *Malhonnête ?*

— Elle se cachait pour bourrer Nancy de sucreries, quand je les lui avais interdites.

— *Pourquoi interdites ?*

— Nancy avait tendance à l'embonpoint.

— *Nancy !*

— Dans l'adolescence, elle est devenue une planche à pain, je te l'accorde. Et maintenant, c'est un squelette ambulant. Mais vers deux ou trois ans, elle était beaucoup trop grosse.

— *Vous l'avez donc mise au régime, malgré les protestations de la Toulonnaise.*

— Cette femme, que Nancy regrette encore et dont elle nous bassine, me désobéissait en tout. Sale en plus ! Elle m'assurait qu'elle donnait son bain à la petite chaque soir, elle affectait de faire monter les brocs d'eau à l'étage, de les faire verser dans le tub, et de laver l'enfant. Mais, en réalité, enfermée dans la salle d'eau, elle lui lisait des histoires, ce que Nancy préférait mille fois à la baignoire.

— *Nancy raconte que vous la traitiez comme une poupée. Que, les jours d'ennui, vous la sortiez de la nursery, que vous la couvriez de dentelles, que vous l'exhibiez cinq minutes devant vos invités, que vous la rangiez à nouveau dans sa boîte, et que vous l'y oubliiez durant des mois... jusqu'à son prochain tour de piste.*

— Que je *l'oubliais* ? Je la trouvais alors si mignonne que je lui commandais de ravissants costumes de velours à Paris. À six ans, Nancy s'habillait déjà chez Worth.

— *Elle en parle. C'était l'époque où vous la déguisiez en petit Lord Fauntleroy.*

— J'ai même appelé de Londres un sculpteur afin qu'il l'immortalise dans le marbre. Le travail a pris plusieurs mois. Pour une femme qui *oublie* son enfant...

— *Le fameux buste que vous avez sauvé de l'incendie de votre appartement. La statue où elle pose avec une chouette sur l'épaule.*

— Oui. La Toulonnaise était même arrivée en trombe dans mon boudoir, me demandant pourquoi j'avais fait mettre un oiseau empaillé sur le dos de Nancy.

— *Que lui avez-vous répondu ?*

— Que la chouette était le symbole de la Connaissance. Et qu'elle représentait l'âme de ma fille.

— *Un peu absurde, non ?*

— Totalement ridicule. Mais cela ne justifie pas qu'une domestique hausse les épaules et lève les yeux au ciel quand on lui parle ! La goutte d'eau qui a fait déborder le vase.

— *Donc vous l'avez chassée. Au bout de six ans, du jour au lendemain, sans explications à Nancy. Et sans vous poser de questions sur ce qu'elle ressentirait.*

— Cette femme était devenue dangereuse pour son développement physique et moral.

— *Elle s'occupait de votre fille depuis sa naissance. Et vous n'avez pas imaginé le déchirement que lui causerait cette séparation...*

— J'avais élu une personne mieux éduquée, avec d'excellentes références. Celle-là avait servi chez les Sackville-West. Elle avait élevé Vita, qui n'était pas commode.

— *Au contraire de Nancy, à l'époque... Miss Scarth la terrorisait. Elle la menaçait du martinet, multipliait les bains froids, les coups de règle sur les doigts et lui interdisait tout contact avec les autres enfants.*

— Comme d'habitude, Nancy exagère. Je n'ai jamais eu connaissance de semblables traitements. Miss Scarth était peut-être un peu rigide. Mais très compétente.

— *Sa tyrannie a duré... combien ? Huit ans ?*

— Un professeur remarquable qui a stimulé son intelligence ! Tu ne cesses d'insinuer que j'ai négligé Nancy. C'est l'inverse.

Maud s'agita. Se redressant dans son lit, elle alluma la lumière, but la dernière gorgée de son verre d'eau, éteignit de nouveau.

— ... J'ai tenté de lui dispenser une éducation digne d'un garçon. Je voulais lui donner toutes les armes. Pour une mère que tu prétends conventionnelle, j'ai été aussi loin que possible afin de favoriser son épanouissement.

— *Vous vous sentiez très fière de la précocité de votre fille, n'est-ce pas ?*

— Oui, Nancy avait des capacités inouïes. Et elle a tout gâché.

— *Comment l'expliquez-vous ?*

— Une faiblesse de caractère.

— *Un manque d'amour peut-être ?*

— En admettant même que, selon tes critères, j'aie pu être une mauvaise mère, Nancy n'était pas délaissée.

— *Elle dit pourtant qu'elle se sentait très seule. Que personne ne s'occupait d'elle. Que vous passiez votre temps à Londres, et qu'elle vous attendait toute la semaine, toute l'année. Que vos séjours à Nevill Holt étaient son rêve. Qu'ils signifiaient pour elle le retour de la joie, de la chaleur et du soleil.*

— Pauvre petite fille riche, qui voulait être le centre du monde et qui trépignait d'impatience si elle n'en était pas immédiatement la reine.

— *Reconnaissez tout de même que parmi la quarantaine de domestiques qui peuplaient le manoir – dont sa gouvernante détestée –, elle vivait plutôt isolée. Que, sans vos séjours avec vos amis, son univers serait resté bien morne. Souvenez-vous de ses descriptions : « Quand les grelots des équipages tintaient dans l'allée, que des dames en zibeline gravissaient le perron... »*

— Nancy peut écrire très correctement. Elle doit ce talent à Miss Scarth qui lui a enseigné la grammaire.

— *Justement. Elle insiste : « La vision que j'ai gardée de Holt est celle de départs et d'arrivées incessants, de longs goûters raffinés sur la pelouse où l'on jouait au tennis et au croquet, de grosses bûches se consumant l'hiver dans le salon où s'éternisaient les parties de bridge. Des dames, belles et charmantes, déambulaient en tailleurs élégants. Vêtues de taffetas rayé, elles flânaient et devisaient entre les statues du parc. La maison regorgeait toujours de fleurs... Des fleurs à profusion, qui venaient du jardin. Ou bien des espèces rares et des orchidées qu'un invité avait apportées de Londres, ou qu'il cultivait dans ses propres serres. Et puis, surgissant de l'immense encensoir de bronze chinois de la salle d'honneur : une gerbe d'azalées. Les quatre banquettes aménagées sous les fenêtres semblaient toujours inondées de soleil. Les deux bureaux de chêne, à chaque extrémité de la pièce, contenaient tout ce qui était nécessaire à la précieuse calligraphie de l'époque. Les ouvrages d'art et les nouveautés littéraires étaient éparpillés partout. Avec, ici une grosse boîte de bonbons, là un coffret de cigarettes russes.* »

— Belle évocation de ce qu'était la vie à Nevill Holt, je le reconnais.

— *Elle vous vouait une admiration sans bornes. Elle n'aimait rien tant que de vous entendre vous mettre au piano pour interpréter les sonates de Schubert. La nuit dans son lit, elle murmurait votre nom, le répétant encore et encore, avec l'espoir que vous entendriez son appel. Elle rêvait du bruissement de votre robe, du cliquetis de vos bracelets, de la trace légère de votre parfum. Et, quand vous quittiez Holt pour Londres, elle s'agenouillait sur les coussins de la banquette le long du bow-window, et restait là des heures, le front collé au carreau, le cœur glacé en vous regardant partir.*

— Tu vois bien que nous nous aimions !

— *Elle, en tout cas, oui. Elle vous aimait.*

— Si « aimer » veut dire « tuer », elle l'a prouvé !

Le petit visage de Maud se crispa. Une douleur subite. Toute son angoisse se concentrait dans ce paradoxe. Aimer, tuer.

… Et elle allait disparaître sans être arrivée au bout du problème. Mourir sans avoir rien résolu. La Voix insista :

— *Elle dit que vous étiez son modèle en toutes choses. Qu'elle aurait donné sa vie pour vous plaire et qu'elle aurait tué quiconque vous aurait critiquée. Mais que vous continuiez à alterner les douches chaudes et les douches froides. À la sortir de sa boîte et à l'y ranger… Et que parmi la horde de gens que vous receviez, elle n'eut qu'un seul ami : George Moore, qui se révélerait être le personnage central de son enfance.*

— Je veux bien le croire, quoiqu'il fût lui-même très égocentrique.

— *Mais lui l'écoutait.*

— Tu vois bien qu'elle n'était pas une incomprise ! Elle avait le soutien inconditionnel des deux hommes de la maison : George Moore et Sir Bache.

— *Son père, s'intéresser à elle…*

— Autant qu'il pouvait s'intéresser à quelque chose en dehors de l'orfèvrerie et de la chasse. Il ne se mêlait de rien. Mais G. M., oui. Il la protégeait. Il la défendait même contre moi !

— *Contre vous ? Tiens donc…*

— Peu importe. Ce sont des bêtises. Il n'y avait aucun problème entre Nancy et moi.

Nancy

3

De Paris à La Chapelle-Réanville, en roulant vers le Puits Carré, juin 1948.

— …Tu parles, qu'il n'y avait aucun problème entre nous ! Et pour cause. Elle cisaillait mes élans et me bouclait.

— Laisse tomber, ma chérie, tu ne me convaincras pas.

— La difficulté, avec *Her Ladyship*, c'est qu'elle est si perverse qu'on a soi-même l'air fou quand on tente d'en parler.

— Ta vindicte ne te fait vraiment pas honneur. Je ne te reconnais pas, Nancy… Et je ne reconnais pas ta mère dans le portrait que tu en dresses.

— Je veux bien le croire. Elle n'est pas la même en public et en privé. *Her Ladyship* réserve au monde des démonstrations de tendresse dont elle est incapable avec ses proches.

— Moi qui l'ai fréquentée dans toutes les circonstances de la vie, je n'ai jamais vu la femme dure et narcissique que tu dénonces. Maud ne parle pas d'elle, ne se met pas en valeur et ne se vante de rien… Au contraire. Elle se montre sans cesse à l'écoute.

— À l'affût, tu veux dire. *Pour mieux te séduire, mon enfant*… Quant à l'affection… Je crois qu'elle ne m'a jamais embrassée. Ni prise par la main. Ni même touchée… D'une froideur glaçante.

— Tu exagères ! Si je devais la définir d'un mot, je choisirais l'adjectif *chaleureuse*. Elle peut si bien se mettre à la place des autres que le plus petit de ses conseils vaut de l'or !

— Je n'arrive pas à comprendre comment, toi, Diana, toi, tu peux encore te laisser aveugler ! Tu ne vois pas que *Her Ladyship* est complètement dingue ?

— Elle me paraît plutôt mesurée.

— Elle a *l'air* raisonnable, alors que c'est une hystérique !

Diana se retint d'élever la voix, pour ne pas déclencher la polémique. Depuis le début de cette conversation, elle travaillait à ne pas réagir et à garder profil bas. Surtout, surtout, éviter d'entrer dans le jeu de Nancy.

Elle ne put toutefois s'empêcher de frapper le volant, en grommelant :

— Une splendeur de compréhension et d'empathie, ta mère.

— Elle a *l'air* tolérante, elle a *l'air* libérale, alors que c'est l'incarnation même de la répression et du lavage de cerveau. Ses victimes ne s'en aperçoivent pas, car elle les lobotomise… Quand j'étais petite, elle me serinait que je ne valais rien, que mes penchants étaient mauvais. Et qu'elle devait les casser, car aucun de mes instincts n'était convenable. À l'entendre, j'avais des goûts indécents…

Grimper aux arbres : indécent. Traverser la pelouse au galop, rejoindre le jardinier dans la serre : indécent. J'adorais la compagnie du vieux jardinier. Il répondait, lui, à mes questions. Mais on n'interroge pas les inférieurs, sinon pour leur demander des nouvelles de leur santé. On ne s'adresse pas aux domestiques, sinon pour leur donner des ordres. Et l'on ne cueille pas les fleurs des plates-bandes pour offrir des bouquets aux cuisinières ! Vraiment, je n'avais aucun sens des priorités. *Aucun sens moral !*

— Tu es sûre que tu n'inventes pas, Nancy ? Que ta mère te batte froid aujourd'hui, je le conçois. Mais dans ton enfance, que pouvait-elle bien te reprocher ?

— Tout… Mon âme, mon corps, elle voulait *tout* contrôler. Je n'avais le droit de rien faire qu'elle-même n'ait approuvé. Et de rien sentir qu'elle-même n'ait permis… Pas le droit d'aimer quelqu'un, pas le droit d'admirer quelque chose – pas le droit d'exister ! –, sans son accord. Il suffisait que j'exprime un désir pour que *Her Ladyship* fronce les sourcils. Je me demandais : « Qu'est-ce que j'ai dit pour lui déplaire ? Qu'est-ce que j'ai fait ? Qu'est ce que j'ai *fait de mal* ? »

Diana poussa un long soupir :

— Tu es quand même invraisemblable, Nancy. Reconnais au moins que tu ne lui étais pas indifférente, toi qui te plains toujours de son insensibilité !

— Entre quatre et dix ans, je fus pour elle une proie idéale. Mes pensées et mes émotions lui appartenaient. Et si, par malheur, elles ne coïncidaient pas avec son programme, *Her Ladyship* m'accusait d'être « indigne » et m'enfermait dans son dédain. En exil, punie, privée de sa lumineuse présence, je n'avais plus droit de cité : elle me renvoyait au néant. *Indigne d'elle, indigne de vivre.* J'avais cessé d'exister. La question pour moi n'était plus : *qu'ai-je fait ?* Mais : *suis-je morte ?* …Tu n'imagines pas la peur que le mépris de *Her Ladyship* peut susciter. La culpabilité, aussi. Si elle m'avait rayée de la liste des vivants, c'est que j'avais commis une faute. Laquelle ? Je me perdais en interrogations… Jusqu'à ce que l'un de ses caprices – l'envie de montrer à une autre mondaine la robe qu'elle avait fait faire pour moi chez son couturier – me rende à sa lumière. Alors seulement, elle me faisait grâce. Toute mon enfance, nos relations se sont résumées à cela : un va-et-vient entre son besoin de briller et son besoin de brimer. Et malheur à moi quand je tentais de lui résister !

— Telle que je te connais, tu n'as pas dû perdre de temps.

— Je n'ai pas commencé assez tôt, tu veux dire. Et de façon si pathétique ! Mon grand, mon seul geste de contestation ? Refuser les chocolats que *Her Ladyship* me proposait. Elle avait beau insister : « Tu peux en prendre un, Nancy, un seul, je t'y autorise. » « Non… Merci, *Mother.* » Et la nuit, je dévorais toute la boîte derrière son dos, ne lui laissant que les petits papiers dorés. À huit ans, cette mini-rébellion m'a coûté cher : elle m'a valu d'être privée de Noël deux années de suite… À entendre *Her Ladyship*, je « l'obligeais » à ces châtiments qui lui crevaient le cœur. Une constante chez elle : *Her Ladyship* retourne la vapeur. De bourreau, elle devient victime. Privée de Noël. Pauvre, pauvre petite Maud : la peine était dure pour elle. Mais qu'y pouvait-elle ? Sa fille se révélait être une personne fausse, qui refusait ses bienfaits d'un côté, et la volait de l'autre. Une enfant sournoise, une hypocrite, à laquelle elle devait bien inculquer certains principes. Notamment l'honnêteté… Un comble, venant de ce Tartuffe en jupons ! *Her Ladyship* accuse toujours l'Autre d'être ce qu'elle est, elle.

— Tu la caricatures. C'est un cliché que tu me décris… Au mieux un personnage de roman : *Dr Jeckyll et Mr Hyde.*

Nancy réfléchit un instant. Diana faisait preuve de tant de gentillesse ! Comment eût-elle pu saisir, en dépit de toute sa bonne volonté, les mille nuances de *Her Ladyship* ? Les femmes de cette espèce sont si fascinantes. Des forces de la nature. Des phénomènes. Des monstres. Et les monstres, on les aime. Ils vous amusent, ils vous touchent… À la seule condition de n'être pas leur fille.

Elle répondit avec plus de calme :

— Moi-même aujourd'hui, malgré tout ce que je sais, malgré tout ce que j'ai vu, je ne parviens pas à prendre la mesure de son ambiguïté. Alors, je comprends que pour toi… Tu réagis, ma chérie, comme je réagissais quand j'étais jeune et sans malice. Par chance, à l'époque, George Moore me défendait. Il intervenait constamment en ma faveur. Il faisait preuve d'une belle audace, car il avait beaucoup à perdre en la contredisant. *Her Ladyship* ne supportait pas que j'aie une relation avec lui. Elle se montrait envers nous d'une jalousie féroce. Et ni l'un ni l'autre, nous ne nous en apercevions, tant elle était habile à manipuler nos sentiments… Je me souviens d'un drame à propos d'un roman que j'avais lu en cachette. Mon premier roman. Ma semaine à le dévorer au lit dans les lueurs de l'aube avait été un enchantement. L'héroïne – belle, perfide, audacieuse – découvrait exactement ce que je voulais savoir. Ainsi c'était cela, pensais-je, *une aventurière* ? G. M. m'a surprise dans la bibliothèque, le livre à la main, et nous en avons longuement discuté tous les deux. Le malheur a voulu que Miss Scarth entende notre conversation et la rapporte à Milady. Je te laisse imaginer le pugilat.

MAUD
3

La même nuit, à la même heure, Londres, hôtel Dorchester, juin 1948.

— *Vous souvenez-vous de la scène épouvantable que vous avez faite à G. M. à propos de* Three Weeks *d'Elinor Glyn, que Nancy avait lu à votre insu ?*

— Si interdire un ouvrage érotique à une petite fille de onze ans est une brimade, alors je ne sais plus ce qu'est l'éducation ! Il s'agissait du best-seller de l'année 1907. Un scandale. Très amusant pour des adultes. Perturbant pour un enfant.

— *D'autant qu'il racontait l'histoire d'une aventurière qui vous ressemblait.*

— Moi ?

— *Vous imposez à son père, dans sa propre demeure, la présence de vos amants. Et vous punissez Nancy d'avoir lu un ouvrage sur une femme à votre image...*

— Je n'ai rien à voir avec la créature de *Three Weeks*, qui se vautre sur des peaux de panthère.

— *George Moore aurait voulu que vous entendiez Nancy exprimer ce qu'elle avait ressenti.*

— Entendre quoi ? Ses impressions sur la pornographie d'Elinor Glyn ? G. M. n'aimait que cela : parler de sexe ! Et tu me permettras de juger que sa curiosité envers les émois de Nancy était malsaine et frisait le vice. Je me demande d'ailleurs si leurs relations n'étaient pas, depuis le début, teintées de perversité.

— *Dites-le plus simplement : vous étiez agacée par le fait que votre adorateur défende votre fille, contre vous.*

— J'aurais pu être jalouse d'elle et de lui, tu as raison. Mais la jalousie n'est pas dans ma nature.

— *Tout de même, sentir que Nancy vous préférait G. M. n'était pas très agréable. Vous qui avez l'habitude d'être adulée... Que votre propre fille recherche la protection d'autrui...*

— G. M. et Nancy ne me préféraient personne.

— *Ils avaient cependant les mêmes goûts pour la nature. Ils se promenaient ensemble dans la campagne de Nevill Holt durant des heures.*

— Et je les en laissais libres. Elle l'entraînait si loin que nous devions toujours attendre G. M. pour le déjeuner.

Dans l'obscurité de sa chambre, défilaient, devant les yeux de Maud, des images exaspérantes, qu'elle croyait oubliées. George Moore arrivant en courant dans la salle à manger, les joues rouges, la moustache en bataille, le pantalon totalement crotté... Cette façon de tirer bruyamment sa chaise pour s'y laisser tomber... Arriver en retard quand les premiers ducs du royaume, ceux qui marchaient juste derrière Sa Majesté, étaient déjà à table : G. M. exagérait vraiment !

— *Quand, vers dix ans, Nancy a voulu écrire de la poésie, il l'y a encouragée. Il la trouvait merveilleuse. Si vivante et curieuse de tout.*

— Elle l'adorait. Et l'adoration était réciproque. Et moi aussi, je la trouvais merveilleuse ! Mais elle avait constamment besoin d'attention.

— *Que vous lui refusiez.*

Maud ne put retenir une réaction de défense. La Voix inversait les rôles !

— J'ai eu, moi, souvent besoin de ma fille, de sa présence, de son affection. Lorsque ma mère est morte, et que j'en ai éprouvé tant de peine, Nancy ne m'a rien témoigné. Je l'ai emmenée ensuite avec moi aux États-Unis, en pèlerinage sur les traces de sa grand-mère. À l'époque, on ne traversait pas l'Atlantique avec un enfant de cet âge, à moins d'y être obligé. Mais là encore, pas un mot de consolation, pas un geste.

— *Lui avez-vous fait part de votre chagrin ? Lui avez-vous montré combien sa tendresse vous était nécessaire ?*

— Pour qui sent les choses, elles n'ont pas besoin d'être dites… Quoi qu'il en soit, notre périple à New York et à San Francisco ne fut que le prélude à nos nombreuses équipées. Je l'ai presque toujours emmenée avec moi quand je partais loin. Encore une fois : pour *une enfant abandonnée…*

— *Et elle adorait cela : vos voyages ensemble.*

— Je dois reconnaître qu'au seuil de l'adolescence, Nancy était devenue une personne très intéressante. Quand elle le voulait bien, elle partageait les mêmes émotions que moi, les mêmes goûts, et nous nous entendions comme larrons en foire. Il fallait toutefois l'éduquer, quelquefois même la briser.

— *Briser ?*

— Elle n'était pas de tout repos, tu le sais. Même envers son cher G. M. Quand il a eu le malheur de donner un coup de pied à son chien qui lui mordait le pantalon, elle lui a sauté à la gorge et l'a giflé. Une gamine qui gifle un adulte, tu trouves cela normal ?

— *Elle commençait à penser que vous l'utilisiez au gré de vos besoins, pour vous mettre en valeur. Quel charmant tableau vous formiez, mère et fille divinement complices, merveilleusement élégantes, Maud et Nancy enlacées dans le vent sur les ponts des paquebots de la Cunard Line !*

— Que je *l'utilisais* pour me mettre en valeur moi-même ? Je n'avais pas besoin d'elle pour paraître désirable ! Et je ne crois pas qu'à l'époque, elle ait jamais ressenti notre intimité comme une contrainte. Pour ma part, j'étais en admiration devant sa distinction innée et son intelligence. Par certains côtés, elle me rappelait ma mère. Elle avait sa curiosité, son audace. Même son sens esthétique. Elle était enthousiaste… Tellement plus sympathique qu'aujourd'hui ! Elle l'est restée jusqu'au moment de notre installation à Londres.

— *Traduction : jusqu'à ce que vous abandonniez définitivement Nevill Holt, que Nancy adorait.*

— Elle se moquait du château. Ce qu'elle aimait, c'était la nature. Elle pouvait trouver la campagne ailleurs… Et la liberté était à ce prix.

— *La vôtre.*

— Évidemment, la mienne.

— *Pourquoi ne lui avez-vous pas expliqué les raisons qui vous ont poussée à quitter Nevill Holt ?*

Du plat de la main, Maud frappa violemment son drap.

— Encore une question invraisemblable ! Il n'incombe pas à un adulte, encore moins à une mère, de se justifier devant un enfant !

— *Si vous étiez aussi intimes que vous le prétendez, vous auriez pu lui dire quelque chose. Par exemple que George Moore ne viendrait plus vous rendre visite. Et que si elle voulait continuer à le voir, elle devrait désormais se rendre chez lui... Il n'était plus l'homme de votre vie, n'est-ce pas ? Vous aviez cessé de l'aimer.*

— Disons qu'il ne se trouvait plus au cœur de mes affections.

— *Vous aviez rencontré quelqu'un d'autre.*

— En effet.

— *Peut-on le nommer ?*

— « Faites seulement », comme diraient les Suisses.

— *Sir Thomas Beecham vous a fait beaucoup souffrir, n'est-ce pas ?*

— Il fut le plus grand chef d'orchestre de la première moitié du XXe siècle. Et très grand, il le demeure... Odieux, sans doute. Mais génial.

— *Vous vous êtes dévouée à sa carrière durant trente ans.*

— Pour une égoïste et une frileuse, tu vois... Je suis capable de payer de ma personne. Sir Thomas en valait la peine. Il pouvait être mille personnages à la fois... Tous exceptionnels. Un poète, un saint, un acteur, un aventurier, un financier. Et six musiciens en un seul.

— *Il était plus jeune que vous.*

— Un peu, en effet.

— *De sept ans... Ce qui, à l'époque, ne semblait pas négligeable. Outre cette liaison, vous en avez collectionné une dizaine d'autres...*

Un sourire passa sur les lèvres de Maud. Cette remarque suscitait en elle une nostalgie plutôt agréable.

— À Nevill Holt, tous mes hôtes m'avaient fait une cour passionnée. Et j'avais connu plusieurs coups de cœur, c'est vrai. Pour un splendide Russe de la famille impériale. Pour un jeune lord de l'armée des Indes. Pour Alexander Thynne, le fils cadet du marquis de Bath. Mais inutile de citer des noms. Ce ne fut rien, absolument rien, comparé à ce que j'ai partagé avec Sir Thomas. J'ai aimé cet homme comme on n'aime qu'une seule fois à l'âge adulte. J'ose dire qu'avant notre rencontre, j'ignorais ce qu'était l'amour.

— *Justement, votre rencontre...*

— De façon banale chez la sœur d'Ethel Smyth, dont Beecham venait de diriger un opéra... Avec ses cheveux bruns plaqués en arrière, sa moustache cirée et son bouc de quelques centimètres, il faisait des ravages parmi mes amies. On le disait d'un caractère difficile, très conscient de son excellence, dur envers son orchestre. Personne ne pouvait jamais assister à ses séances de travail avec ses musiciens. Cependant, il m'a invitée – en compagnie de ma fille, d'ailleurs ! – à l'une de ses répétitions. Il préparait *Summer Night on the River*, à Londres. Comment te décrire ma fascination devant l'homme qui maîtrisait si génialement toutes les nuances de la musique, et conduisait l'œuvre de Delius à une telle perfection ? Après l'avoir vu diriger, pour moi, les jeux étaient faits.

— *Nancy avait alors quatorze ans ; Thomas Beecham, trente et un ; vous, trente-huit.*

— Cesse d'insister sur la différence d'âge ! Beecham n'était pas un perdreau de l'année. Il avait beaucoup vécu. Et sans fausse modestie, je passais pour la femme la plus élégante et la plus spirituelle d'Angleterre. Quant à lui, il avait la prestance, la jeunesse, l'ambition. Et le talent.

— *Vous oubliez le succès. Beecham était déjà une star. Vous vous trouviez donc à égalité.*

Maud réfléchit un instant, avant de résumer d'une phrase :

— Il était à la pointe de la modernité et d'un classicisme absolu.

— *Comme vous.*

— Comme moi, en effet. Il avait des goûts éclectiques, qui paraissaient contradictoires. Outre Delius et Ethel Smyth, il adorait Mozart. Ensemble, nous avons introduit Nijinski et monté les Ballets russes à Covent Garden : lui seul était capable d'interpréter leur répertoire qui semblait trop difficile aux autres chefs. L'aventure la plus excitante que j'aie connue ! En vérité, jouer les châtelaines adultères à Nevill Holt finissait par me peser. Depuis plus de quinze ans, je menais cette existence pseudo-conjugale qui ne conduisait à rien. Je commençais à prendre conscience de l'impasse où je me trouvais. Nous en étions là, quand Sir Thomas m'a écrit qu'il partait pour une tournée en Amérique avec son orchestre. C'était à la veille de Noël. Il disait que nous ne nous verrions plus pendant six mois. Peut-être un an.

Cette nouvelle m'a consternée. Je suis tombée malade, pleurant dans mon lit, incapable de réagir jusqu'à l'heure de son départ. Et soudain, j'ai foncé. J'ai sauté dans une calèche et galopé sur les routes verglacées jusqu'aux docks de Liverpool. Il avait déjà embarqué. Tu n'imagines pas son expression de joie quand, du pont du navire, il m'a aperçue courant sur le quai… Son regard plein d'incrédulité et d'ivresse. Je suis arrivée juste à temps pour enfiler la passerelle – la chance a voulu que ce fût un paquebot de la Cunard ! –, monter à bord, y rester et partir avec lui. Je n'avais rien à me mettre sur le dos, et ma présence à ses côtés était scandaleuse. Nous étions mariés l'un et l'autre. Mais jamais nous ne fûmes plus heureux que durant cette traversée vers New York.

— *Avouez que vous aviez le sang plutôt... chaud.*

— N'oublie pas que, selon G. M., je suis « une instinctive ». Mais souviens-toi aussi qu'après mon escapade américaine, le retour à Nevill Holt a été compliqué. Je veux dire émotionnellement.

— *Car votre passion pour Sir Thomas vous éloignait de ceux que vous aimiez : George Moore, Nancy...*

— Ils n'en savaient rien. Inutile de souligner que je n'avais fait aucun commentaire sur mon voyage.

NANCY
4

De Paris à La Chapelle-Réanville, en roulant vers le Puits Carré, juin 1948.

— Son Beecham fut un désastre, commenta Nancy d'un ton neutre.

— La fin de leur histoire, surtout… La façon dont il a traité ta mère, après une liaison d'une vie. Ignoble !

— Là-dessus, *darling*, je ne te contredirai pas. Mais les débuts n'ont pas été plus glorieux. Dès la première heure, la passion de *Her Ladyship* pour ce *cold fish* a bousillé la vie de mon père, la mienne. Je ne te parle même pas de ce qu'elle a entraîné chez George Moore.

— Lui, Beecham, tu ne l'as jamais apprécié ?

— Il était indifférent à tout ce qui ne le concernait pas. Du coup il s'est peu mêlé de mes affaires. En vérité, il ne s'est pas beaucoup intéressé non plus à celles de *Her Ladyship*. Leur relation m'a toujours paru un mystère. Je me demande même s'il a été amoureux d'elle. Quoi qu'il en soit, à quelques exceptions près, il m'a laissée vivre.

Disons que, à l'âge adulte, je l'ai supporté. Mais à l'adolescence… Ce fut tout de même à cause de Thomas Beecham que *Her Ladyship* a bazardé Nevill Holt ! Une conduite, pour moi, incompréhensible. Je l'avais vue bichonner son château durant des années, l'astiquer avec le soin, pour ne pas dire l'affection, qu'elle mettait à astiquer ses émeraudes. Et elle s'en est désintéressée d'un coup. Elle a vendu Holt en trois mois.

— Tu savais pourquoi ?

— Pour *qui*. J'ai senti le poids de cet homme dans la seconde.

— Ce n'est toutefois pas lui qui a demandé à ta mère de se séparer de la propriété des Cunard… Si ?

— *Her Ladyship* était désormais occupée ailleurs. Elle comptait consacrer sa fortune à d'autres causes que l'entretien des pelouses et d'un tas de vieilles pierres… Londres, New York, les orchestres, les salles de concert. La musique l'absorbait tout entière. La musique de Beecham, j'entends. Mais, sans l'argent des mines mexicaines de feu Mrs Burke, mon père n'avait plus les moyens d'entretenir le domaine. Elle l'a donc forcé à s'installer dans une ancienne auberge, un relais de poste à une trentaine de kilomètres. Elle disait qu'ainsi, il garderait ses petites habitudes. Il aurait les mêmes voisins, partagerait les mêmes chasses, sur *presque* les mêmes terres. Mon père aurait dû quitter la région, partir ailleurs.

Une ombre passa sur le visage de Nancy :

— … Un crève-cœur, son déménagement de Holt. Tu ne peux imaginer ce qu'il a enduré. Je n'oublierai jamais son expression en regardant sa vie lui échapper, sa vie s'écouler lentement, objet après objet, souvenir après souvenir. Sa haute silhouette de sportif, cassée en deux sur le perron, ce visage blême comme vidé de son sang sous sa moustache. Il perdait tout. Sa femme, sa fille, sa demeure…

Coupant court à l'émotion, Nancy demanda :

— …Tu n'as pas connu Holt, Diana ?

— Non. Je vous ai rencontrées, ta mère et toi, après que vous l'avez quitté. Tu parlais beaucoup de cette propriété. Tu nous décrivais les odeurs du parc, tu imitais même l'accent du jardinier. À l'époque, tu en semblais très nostalgique.

— Nevill Holt était mon havre, je me suis difficilement remise de sa perte. (Nancy soupira.) Remarque, on pourrait dire que cette perte a été ma chance. Sans la décision de *Her Ladyship*, je n'aurais probablement jamais quitté le château, jamais peut-être quitté l'Angleterre. En ce sens, son « bazardage » m'a été bénéfique.

— Tu n'y es pas revenue depuis ?

— Pendant des années, j'ai évité la route qui y conduisait. Je ne voulais pas revoir la grille, le pathétique « Viens dans le jardin, Maud » que mon père avait forgé. J'y suis retournée après sa mort… Une fois. Avec Henry Crowder. L'endroit était devenu un pensionnat et ne se ressemblait plus. Nous n'y avons pas fait de vieux os : la négritude d'Henry ne plaisait pas beaucoup, là-bas.

— Tu m'y emmèneras ?

Nancy posa légèrement sa main sur celle de Diana, qu'elle caressa doucement :

— Tu es un amour, mais… (Elle gloussa.) Je crois, ma chérie, qu'après ta visite au Puits Carré, tu en auras ta claque, des lieux de ma jeunesse ! (Elle marqua un temps avant de conclure.) N'empêche qu'avec son « poisson froid », *Her Ladyship* ne nous a pas ratés. Beecham ne méritait pas qu'elle nous sacrifie tous, sans le moindre état d'âme.

Maud
4

La même nuit, à la même heure, Londres, hôtel Dorchester, juin 1948.

— Quand Nancy était petite, elle n'a rien su de mes amours avec Sir Thomas.

— *Allons donc ! Une adolescente que vous disiez précoce. Tout ignorer ?*

— J'ai fait en sorte qu'ils ne se rencontrent pas. Du moins au début. De toute façon, la loyauté de Nancy allait à G. M. Elle m'en voulait de le faire souffrir. Bien qu'elle prétende que la jalousie lui soit un sentiment totalement inconnu.

— *Comme à vous.*

— Elle se montrait jalouse à la place de George Moore.

— *Alors qu'elle ne défendait pas son père.*

— Si. Mais de façon moins viscérale. Durant des mois, elle est allée le voir le week-end dans son relais de poste, une grande maison pleine de charme que j'avais installée pour lui. Après la vente de Nevill Holt, je ne l'ai pas planté là, tu le sais. Ce n'est pas mon genre d'abandonner les gens dans l'adversité. Je n'ai jamais lâché personne. À l'intention de Sir Bache, j'avais conçu un nid douillet avec les objets qu'il préférait, ses objets à lui. Il était très, très content. J'ose dire, enchanté. Beaucoup mieux en tout cas qu'au château. Je lui avais même organisé son atelier dans une grange où il pouvait continuer à jouer les orfèvres. Nancy éprouvait de l'affection pour lui, et l'affection était réciproque. Malheureusement ils se sentaient, je crois, plutôt mal à l'aise en tête à tête. Lui, car elle lui semblait un oiseau exotique qui l'intimidait en lui parlant de littérature et de poésie, auxquelles il ne comprenait rien. Elle, car il l'ennuyait en lui racontant ses chasses. Elle avait beau, comme lui, aimer la nature, ils partageaient peu de goûts. Et Sir Bache n'était guère démonstratif. Il ne savait comment exprimer ses émotions. L'absence de Nancy le faisait souffrir. Et sa présence le mettait dans l'embarras. Il a donc tenté d'espacer leurs rencontres.

— *Les visites de Nancy lui rappelaient de façon trop douloureuse la perte d'un monde - le vôtre - où il n'avait plus aucune place.*

— C'est possible. Quoi qu'il en soit, il a cherché à se détacher d'elle.

— *Si Nancy croyait déjà n'être pas aimée de vous... La gêne et la distance de son père n'ont pas dû arranger son sentiment d'abandon.*

— De toute façon, elle devenait ingérable.

— *C'est-à-dire ?*

— Elle répétait à qui voulait l'entendre qu'elle pouvait faire ce qu'elle voulait, puisque sa mère avait un amant.

— *Vous disiez tout à l'heure qu'elle ignorait votre liaison avec Thomas Beecham.*

— Je confonds peut-être les périodes… Cette grossièreté est venue plus tard. Mais elle m'a trop blessée pour que je n'en sois pas marquée.

— *C'est à la même époque que George Moore vous confie un propos de Nancy qui l'inquiète, au point de vous le répéter...*

— Sans doute. Elle lui aurait dit qu'elle n'avait plus aucune affection pour moi. Cette phrase m'a, elle aussi, fait beaucoup de peine.

— *Vous avez donc fouillé dans ses tiroirs, trouvé son journal intime, lu ce qu'elle y écrivait sur vous.*

— Je n'ai jamais lu son journal.

— *Mais vous avez demandé à Miss Scarth de le faire à votre place et de vous rendre compte de ce qu'elle y découvrirait. Vous vouliez connaître les pensées intimes de Nancy. Sur vous... Vous avez ensuite suggéré quelques commentaires, que la gouvernante s'est permis de rajouter en marge.*

Maud haussa les épaules. Avec son goût du détail ridicule, la Voix finissait par lui faire perdre le fil !

— Dans mon souvenir, je n'ai rien demandé de la sorte à Miss Scarth. En revanche, quand Nancy est venue me faire une scène, l'insulte et la menace aux lèvres, je n'ai pas renvoyé sa gouvernante comme elle l'exigeait, cela oui.

— *Au contraire. Vous avez soutenu Miss Scarth, et vous l'avez punie, elle.*

— Cette colère, ces hurlements étaient inacceptables. Et ce qu'elle avait écrit dans son journal l'était aussi.

— *Vous l'avez donc lu.*

Maud hésita.

Les insinuations de la Voix commençaient à lui taper sur les nerfs !

— Vaguement. Peut-être. Elle y disait des horreurs, sans doute... Je ne me rappelle plus. Quoi qu'il en soit, après ma séparation d'avec Sir Bache, quand nous avons emménagé à Londres, Miss Scarth ne nous a pas suivies.

— *Exit Nevill Holt, donc. Exit votre mari. Cependant, vous ne divorcez pas.*

— D'une façon ou d'une autre, une femme doit *paraître* mariée. Jamais seule. Jamais libre. J'ai assez répété cette évidence à Nancy ! Même aujourd'hui, une divorcée se trouve en position de faiblesse. L'épouse de Thomas Beecham, qui s'accrochait à lui, l'avait, elle, très bien compris. Quand il sera anobli en 1916, elle restera Lady Beecham contre vents et marées, *ad vitam*... Eût-il pu m'épouser que j'aurais, de toute façon, refusé.

— *Pourquoi ?*

— Il était de ces hommes que l'on tient mieux en ne se livrant pas à eux.

— *Si vous l'aimiez à la folie...*

— Justement. Je ne l'ai jamais laissé habiter chez moi. Je ne l'ai même jamais appelé par son prénom en public. Nous voyagions ensemble, nous dînions ensemble, nous dansions ensemble, nous dormions ensemble. Mais nous ne vivions pas ensemble.

— *Quelle modernité ! Un couple d'une indépendance totale... Et sexuellement très libre.*

— Moi, je l'ai assez peu trompé. Lui, en revanche, beaucoup... Et avec toutes ses musiciennes. Les plus jolies, j'entends. Sur trente ans de direction d'orchestre, cela finit par faire un nombre certain. Mais j'ai choisi de fermer les yeux. « Elles n'étaient, elles, que les feuilles », comme le résume si joliment Diana en parlant des infidélités de son Duff Cooper. « Moi, j'étais l'arbre ». En vérité, à lui aussi, à lui surtout, j'ai dû rappeler qu'il ne se trouvait pas en terrain conquis. Que sa partie avec moi n'était jamais gagnée. C'était un arrogant : je n'ai eu d'autre choix que de le rendre jaloux. Et j'ai su lui faire assez peur avec quelques incartades, pour qu'il me revienne, soumis.

— *Un rapport de force, donc ?*

— Sans aucun doute. Et dès que j'ai baissé la garde, jugeant qu'au terme d'une si longue relation je pouvais me permettre la confiance… j'ai perdu la guerre.

Maud tressaillit et porta la main à sa gorge. Une douleur aiguë lui avait coupé la parole. Décidément, son cancer ne se laissait pas oublier. Et l'évocation de cette défaite ultime, qui rendait plus amères toutes les couleuvres qu'elle avait dû avaler pour garder Sir Thomas, lui causait une telle souffrance qu'elle préférait encore retourner au souvenir de G. M. et des regrets que leur rupture avait suscités chez lui.

— *Vous quittez donc George Moore de façon définitive, et vous commencez à brûler ses lettres.*

— Absolument pas à cette époque. Ce fut bien plus tard. Tu confonds tout !

— *Mais vous vous êtes brouillée avec lui ?*

— Il avait quitté Dublin pour se rapprocher de moi et travailler plus souvent à Nevill Holt. J'ai tout tenté pour le préparer au choc, tout, tout pour atténuer sa souffrance. Il n'a saisi l'importance de Beecham que plus tard… Bien après tout le monde.

— *Vous ne lui aviez rien expliqué ?*

— Il était déjà furieux d'avoir dû renoncer à ses villégiatures au château et à toutes les habitudes auxquelles il restait très attaché.

— *Et quand il a compris ?*

— Là, je le reconnais, il a mal réagi. Il m'a boudée pendant près d'une année, c'est vrai. Puis, petit à petit, il a recommencé à m'écrire. Il avait besoin de se confier. Il me racontait chaque jour ce qui lui passait par la tête. Ses rêves. Ses fantasmes. Je lui rendais visite pour le thé, presque tous les après-midi. Et j'ai veillé sur lui jusqu'à sa mort, en 1933. Il avait alors quatre-vingts ans. Lui non plus, je ne l'ai jamais abandonné. J'étais son amie. Et je le suis restée durant près d'un demi-siècle.

— *Si vous n'aviez rien à lui reprocher, pourquoi avoir détruit ses lettres ?*

— Parce qu'il voulait les publier.

Maud, sous ses draps, replia les jambes. Elle n'aimait pas trop qu'on aborde ce sujet… La mauvaise humeur la gagnait. Décidément, ce lit était inconfortable ! Elle tenta de changer de position. Peine perdue. Elle répéta :

— Il voulait les publier… Tu sais combien il était égocentrique. Il ne parlait que de lui et ne songeait qu'à sa gloire. L'immortalité l'obsédait. Il n'a d'ailleurs jamais cessé de raconter sa vie dans ses livres. L'âge venant, il a cherché un biographe digne de lui et de son œuvre. Il m'en a dépêché plusieurs, avec ordre de leur faire lire *tout* ce qu'il m'avait écrit. Il pensait que notre relation se trouvait au centre de son existence. Et que, sans les lettres, personne ne pourrait comprendre son âme ou saisir sa vérité.

— *Et vous avez éconduit ces biographes.*

— Faux ! J'en ai reçu deux. Mais j'ai demandé à réfléchir, me réservant la possibilité de sélectionner ce qui me paraissait montrable… Sur les milliers de lettres que G. M. m'avait adressées, les trois quarts étaient intimes.

— *Vous voulez dire qu'il y faisait allusion à votre anatomie ?*

— Allusion ? Tu es bien prude ! Il décrivait par le menu le nid de l'amour, *qui me cause tant de plaisir chez toi, divine Maud.* Il était intarissable sur sa couleur, sa forme, et j'en passe… Sans parler de la saveur *de ton bouton de rose les soirs d'été, ce bouton adorable que je lichote entre tes jambes, Maud.* Les libertins les plus salaces en auraient rougi. Tu comprendras qu'en 1931, au moment où Nancy enverra son torchon *Black Man and White Ladyship* à la Cour d'Angleterre, ce torchon qui a créé autour de moi le scandale que tu sais, j'aie pu hésiter à rendre publiques les cochonneries de George Moore… S'ajoutant au camouflet de Nancy, « Le Con de Lady Cunard », c'eût été du joli !

— *Mais était-ce une raison pour brûler les papiers d'un grand écrivain ?*

— C'était mon droit ! Les lettres me mettaient en cause et m'étaient destinées. Elles m'appartenaient.

— *J'entends bien. Toutefois, dans son testament, George Moore demande encore que ses « Lettres à Maud » soient publiées. Et vous faites fi de ses dernières volontés. Vous refusez de les remettre à un éditeur. Du coup, les biographes de George Moore jettent l'éponge.*

— Ils abandonnent le projet, oui, momentanément. Je n'ai pas détruit toutes les lettres, tu sais… J'ai gardé les meilleures, celles qui rendent justice au talent d'épistolier de George Moore.

— *Vous avez tout de même commis un autodafé assez radical, ce me semble. Non ? Combien de lettres avez-vous préservées ? Deux cents sur... deux mille ?*

— Deux cent soixante-quinze, exactement… dont Nancy fera ce qu'elle voudra après ma mort. Elle se chargera de perpétuer la mémoire de G. M. à ma place. Elle pourra le décrire et se raconter avec lui. Une tâche qui l'occupera de façon moins malsaine que ses passe-temps habituels !

— *En somme, c'est un service que vous leur avez rendu.*

— On peut le dire : un service à tous les deux.

NANCY

5

De Paris à La Chapelle-Réanville, en roulant vers le Puits Carré, juin 1948.

— Les lettres que m'avait adressées George Moore ? Les collabos les ont brûlées, Diana. Comme *Her Ladyship* l'avait fait, avant eux, avec les siennes. La mémoire de G. M., éradiquée. Ses petits messages durant mon enfance, ses télégrammes m'annonçant son arrivée à Paris quand j'y étais en pension… Ses confessions, ses regrets, son testament littéraire… Une correspondance sur trente ans. Rien, il n'en reste rien ! Comme il ne reste rien de mes éditions originales des auteurs anglais, que les miliciens ont cérémonieusement brûlées sur la pelouse, devant ma maison. Et des sculptures africaines qu'ils ont alignées sur le mur pour les lapider. Ils ont même haché la poutre maîtresse de la grange – pas un petit travail ! –, arraché les tuiles une à une, pour que le toit s'effondre sur ma presse Mathieu qui a pourtant résisté. C'est très dangereux, tu sais, une imprimerie. Cela permet la propagation des idées. Mort aux idées ! Mort à l'intelligence !

…Tu sais ce qui me trouble jusqu'au vertige, ce que je ne supporte pas ? C'est que ce ne sont pas seulement les Allemands, les auteurs du pillage… Les barbares qui ont jeté un mouton crevé au fond de mon puits, afin que les lettres de George Moore, d'Aldous Huxley, d'Ezra Pound, de T. S. Eliot, de Louis Aragon, de Pablo Neruda y pourrissent plus vite : ce sont les habitants de La Chapelle-Réanville. Cette France, qui me paraissait si ouverte et si libre, m'a toujours appelée « l'Étrangère », derrière mon dos. Cette France que j'aimais – la France que *tu* aimes, toi ! – se révèle être raciste et xénophobe… Exactement comme *Her Ladyship* !

— Ta mère n'a pas détruit l'ensemble des inédits de George Moore.

— En effet, elle a préservé ceux qui lui rendaient hommage… Pas folle ! Elle tient à se survivre à elle-même, en passant pour *l'amie* très respectable d'un grand écrivain. Une façon de manipuler l'Histoire, bien digne de la fasciste qu'elle est.

— Refuser d'apparaître comme l'inspiratrice de deux mille lettres d'amour témoigne plutôt de sa modestie.

— Elle brûle les livres qui la gênent, elle brûle les Mémoires qui la desservent : elle se conduit comme les nazis.

Cette fois, Diana réagit. Furieuse et très choquée, elle lança sèchement :

— Ça suffit, Nancy… Ta mère n'est pas Hitler !

— En 1911, tu as raison… Pas encore.

MAUD
5

La même nuit, à la même heure, Londres, hôtel Dorchester, juin 1948.

— *Bien. Résumons-nous : en 1911, vous vous installez au 20 Cavendish Street, dans un appartement que vous louez au Premier ministre, Lord Asquith, qui habite désormais 10 Downing Street. Vous en transformez tout de suite la décoration que vous jugez trop conventionnelle. Vous imaginez un cadre inspiré de l'univers des Ballets russes de Diaghilev, dont votre amant est un fervent admirateur.*

— Pour ma salle à manger, j'avais fait appel au génie du grand Bakst. Nous avons choisi ensemble les tentures en lamé vert arsenic. Sur l'un des murs, nous avons placé un écran de laque noire incrustée de porcs-épics en bronze. Sur l'autre, un panneau de l'artiste américain Chandler : un groupe de girafes dégustant des feuilles d'acacia. Je voulais pour mes dîners une table ronde : Bakst a dessiné un plateau de lapis-lazuli avec, au centre, un flambeau de bronze que soutenait une ronde de nymphes et de naïades.

— *Vous faites fabriquer des meubles inouïs, vous commandez des objets qui, par leur matière, leur forme, leurs couleurs, incarnent le jamais vu. Vous avez un flair incroyable pour découvrir les nouveaux talents. Vous encouragez les artistes d'avant-garde. Vous vous montrez avec eux d'une générosité sans égale. Vous favorisez leurs audaces en leur ouvrant des crédits illimités. Vous mettez votre fortune à la disposition de leurs rêves... Vous combinez les genres, vous mélangez les générations. Vous soutenez la jeunesse et, pour elle, vous osez tout. Vous recevez les poètes les plus obscurs, les écrivains et les musiciens les plus novateurs, avec les hommes politiques au pouvoir. Les bohèmes et les aristocrates, les révolutionnaires et les conservateurs : tous ont droit de cité à vos côtés, pourvu qu'ils fréquentent les hautes sphères, celles de la naissance, de l'esprit ou de la beauté. Le meilleur,* le Génie, *toujours... Votre intelligence, habile aux syllogismes, rompue aux paradoxes, fait le pont – ou le grand écart – entre toutes les libertés et toutes les conventions. Bref, en six mois, vous créez un cadre aux antipodes de* Nevill Holt, *un univers d'une modernité folle dont vous allez orchestrer les canons durant un demi-siècle... Vous êtes devenue la femme que vous ne cesserez plus d'être.*

— Plût au ciel, ma petite ! Car si tu ne vois pas la différence entre *la Maud de quarante ans* et *l'Emerald de soixante-dix*, alors… c'est que j'ai gagné la guerre contre le temps !

— *Ou que vous étiez déjà une vieille poseuse ?*

— C'est à coup sûr ce que dirait Nancy aujourd'hui.

— *À quatorze ans, elle commençait déjà à penser que les principes que vous lui aviez serinés n'étaient chez vous qu'une façade.*

— Je ne vois pas de quoi tu parles.

— *Je parle de votre hypocrisie.*

Maud se redressa dans son lit : la Voix, cette fois, dépassait les bornes, la Voix déraillait même complètement !

Elle chercha l'interrupteur, alluma la lampe, se servit un nouveau verre d'eau, et constata que sa main tremblait contre le cristal.

Aucun doute : ce bavardage ne lui valait rien. Quelle idée de se lancer dans cette introspection avec son double ? On eût dit un interrogatoire de police ! La Voix devait l'aider à évoquer le passé, en la confortant dans ses choix. Lui permettre de passer la nuit de façon sinon gaie, du moins paisible… Pas la contredire de façon aussi brutale. On ne lui demandait pas de flatteries, certes. Mais un minimum d'empathie, quand même.

Maud but quelques gorgées avant de reposer méticuleusement son verre à l'ombre de la carafe. Elle hésita, mais n'éteignit pas la lumière. Le dos appuyé à ses coussins, les mains posées sur ses draps de dentelle, elle regardait ses bagues. Les émeraudes, les diamants… Fussent-ils faux, tellement rassurants. Les compagnons de sa vie.

Martelant ses mots, comme elle l'aurait fait face à un adversaire, elle lança à la cantonade :

— Il ne s'agit pas chez moi d'hypocrisie, mais de savoir-vivre !

— *Même ici, sur votre lit de mort, vous cherchez encore à tromper le monde.*

— Je n'ai jamais trompé personne... Nancy et moi appartenons à un milieu qui exige de nous une certaine tenue, c'est tout.

— *Mais vous ne supportiez pas que l'image de la femme parfaite que vous projetiez se fissurât devant elle, n'est-ce pas ?*

— Encore une fois, il ne s'agit pas d'image, mais de correction... Quoi qu'il en soit, je n'ai pas rejeté Nancy après le départ de Miss Scarth. Je l'ai emmenée avec moi à Londres et je lui ai fait donner des cours dans une école privée. Permets-moi de souligner que, pour une mère tyrannique, j'avais choisi une institution qui n'avait rien d'une prison. La pédagogie de Miss Wood passait au contraire pour un enseignement révolutionnaire, qui formait les jeunes filles à l'université. La chose était rare en 1911 ! Vita Sackville-West et les trois petites de mes amis Tree – dont la cadette, Iris, est devenue une intime de Nancy – y ont fait leurs classes, avant d'embrasser des carrières artistiques... Tout, tout, tout sauf un couvent !

— *Vous n'y laissez cependant pas Nancy plus d'une saison.*

— Grâce à Miss Scarth, elle était en avance dans la plupart des disciplines. Elle s'y ennuyait. Je l'ai donc envoyée étudier à l'étranger.

— *En clair : vous vous débarrassez d'elle.*

Levant les yeux au ciel, Maud poussa un soupir exaspéré :

— Elle part pour Munich perfectionner son allemand et poursuivre des études musicales. Elle étudie ensuite à

Paris dans une autre école pour jeunes filles de bonne famille... À son retour de pension, elle est censée penser en adulte.

— *Elle a dix-sept ans et son opinion est faite : elle vous considère désormais comme du toc.*

— Du toc, moi ?

— *Cela vous étonne ?*

— J'ai beau réfléchir, je ne vois vraiment pas en quoi !

— *Du chiqué, si vous préférez...*

La critique semblait si stupide que Lady Cunard se redressa plus haut dans son lit. C'était quand même le comble... Du chiqué ? On aurait tout entendu. La Voix se permettait maintenant de prendre ouvertement le parti de Nancy !

Dieu sait pourtant si on tentait de faire preuve d'équité, cette nuit. À la veille de sa mort, qu'avait-on à perdre en se montrant juste ? De là à se condamner soi-même en s'accusant de n'avoir été qu'un trompe-l'œil, une architecture feinte, du bluff... Quand l'adversaire n'avait cessé de tricher, c'était pousser l'abnégation un peu loin.

Devait-elle en finir avec la Voix, prendre un somnifère et tenter de dormir ?

Elle continuait de détester les médicaments. Si elle commandait encore ses crèmes de beauté en Suisse, des préparations spéciales qui convenaient à son teint, elle refusait de se laisser abrutir par la moindre drogue. De toute façon, les sédatifs du bon docteur Lancel n'avaient sur elle aucun effet. Même le laudanum. Et puis, et puis, dans le délabrement physique où elle se trouvait, ne lui restait que cela : sa mémoire. La seule chose qui marchait encore. L'esprit. Hors de question d'y renoncer.

— Un trompe-l'œil, ma vie ? Ou bien celle de Nancy, un jeu de dupes ? Comment choisir entre deux réalités ? Comment distinguer entre deux mensonges ?

NANCY

6

De Paris à La Chapelle-Réanville, en roulant vers le Puits Carré, juin 1948.

— … Deux mensonges ? Une seule et même escroquerie, tu veux dire ! *Her Ladyship* triche. Elle triche avec toi, Diana, elle triche avec moi, elle triche avec elle-même. Et elle le sait.

— Si elle le sait, elle ne triche pas !

— À force de tromper son monde, le masque lui colle à la peau. Elle ne connaît plus les limites. Où s'arrête sa sincérité, où commence sa comédie ? Le vrai, le faux, elle ne sait plus faire la différence. Les sentiments profonds, les émotions feintes ? Elle finit par tout mélanger et tout confondre. Résultat : le chaos. Une pagaille qu'elle ne maîtrise pas. Sache que, plus ses discours te paraîtront logiques, plus ils dissimuleront son désordre intérieur… Une constante, toutefois : *Her Ladyship* ne perd jamais de vue sa propre image. Paraître, paraître, paraître. Paraître une grande dame – fût-ce à ses propres yeux – reste son obsession. Elle affecte certainement de s'interroger : « Qu'ai-je fait, mon Dieu, qu'ai-je bien pu faire pour mériter la colère de ma fille ? » La réponse est inscrite dans l'énoncé de la question. « Qu'ai-je *bien pu* faire ? » *Rien*, évidemment, rien. Elle joue à se confesser, elle prétend même écouter son cœur en toute sincérité… En vérité, elle ne travaille qu'à se plaire et à séduire sa propre conscience.

— Et toi ?

Maud

6

La même nuit, à la même heure, Londres, hôtel Dorchester, juin 1948.

Les draps remontés jusqu'au menton, Lady Cunard hésitait avant de se lancer à nouveau. L'introspection tournait trop à son désavantage. Mais que faire d'autre ? Impossible de fuir l'insomnie dans la lecture d'un roman. Son cancer lui ôtait jusqu'à la force de concentration nécessaire. Ne lui restait donc, pour se distraire, que sa propre histoire.

Oui, que faire d'autre sinon poursuivre le débat avec la Voix, quoi qu'il lui en coûte ?

En cette période si difficile où elle devait combattre la souffrance physique, elle refusait toutefois de se laisser submerger par d'autres tourments. Certes, mettre la poussière sous le tapis n'était jamais une solution. Mais museler les questions permettait quelquefois de les résoudre en douceur. Et, jusqu'à présent, taire ses secrets lui avait plutôt réussi.

Malgré elle, le passé revenait à la charge. Elle avait beau résister à l'appel des souvenirs, le fil de son destin se dévidait devant ses yeux. Son existence recommençait à défiler en images et en mots.

— En me reprochant ma duplicité, il y a tout de même un détail que tu passes à la trappe…

— *Quoi ?*

— Ma peur.

— *Peur, vous ?*

— Ma terreur, oui, devant la puissance de destruction de Nancy… Son inconduite a mis en péril tout ce que j'avais construit. Je ne suis pas, moi, née dans le monde. En tout cas, pas née anglaise et fille de *baronet*. J'ai dû me battre pour acquérir une position.

— *Si je puis me permettre, cette crainte de tout perdre n'est pas digne de vous.*

— Il ne s'agit pas seulement de moi… mais d'elle. Quelle femme, quelle mère aurait supporté d'être le témoin du naufrage de son enfant sans intervenir ? Sans essayer, par tous les moyens, de l'empêcher de se noyer ?

La question semblait si douloureuse, si sincère que, cette fois, la Voix accepta de se taire.

On n'entendait que le bruit de la pluie qui tambourinait au carreau, une averse subite, comme il n'en tombait qu'à Londres durant les aubes d'été. La lampe était restée allumée. Maud gardait toutefois les yeux fermés, la tête renversée dans les coussins. Si Gordon, sa fidèle camériste, était entrée dans la chambre en cet instant, la trouvant ainsi en pleine lumière, le visage blême, les paupières closes, avec cette expression de souffrance et de désolation qui ne lui appartenait pas, elle se serait affolée.

Seul signe de vie : Maud continuait de jouer avec ses bagues, les faisant mécaniquement passer d'un doigt à l'autre.

— … Quand je pense à ce qu'elle est devenue… Aux échecs, aux désastres qu'elle s'est infligés… À l'alcool. Et au reste, que je refuse de nommer… Cette déchéance physique et morale… Je ne m'y fais pas. Je ne m'y ferai jamais… Ni à l'idée. Ni à la réalité. Tu ne peux imaginer la merveille absolue qu'était Nancy, jeune fille.

— *Elle vous ressemblait.*

— Bien plus splendide que je l'aie jamais été.

— *Vos deux visages semblaient deux portraits jumeaux dans un miroir.*

— La nuit, au cœur du brouillard, oui, peut-être.

— *Toutes les deux très fines d'ossature, très pâles de teint, et très blondes.*

— Sa chevelure était plus cuivrée et plus rebelle que la mienne… Pas du tout le même type de femme que moi.

— *Vous êtes certes toute petite, alors que Nancy est grande. Et vous avez une carnation poudrée quand elle a une peau de rousse… Vous semblez, vous, si blanche et si rose, que vous évoqueriez plutôt un pastel du* XVIIIe *siècle, un tableau de Fragonard ou de Boucher… Comme l'écrivait George Moore : une Vénus de poche.*

— Ce qui n'est vraiment pas le cas de Nancy !

— *Erreur. Vous êtes faites du même bois. Vous participez de la même essence. Policées, sophistiquées et d'un raffinement sans égal, vous gardez l'une et l'autre un je ne sais quoi d'animal : votre fameux* instinct, *Maud.*

— Le mien, peut-être… Mais on ne peut pas dire que l'instinct de ma fille l'ait portée vers sa survie.

— *Le même regard aux aguets : des yeux qui brillent comme ceux d'un fauve. Les vôtres sont changeants et tirent sur le vert émeraude. Ceux de Nancy restent d'un bleu intense, d'un bleu cobalt, avec quelque chose de translucide et de minéral. Vos traits à vous, Maud, rappellent ceux d'un oiseau de proie, tandis que la souplesse de Nancy, sa démarche pleine d'ondulations ont la grâce d'un félin. Quant à vos deux voix... Pour votre part, vous vous êtes débarrassée de votre accent américain. Plus une trace. Vous parlez un anglais classique, très pur, et vous modulez vos inflexions de façon parfaite. La voix de Nancy est plus singulière. Elle expire et meurt pendant la conversation, reprend vie avec une question, pour monter dans les aigus à la fin de ses phrases et terminer en hauteur avec un* NON *sonore de soprano. Elle insiste sur les dernières syllabes – comme vous – avec une diction un peu saccadée. Comme vous.*

— Tout chez Nancy est *saccadé*. Une succession de hauts et de bas. Une suite d'allers, de retours et d'à-coups… Non seulement dans ses sentiments à mon égard – elle m'aime, elle me déteste, elle m'admire, elle me hait –, mais dans ses rapports avec le monde.

— *Vous voulez parler de ses relations amoureuses ?*

— Épargne-moi ce chapitre.

— *Intéressant, cependant... Combien y en a-t-il eu ?*

— Des amants ? Cent ? Deux cents ? Est-ce que je sais !

— *Vous exagérez un peu, non ? En dépit des heurts dont vous la dites coutumière, Nancy a le don de l'amitié. Reconnaissez-lui cela : elle s'est toujours montrée d'une fidélité totale envers ses amis.*

— Envers les filles de mes propres amies, peut-être. Sa complicité avec Diana Cooper, Sybil Hart-Davis, Iris Tree...

— *Et toutes les autres.*

— Les amitiés féminines de Nancy sont bien les seuls attachements solides de son existence. Pour quelqu'un qui se croit mal aimé, elle attire sur elle l'affection des femmes les plus merveilleuses !

— *Sauf la vôtre.*

— Faux ! Archifaux ! Je souhaitais pour elle le meilleur. Je n'aimais qu'elle !

— *Et Thomas Beecham.*

— La carrière de Sir Thomas ne dépendait pas de moi... Du moins, pas seulement. Nancy, oui. Je ne pensais qu'à elle qui gaspillait ses chances, qui gâchait son avenir, qui s'abîmait !

— *À dix-sept ans, quand elle est rentrée de sa pension à Paris et qu'elle vous a rejointe pour une saison en Italie, elle ne gâchait rien... Pourtant, vous essayez tout de suite de la casser.*

— Je tente de la caser, ce qui n'est pas la même chose.

— *Vous la brisez, pour reprendre votre expression.*

— Je la bride : nuance !

— *Pourquoi ?*

— Dois-je te rappeler que c'était l'époque des bals chez la très excentrique marquise Casati ? Ses serviteurs nus tapaient sur des gongs à l'entrée de ses invités, tandis qu'elle-même, coiffée d'un chapeau de cardinal et seulement vêtue de ses milliers de perles en sautoir, se dressait dans un immense nénuphar… Impossible d'emmener une jeune fille de bonne famille dans un tel lieu.

— *Mais vous y alliez, vous.*

— Évidemment. On rencontrait chez la Casati l'ensemble du monde artistique et l'aristocratie de l'Europe entière. Très amusant. Elle recevait à demeure Gabriele D'Annunzio, son amant. Mon ami Bakst qui créait ses robes et ses décors les plus fous. Et Diaghilev…

— *Et Thomas Beecham, bien sûr… Vous laissiez donc Nancy derrière vous, seule à la maison.*

— Crois-moi : elle n'y restait pas longtemps. À peine avais-je le dos tourné… En vérité, à Venise, durant l'été 1913, elle travaillait déjà à se déshonorer. Or elle devait être présentée à la Cour l'année suivante. Elle aurait alors accès aux meilleurs partis d'Angleterre. Je ne pouvais la laisser flétrir sa réputation, en flirtant avec des garçons inadmissibles.

— *Inadmissibles ?*

— Pour le mariage. Sans ma vigilance, elle eût été très compromise.

— *Comme vous l'aviez été vous-même.*

— Précisément. J'avais mis vingt ans pour effacer les taches de mon passé. J'avais conquis ma place dans la noblesse. J'appartenais au monde. *Nous appartenions.* Nous n'allions pas retomber dans le piège d'un scandale.

— *Votre chère Diana multipliait les esclandres. Sa réputation, cependant, n'en souffrait pas.*

— Diana était née *Lady Diana Manners*, dernière fille du huitième duc de Rutland. En dépit de ses folies, elle pouvait épouser n'importe qui.

— *Fille de duc, mais fille illégitime, puisque son père biologique était l'amant de sa mère... Tout le monde le savait.*

— Peu importe. Le duc de Rutland l'avait reconnue pour l'une de ses héritières, et nul n'aurait songé à contester son rang. En outre, elle était riche et d'une beauté spectaculaire, bien plus belle encore que Nancy. Elle avait fait son entrée dans le monde avec un tel éclat qu'elle avait été sacrée la débutante la plus magnifique de tous les temps. Sa présentation à la Cour deux ans plus tôt lui ouvrait les portes des plus grands bals de Venise.

— *Lady Diana a donc presque vingt et un ans, quatre de plus que Nancy...*

— Et sa mère, Lady Violet, duchesse de Rutland, est ma meilleure amie. J'avais loué un merveilleux palais près de l'église de la Salute où, sous les marbres, les stucs et les fresques de Tiepolo, je les recevais tous. Lady Violet et ses quatre enfants – Diana, bien sûr, avec son frère aîné et ses sœurs –, et quelques autres intimes avec leurs propres enfants.

— *À la* casa Cunard, *les « intimes » ne sont autres que le Premier ministre, Lord Asquith, sa femme et ses filles, qui elles-mêmes invitent leurs fiancés, dont les frères et les parents ont, eux aussi, loué des palais pour la saison. Ils sont ainsi un groupe de jeunes gens, qui n'ont jamais connu une telle promiscuité avec l'autre sexe.*

— Et cette liberté monte à la tête de Nancy, qui perd toute notion de bienséance.

— *Pas encore. Votre chère Diana est de loin la plus déchaînée de la bande ! Elle aime la passion qu'elle suscite chez les hommes et noue dix idylles avec dix soupirants à la fois. Non contente de les séduire, elle leur lance des défis et les pousse à commettre des folies. Et pas seulement ceux de son âge. Un millionnaire américain donne pour elle à Venise des soirées délirantes, dont elle est la reine. Sans parler des bijoux et des cadeaux somptueux qu'elle reçoit de lui, sans états d'âme. Non que cette fille de duc soit vénale : elle prend seulement ce que la vie lui offre et se conduit à sa guise... Bref, elle ne cesse de transgresser les règles. C'est une provocatrice sentimentale, une grande curieuse qui étouffe dans son milieu. Et d'elle, vous acceptez l'inacceptable. Vous souriez de tout. Vous la soutenez en tout...*

— J'adore son naturel.

— *Vous aimez le naturel, vous ?*

— Chez Diana, oui. Elle est à la fois sensible et originale. Toujours inattendue. Ses écarts de conduite me surprennent, sans me choquer. Et la subtilité de son sens de l'humour m'enchante. Elle me fait rire.

— *Diana partage pourtant avec votre fille le même esprit d'aventure.*

— Elle possède, au contraire de ma fille, une nature saine.

— *Vous pourriez lui en vouloir. Elle a eu une influence déplorable sur Nancy. Diana affublait la duchesse de Rutland, sa mère, du titre que lui donnaient ses domestiques : elle l'appelait en public « Her Grace »... Nancy s'est emparée de l'idée, et l'a adaptée à votre cas. Ainsi êtes-vous devenue dans son vocabulaire « Her Ladyship ».*

— À une différence près : l'ironie de Diana est sans méchanceté. La contestation, chez elle, n'est pas une seconde peau. Elle ne cherche pas à faire table rase du passé… Diana aime et respecte sa mère.

— *Toutefois, elle s'y oppose et lui ment.*

— Ce n'est pas la période la plus glorieuse de son existence, en effet.

— *N'empêche qu'à Venise, c'est votre chère Diana qui pousse Nancy dans la voie de tous les vices dont vous l'accusez. Diana est l'âme de cette petite bande de jeunes aristocrates qu'elle a baptisée « The Corrupt Coterie » : le Cercle des Corrompus. Des intellectuels qui ne jurent que par elle, par la poésie, la musique et l'amour. Ce sont tous, si je ne m'abuse, les enfants de la noblesse cultivée, qui s'était elle-même autoproclamée dans les années 1890 « The Souls » : les Âmes... Les Corrompus, eux, remettent en question les conventions sociales. Ils ont la prétention de ne faire que ce qu'ils veulent, et de franchir toutes les limites.*

Maud poussa un interminable soupir.

— À qui le dis-tu ! Ils se déguisent en dieux grecs, dansent le tango ou jouent au poker jusqu'à l'aube, plongent nus dans l'Adriatique ou tout habillés dans les canaux, et se lutinent effrontément lors de leurs bains de minuit… Une suite d'excès qui a pourri mon été.

NANCY

7

De Paris à La Chapelle-Réanville, en roulant vers le Puits Carré, juin 1948.

— Tu n'imagines pas ce que fut l'éblouissement de ce premier mois avec toi à Venise, Diana ! La découverte de la joie, la révélation d'amitiés magnifiques. En toi, j'avais trouvé mon maître.

— Tu parles ! À dix-sept ans, tu me battais sur tous les fronts.

— Tes audaces, ton impertinence me fascinaient. J'avais cessé d'être une fille seule : je me reconnaissais en toi. Vous, les Corrompus, vous tendiez vers le même idéal. Nous avions la même passion pour la poésie, pour le théâtre et…

— Le même goût pour le flirt.

— Tu intéressais les garçons bien plus que moi.

— Cela ne t'empêchait pas d'explorer la communion des corps.

— Faux. Aucun des Corrompus n'a osé me dépuceler.

— N'empêche que tu ne te gênais pas pour les rendre fous. Aucun doute là-dessus, Nancy : tu étais, tu restes, la plus provocatrice de la bande. Quand je pense à tous ces hommes qui ont voulu se tuer pour toi !

— N'exagérons rien. À part Aragon…

Maud

7

La même nuit, à la même heure, Londres, hôtel Dorchester, juin 1948.

— À la différence de Diana, Nancy n'a jamais su s'arrêter !

— *De retour à Londres, elle s'est pliée à vos exigences, tout de même. Elle a accepté les visites aux rombières que vous lui imposiez, et a fréquenté les salons des grandes hôtesses qui devaient la lancer.*

— Il s'agissait en effet de la saison la plus importante de sa vie.

— *En avril 1914. À trois mois de la guerre.*

— La plus importante, oui. Je devais organiser des réceptions pour elle et dresser la liste de ses invités.

— *Que vous choisissiez aussi barbants que possible. Vos amis, à vous, étaient plutôt des originaux. Vous raffoliez de personnages incontrôlables, je veux dire dangereux pour la bonne société anglaise. Pourquoi imposiez-vous à votre fille des compagnons assommants ? Pourquoi la harceliez-vous avec des diktats qui vous ennuyaient vous-même ?*

— Afin qu'elle sache ce qui se fait et ne se fait pas. Nancy appartenait à un monde qui avait ses exigences. Comment aurait-elle pu s'y soustraire ?

— *Facile. Il eût suffi que vous acceptiez qu'elle échappe au rituel de la présentation à la Cour.*

— Et que je la laisse se déclasser ? Hors de question ! D'ailleurs, elle a beau prétendre le contraire : elle aimait s'habiller. Elle adore la mode. Relis les articles de *Vogue* qui vantent son élégance. Regarde les photos… Elle avait un chic fou. Elle fut éblouissante, lors de sa présentation à la Cour. Je la vois encore, s'avançant vers le trône dans sa robe de mousseline crème, avec sa traîne en tulle brodé de pétales de rose.

— *Invitée l'après-midi à la garden-party du palais de Buckingham, en effet... Mais pas le soir, au bal officiel. Si je ne me trompe, la reine Mary ne vous appréciait guère.*

— Elle me considérait comme trop moderne. Trop *bohème.*

— *Bohème, Lady Cunard ?*

— Tu vois : tous les jugements sont dans la nature !

— *Et ce verdict vous dérangeait ?*

— Il me rendait malade.

— *Pourquoi ? Quelle importance ?*

— Ma liberté consiste à aller où je veux, quand je veux, comme je veux. Mais afin de vivre à ma guise, de fréquenter et d'accueillir qui bon me semble, je dois connaître les usages. Sous peine d'ostracisme et d'exclusion.

— *L'exclusion... C'est ce que vous vouliez épargner à Nancy ?*

— Sur ce plan j'ai tout raté. Même mon pays, une nation libre comme les États-Unis, même New York a fini par lui interdire l'entrée sur le sol américain… Beau résultat ! Nancy a toujours refusé de se plier à la moindre contrainte. En ce sens, je l'accuse d'être une molle.

— *Une molle ?*

— Et une lâche. Et une menteuse. À ses yeux comme aux miens, la liberté était – la liberté reste – une valeur absolue. Mais la liberté coûte très cher. Elle requiert de prendre sur soi. Elle exige une discipline que Nancy a systématiquement refusée. J'en conclus qu'elle ne la désire pas vraiment. Et qu'elle triche en affectant de la réclamer à tout prix.

— *Et vous ?*

— Moi ? Le prince de Galles et futur roi d'Angleterre ne valse qu'avec ma fille, au bal que j'organise pour elle : tout est dit ! Et Son Altesse royale sera si séduite par Miss Nancy Cunard qu'Elle la couvrira de bijoux et ne cessera plus de l'inviter à danser, lors des autres bals de la saison.

— *Mais Nancy, elle, noyait dans le champagne l'ennui où il la plongeait. Elle le trouvait stupide et rasoir.*

— Nancy noyait son ennui dans le champagne, partout. Et elle trouvait la terre entière rasoir. *Boring, boring, boring.*

NANCY

8

De Paris à La Chapelle-Réanville, en roulant vers le Puits Carré, juin 1948.

— Ma première « saison » fut un calvaire ! *Her Ladyship* m'ensevelissait sous une masse de fanfreluches et de propos imbéciles. Et en plus, elle m'obligeait à porter un corset.

— Je reconnais qu'avec ton extrême minceur, un corset était une contrainte absurde.

— Une aberration, tu veux dire ! Après m'avoir laissée dans mon coin pendant quatre ans à Munich et à Paris, elle m'avait ressortie de ma boîte. Et elle prétendait me reprendre en main. Elle avait recommencé à me déguiser, comme dans mon enfance. Mais maintenant, c'était pire : on lui avait dit que nous nous ressemblions, elle affectait donc de me modeler à son image. Petites voilettes et capelines à fleurs, elle travaillait à me transformer en *Her Ladyship*.

Diana étouffa un gloussement :

— Je ne vois pas comment elle aurait pu y réussir.

— Je sentais, je savais qu'elle fabriquait son sosie… En plus moche. Car les falbalas de *Her Ladyship* ne m'allaient pas.

— Vos goûts sont aux antipodes : tu n'aimes que les lignes géométriques ; ta mère, les volants et les courbes. De là à supposer qu'elle voulait t'enlaidir… Au contraire ! En te conduisant chez les grands couturiers qui l'habillaient, elle ne songeait qu'à te faire plaisir.

— *Se* faire plaisir ! Elle m'imposait à Paris cinquante essayages par jour, d'où nous ramenions près de cinquante robes de soirée… En deux exemplaires : un pour elle, un pour moi. J'avais beau résister à ce jumelage grotesque, nos toilettes finissaient toujours par se répondre. Elle, en rose. Moi, en bleu. Identiques. Sans parler de nos tailleurs pour les courses de printemps, à Ascot. Et des fourrures pour les manteaux d'hiver, à Londres : le même léopard le matin, le même vison l'après-midi, et la même zibeline le soir.

— Elle voulait le meilleur pour sa fille.

— Tu ne crois pas si bien dire : l'obscure Miss Burke de San Francisco continuait sa course vers les sommets. Elle avait conquis l'aristocratie. Elle voulait la couronne. Elle me préparait donc moi, son double, pour ses grands desseins… Tu m'imagines en épouse du prince de Galles, le sceptre à la main et le diadème sur la tête ? « Nancy Cunard, reine d'Angleterre ».

Diana sourit :

— Ne dis pas n'importe quoi !

— Je suis tout à fait sérieuse : *Her Ladyship* se voyait sur un tabouret de duchesse, à droite de Sa Majesté… Belle-mère du futur Edward VIII.

— Cesse de la tourner en ridicule.

— Je t'assure, elle y a cru ! Et quand elle a compris que je ne lui ferais pas le cadeau d'un gendre royal, elle a changé de tactique en trouvant une autre candidate. Mais elle n'a pas lâché prise. Je te rappelle que son cher prince Edward a courtisé Wallis Simpson sous son toit. Et que *Her Ladyship* a protégé et encouragé leurs amours, chez elle. Elle ne doutait pas qu'en remerciement de ses intrigues, il la nommerait *Mistress of the Robes,* quand Wallis serait assise sur le trône… Tu imagines sa déception, en apprenant la nouvelle de l'abdication : « Comment a-t-il pu *me* faire cela ? s'est-elle écriée, en larmes. Comment a-t-il pu me faire cela, *à moi* ? » Sur ce point, *Her Ladyship* avait raison : le roi l'avait bel et bien laissée tomber. Or, entre fascistes, l'usage exige qu'on se renvoie l'ascenseur.

— Arrête avec cette obsession des fascistes ! Ni Edward VIII ni ta mère ne l'ont jamais été.

— Tu plaisantes ? Je te rappelle qu'Edward VIII a déclaré à haute et intelligible voix que l'Angleterre ne devait pas intervenir dans les affaires intérieures d'Hitler, que le sort des Juifs allemands ne nous regardait pas. Quant à *Her Ladyship*, souviens-toi : qui était sa deuxième favorite ? Son autre *Diana chérie* ? Diana Mitford-Mosley, l'épouse du chef de l'extrême droite anglaise. Je ne t'apprends tout de même pas que Diana et Oswald Mosley se sont mariés en Allemagne chez leur pote Goebbels : la chose est de notoriété publique. Mariés en présence du Führer, auquel ils vouaient un culte.

— Mais pas ta mère.

— Ma mère a seulement fêté l'arrivée de Ribbentrop, au champagne. Et seulement fait libérer les Mosley, que

Churchill avait jetés en prison pour intelligence avec l'ennemi… Trois fois rien.

— Rien, en effet. Sa façon à elle de se montrer fidèle envers ses amis dans l'adversité… Comme toi.

— Et ses amis – dont l'inepte prince de Galles qu'elle rêvait de me faire épouser – sont des nazis.

MAUD

8

La même nuit, à la même heure, Londres, hôtel Dorchester, juin 1948.

— … Ivre morte, tous les soirs. À dix-huit ans ! Et je suis polie, en me contentant de n'évoquer que ses problèmes d'alcool. Nancy a commencé à me faire honte bien avant sa majorité. En réalité, elle menait une double vie derrière mon dos. Elle avait loué un studio sur Fitzroy Square. Une garçonnière où elle faisait la fête avec ses amis du Cercle des Corrompus. Tous les dépravés de Londres.

— *Si elle avait une garçonnière en 1914, c'est que vous n'avez jamais lésiné sur son argent de poche.*

— Tu as raison : je lui ai donné les moyens de ses vices. Mais je ne pouvais imaginer l'usage qu'elle faisait de mes largesses ! À la vérité, le problème de Nancy se trouve là : elle est une héritière. La mienne. Elle ne mène la vie de son choix que grâce à moi. Je te rappelle qu'en dépit de son mépris à mon égard, elle n'a jamais refusé la pension que je lui versais. Pis : quand j'ai perdu une grande partie de ma fortune dans le krach de 1929, et que j'ai dû limiter mes dépenses, elle en a conçu une amertume qui m'a valu de nouvelles salves. Son pamphlet de 1931 est une vengeance. Il découle directement de son aigreur devant mes réticences financières… Quoi qu'il en soit, la location de son studio en plein cœur de Bloomsbury ne devait pas coûter bien cher. D'autant qu'Iris – la fille de mes amis Tree – en assumait les frais pour moitié. J'ignore ce qu'elles fabriquaient dans ce gourbi mais, à entendre Diana qui l'a beaucoup fréquenté, elles y recevaient un nombre incalculable d'admirateurs.

— *Des artistes avec lesquels elles buvaient, fumaient, écrivaient et lisaient leur poésie.*

— Des plaisirs aussi innocents ? Plût au ciel !

— *N'aviez-vous pas, vous aussi, loué à Londres en 1895 une petite maison où George Moore venait vous rejoindre avant votre mariage ? Finalement, Nancy s'est contentée de poursuivre la tradition familiale…*

— Moi, ce n'était pas la même chose.

— *Allons donc !*

— Rien à voir. Je n'y rencontrais qu'un seul homme.

— *Mais avec cet homme, vous vous adonniez aux plaisirs de l'esprit comme à ceux de la chair.*

— Rien à voir, te dis-je ! Moi, je ne m'encanaillais pas dans les bouges et je ne m'enivrais pas dans les boîtes de nuit. Moi, on ne me ramenait pas chez ma mère à l'aube, empestant le brandy. Et la police ne m'arrêtait pas pour m'être baignée dans la Serpentine, en robe de strass et chapeau à plume, à quelques encablures de Buckingham Palace. Je ne te décrirai pas ma honte en recevant un coup de téléphone me priant de venir récupérer ma fille au poste.

— *On peut comprendre que la découverte du studio secret de Fitzroy Square ne vous ait pas fait très plaisir.*

— La mère d'Iris et moi-même avons confisqué les clés, et bouclé nos filles.

— *Toutefois, vous les laissiez encore sortir dans le monde... Et c'est à cette époque que Nancy a jeté un froid à la Cour d'Angleterre.*

— Je ne suis pas au courant.

— *Mais si, voyons. C'était lors d'un jeu de société en présence du prince de Galles, au château de Windsor. Chacun devait nommer le personnage qu'il aimerait voir apparaître dans le salon, et Nancy a lancé : « Lady Cunard...* Morte *!* »

Au souvenir de cette scène, que plusieurs de ses charitables amies lui avaient rapportée avec délectation, Maud ne put réprimer un geste d'humeur. En dépit des années, le camouflet restait blessant. Elle conclut froidement :

— Nancy se répandait sans vergogne.

— *Les hostilités étaient donc déclarées.*

— Elle avait mis ses bijoux au clou et fait copier les clés de son studio. Elle était de retour dans les bars, avec Iris.

— *Elles ne se contentaient pas d'y boire. Elles vivaient pour l'écriture, elles avaient le culte de l'art sous toutes ses formes. À la Fitzroy Tavern, elles fréquentaient un groupe plus âgé : le Bloomsbury Group, qui comptait Virginia Stephen – la future Virginia Woolf – et Lytton Strachey. On discutait philosophie, on parlait librement de sexualité, et George Moore restait la référence littéraire absolue.*

— G. *M. et le sexe* : Nancy se trouvait dans son élément. Sa vie nocturne a quand même très mal fini… Par une tragédie pour les garçons qu'elle fréquentait.

— *Si vous voulez dire que la plupart d'entre eux ne sont pas revenus des tranchées, je vous rappelle que Nancy n'y est pour rien.*

— Évidemment, je parle de cela : de la Grande Guerre qui éclate à ce moment-là ! Tous les jeunes gens du Cercle des Corrompus – à l'exception de Duff Cooper –, *tous* y perdront la vie.

— *Mais vous continuerez, vous, à donner vos grands dîners.*

— Et comment ! Quand les rescapés rentraient en permission, il était de mon devoir de leur changer les idées, en leur faisant rencontrer des personnalités.

— *Et Nancy chassera sur vos terres.*

— Une maladie, chez elle. Elle embarquera systématiquement mes invités les plus intéressants.

— *De préférence vos artistes et vos écrivains. Elle séduira ainsi T. S. Eliot et aura une liaison avec Ezra Pound.*

— Nancy ne débauche pas seulement les poètes.

— *Avez-vous une idée de celui qui fut son premier amant ?*

— Aucune. Je crains qu'elle ne l'ait elle-même oublié. Le malheur pour Nancy, c'est qu'elle s'emballe très vite. Et qu'elle déchante, la seconde suivante. Elle a besoin du désir de *tous* les hommes pour exister.

— *En quoi est-ce un malheur ?*

— Elle prend peur dès qu'elle a réussi. En réalité, elle est terrifiée par l'idée d'être possédée. Elle en perd sa capacité d'aimer. Résultat : elle ne choisit jamais un mâle qui pourrait la toucher de façon profonde.

— *Au contraire de vous, n'est-ce pas, qui savez donner ?*

— Si tu le dis.

Le mot « aimer », le mot « donner » provoquèrent chez Maud un temps de réflexion : ils ressuscitaient l'image de Sir Thomas.

— *Pourquoi vous rendiez-vous à Covent Garden, quand les zeppelins du Kaiser bombardaient la capitale ?*

— Je pensais que nous, les Anglais, nous devions résister à la terreur que les Allemands tentaient d'instaurer en bombardant de nuit les villes d'Europe.

— *Déjà en 1916, c'était le Blitz.*

— Oui, en quelque sorte. Londres devait rester plongée dans l'obscurité pour que les zeppelins n'atteignent pas leur cible. On avait peint les vitres des usines et des magasins en bleu, recouvert de goudron les globes des réverbères. Les raids faisaient une centaine de morts tous les soirs. Mais j'estimais nécessaire de continuer à vivre comme si de rien n'était. Recevoir, sortir, fréquenter l'opéra.

— *De là à exhorter le public pour qu'il ne quitte pas la salle, même quand le fracas des obus et le hurlement des sirènes couvraient la musique…*

— Je dois reconnaître que, moi qui n'ai jamais beaucoup bu, je me requinquais à coup de bouteilles de champagne, avant et pendant chaque représentation.

— *Mais vous n'en manquiez pas une. Non pas seulement pour montrer l'exemple, comme vous voulez le faire croire... Pourquoi empêchiez-vous vos amis d'interrompre le concert et de fuir aux abris ? Ces actes de bravoure, vous les commettiez non par patriotisme, mais par dévotion pour celui qui dirigeait l'orchestre.*

Sur ce terrain, décidément trop douloureux, Maud se garda de rebondir. Elle choisit de se taire et laissa la Voix poursuivre.

— *Vous n'étiez pas la seule à défier le couvre-feu. Les journaux chantaient le courage de trois autres jeunes femmes, aussi téméraires que vous : Nancy Cunard, Diana Manners et Iris Tree. Souvenez-vous de cet article : « Elles sont belles et forment un trio inséparable, une sorte de troïka de Mayfair. Ce sont les chefs de file de la nouvelle génération de débutantes : elles se mettent en robe de soirée pour narguer les zeppelins. »*

— La guerre démoralisait Nancy autant que moi. Le monde glissait vers sa destruction. Toutes les certitudes se craquelaient. Le danger était partout. Elle-même dressait à longueur de journée la liste de ses amis tués. Elle en devenait morbide... Mais elle ne s'est pas engagée comme infirmière, à l'inverse de Diana qui travaillait dans un hôpital de Londres.

— *Sans doute avait-elle perdu le peu de respect qui lui restait envers une société qui massacrait sa jeunesse ?*

— Était-ce une raison pour ne pas s'en sentir solidaire ? Alors que je me démenais, moi, pour multiplier les ventes de charité, les tombolas et les représentations au bénéfice des blessés, elle avait trouvé une nouvelle occasion de s'opposer à mes actions. Elle se prétendait antimilitariste, elle se déclarait *pacifiste*... Et fervente adepte du mariage avec n'importe quel soldat en partance pour le front.

— *Quel rapport entre le pacifisme et le mariage ?*

— Dans les deux cas : une façon pour elle d'affirmer sa liberté. Contre moi.

— *Mais la marier, c'est ce que vous désiriez, non ?*

— Pas avec celui qu'elle choisira !

— *Il sera pourtant aussi conventionnel que vous auriez pu le rêver. Même physiquement. Vous qui restez si sensible à l'apparence... Il était grand, svelte, sportif. Bref : joli garçon.*

— Si on aime les joueurs de polo.

— *Certes, Sydney Fairbairn n'appartenait pas à l'aristocratie, mais à une vieille famille d'Écosse. Et son grand-père avait fait fortune en Australie. Fairbairn Junior avait été éduqué à Eton... Avant de s'engager dans les Grenadiers de la Garde, pour combattre à Gallipoli. Un brave ! Blessé au printemps 1915, il avait été évacué dans un hôpital du Caire, puis rapatrié à Londres pour sa convalescence. C'est là qu'il a rencontré Nancy : au théâtre, où elle vendait des programmes au profit des victimes de guerre. Vous voyez, elle s'adonnait tout de même aux bonnes œuvres que vous préconisiez... Elle est devenue sa maîtresse la nuit même, et l'a retrouvé en fin de semaine dans le château de l'une de vos amies où vous passiez, vous aussi, le week-end... À l'heure du thé, devant toute l'assemblée, elle vous l'a présenté, ajoutant qu'elle comptait l'épouser.*

— Oui. Elle m'a annoncé ses fiançailles. En public… Avec quelqu'un qu'elle connaissait depuis une semaine. Et dont elle n'était pas amoureuse.

— *Comment le saviez-vous ?*

— C'était évident !

— *Mais ce garçon lui plaisait.*

— Même pas.

— *La maîtresse de maison vous a sauté au cou, elle vous a félicitées toutes les deux, elle a embrassé Nancy... Vous rappelez-vous ce que vous leur avez dit ?*

— Dans un premier temps, je me suis tue. J'ai caché ma surprise. Tu me connais assez pour savoir que je sais me contenir… J'avais eu tout loisir de juger le nouveau *boy-friend* de ma fille au déjeuner, et je l'avais trouvé ordinaire. Il ne durerait pas. J'ai donc fait mine de ne rien comprendre à ce que Nancy racontait. Elle a insisté, en m'informant officiellement de la date et du lieu qu'elle avait choisis pour leur mariage. Et là, j'ai perdu mon sang-froid.

— *C'est-à-dire ?*

— J'ai clamé haut et fort que je désapprouvais ce projet. Nancy m'a répondu que je n'avais aucun droit sur elle. J'ai objecté qu'elle ne se montrait pas à la hauteur. Qu'elle aurait pu faire un peu mieux. Qu'elle me décevait. Elle a rétorqué qu'elle me méprisait, moi, et tout ce que j'incarnais. Le ton est monté… Si haut que notre hôtesse a dû prier les enfants d'aller jouer ailleurs.

— *Vous ne vous êtes pas souciée que votre scène puisse embarrasser Sydney Fairbairn...*

— Il affectait de ne rien entendre.

— *Comment, « ne rien entendre » ? Vous vous disputiez avec Nancy en sa présence !*

— C'était un garçon qui ne voulait pas d'histoires. Lui-même n'en revenait pas d'avoir conquis une jeune fille aussi intelligente, aussi belle, aussi riche. Il en restait assommé de bonheur. La merveille, que tous ses camarades convoitaient, lui appartenait : comment était-ce possible ? J'ai compris ensuite, mais trop tard, que plus je critiquerais cette alliance, plus Nancy s'entêterait.

— *Toutes les filles de vos amies – votre bien-aimée Diana, Iris, ses deux sœurs – se sont mariées, comme Nancy, contre le gré de leurs parents. Mais elles, vous les avez soutenues. Vous êtes même allée jusqu'à plaider leur cause auprès de leurs mères... Avouez que vous n'êtes guère cohérente.*

— Ma chère, leurs élus étaient sensationnels.

— *Allons donc : ils n'avaient pas le sou et se trouvaient socialement très au-dessous d'elles.*

— Duff Cooper, qui est devenu le mari de Diana, était un brillantissime avocat. Curtis Moffat, le mari d'Iris, un peintre et un photographe de génie.

— *On arrive donc au paradoxe que votre fille, qui vous présente un fiancé selon vos critères, vous porte un coup. Et que les autres suscitent votre enthousiasme. Il y aurait de quoi perturber les émotions de n'importe quel enfant : sinon le rendre fou, du moins jaloux !*

— Nancy te dira qu'elle n'a jamais connu la jalousie. Quant à sa folie… tu sais ce que j'en pense. Ce qui m'importait, c'est qu'elle n'aimait pas Sydney. Alors que Diana était amoureuse de Duff.

— *L'amour est donc si important à vos yeux ? Vous m'étonnez ! La passion compterait pour vous ?*

— Autant que le talent. Et le pauvre Sydney Fairbairn était dépourvu de l'une comme de l'autre. J'ai néanmoins changé de tactique et affecté, sinon de me réjouir de leur mariage, du moins d'organiser les choses de façon convenable.

— *Bien sûr, vous avez tenté de raisonner Nancy.*

— Je n'ai pas cessé de lui répéter qu'elle courait à la catastrophe !

— *Vous auriez pu trouver d'autres arguments.*

— Lesquels ? J'étais désolée pour elle.

— *Elle avait découvert le moyen d'obtenir sa liberté. N'était-ce pas ce que vous aviez fait, en épousant Sir Bache ? Elle marchait sur vos traces, elle mettait même très exactement ses pas dans les vôtres, en choisissant la même sorte d'époux que vous.*

— À une exception près : moi, je ne suis pas *née*, je n'ai guère eu d'alternative pour « appartenir ». Elle, oui, elle, elle avait le choix. Quant à mon union avec le baron Cunard… on ne peut pas dire qu'elle ait été un succès ! En outre, je n'essayais pas, moi, d'échapper à ma mère à n'importe quel prix… Quoi qu'il en soit, en ce jour de novembre 1916, la cérémonie a été l'une des plus réussies et des plus sinistres de ma vie. Probablement aussi la plus triste de celle de Nancy. Je la vois encore arrachant sa couronne durant la réception, et la jetant à terre avec un cri : « Je ne supporte plus cet oripeau ! »

— *Avouez que dans le genre « Foutue pour foutue, tu auras une noce princière, ma fille ! », vous aviez un peu forcé la note, non ?*

— C'est-à-dire ?

— *Cette bourse pleine de pièces que vous avez remise à Sir Bache en sortant de l'église – au lieu du riz –, avec l'ordre de les jeter par poignées à la foule... De l'argent, de l'or au peuple, comme chez les têtes couronnées ! Un geste de parvenus. Votre malheureux mari s'était exécuté avec un sentiment d'humiliation. Et Nancy avait partagé sa honte.*

— N'empêche qu'elle a accepté la maison que je lui ai offerte, sur Montagu Square. Et qu'à vingt ans, elle possédait – grâce à moi – ce qu'elle désirait plus que tout au monde : *un lieu à elle.*

— *En fin de compte, au lendemain de la réception, vous vous réveillez plutôt rassurée et contente : « C'est fait, c'est fait... » Et votre gendre aurait pu être pire.*

— Contente, je ne le suis pas restée longtemps. Nancy ne s'était échappée d'une prison que pour se retrouver piégée dans une autre. Dès leur retour de voyage de noces, elle affichait une sorte d'horreur physique pour Sydney. Elle ne supportait pas qu'il l'approche. Encore moins qu'il la touche. J'ignore ce qui s'était passé entre eux, au lit. Elle avait pourtant été sa maîtresse avant le mariage. Mais elle donnait à penser que, du jour où il était devenu son époux, Sydney s'était révélé être un monstre, et leur vie conjugale une expérience atroce.

— *Ce que vous aviez redouté était donc arrivé.*

— En effet, le couple n'a pas tenu un an… Et quand Sydney, remis de ses blessures, est reparti combattre en France au printemps 1918, nous l'avons tous vu s'embarquer avec un immense soulagement.

— Il y a tout de même eu un épisode positif durant cette période : la publication des premiers poèmes de Nancy dans une anthologie consacrée à la poésie nouvelle, Wheels. *George Moore en a chanté les louanges dans la presse.*

— Son jugement reste indissociable de son affection pour Nancy… Et de son amour pour moi. Avec l'indulgence de ses comptes rendus, G. M. cherchait à me plaire.

— Pourquoi niez-vous votre fierté ? Vous êtes très sensible au talent de Nancy. Et vous savez que George Moore disait la vérité quand il affirmait qu'elle possédait un sens du rythme exquis.

— Dieu m'est témoin que j'admire la virtuosité intellectuelle de Nancy, et que je croyais en sa vocation de poète ! Je mettais même toute mon énergie à encourager ses dons.

— En allant jusqu'à vous immiscer dans sa carrière et à jouer les agents ?

— Ces accusations finissent par devenir pénibles ! D'une part, tu me reproches de ne pas la comprendre, de l'autre, de la soutenir… *Anyway*, elle avait vingt ans, elle était mariée et n'avait plus besoin de moi.

NANCY

9

De Paris à La Chapelle-Réanville, en roulant vers le Puits Carré, juin 1948.

— Au lendemain de la publication de *Wheels*, j'étais plus perdue que jamais ! *Her Ladyship* affectait d'encenser notre recueil, oui. En vérité, elle faisait l'éloge de tous les autres poèmes, sauf des miens. Je l'entends encore s'exclamer en lisant les vers d'Edith Sitwell : « Ça, c'est de la poésie, ça oui. Ces poèmes-là, ceux d'Edith, quel talent ! Mais les autres ? Il y aurait encore beaucoup de travail… Beaucoup, avant de pouvoir se prendre pour Byron. » Edith et mes camarades soupiraient : « J'aimerais bien avoir une mère aussi enthousiaste que la tienne. » Tous tombaient sous le charme de *Her Ladyship*, si dévouée à la promotion de notre livre. J'avais beau leur répondre qu'ils ne devaient pas se fier aux apparences, ils me rétorquaient qu'avoir une mère comme elle, qui se souciait assez des dons de sa fille pour exiger des articles dans la presse et donner des dîners en son honneur, était la chance d'une vie. Je tentais de refuser ses interventions auprès des éditeurs et des journalistes. Peine perdue. Elle passait outre et continuait sa campagne de publicité, malgré moi. Une façon comme une autre d'attirer sur elle la lumière… Lors de la publication d'*Outlaws* et de *Parallax*, même cirque : des hyperboles en société, des vacheries en tête à tête. Elle regrettait mes titres, elle regrettait mes couvertures, elle regrettait mes sujets. Sans même avoir l'air d'y toucher, elle critiquait tout. Je me sentais vraiment très seule, Diana. Le père d'Iris l'avait embarquée aux États-Unis et toi, tu filais le parfait amour avec Duff Cooper. Tous nos amis de Venise, tous étaient morts. Je ne parvenais pas à l'accepter.

— Cela ne t'a pas empêchée de te lier avec notre meilleure amie, à Iris et moi… Et de nous la piquer.

— Sybil était ta belle-sœur, je ne te l'ai pas piquée !

— Peut-être, mais avec votre soudaine intimité, vous nous avez rendues l'une et l'autre très jalouses.

— Sybil avait dix ans de plus que moi. Son mari était au front. Le mien aussi. Elle a senti que je perdais pied… En me proposant de la rejoindre à la campagne pendant la guerre, elle m'a sauvée. Elle m'a hébergée dans la ferme où elle s'était installée avec ses deux enfants. Et m'a permis d'y écrire tous les poèmes que j'avais en tête.

— Magnifique Sybil… (Au souvenir de leur amie commune, Diana hocha tristement la tête.) Qui aurait imaginé qu'elle disparaîtrait avant nous ?

— J'aimais tout chez elle : sa relation avec sa fille, si différente de celle que j'avais avec ma mère. Nos promenades et nos discussions littéraires. Sans parler d'un choc…

— Je sais. Sybil m'avait confié ce que tu as vécu, cet été-là.

— À trente ans de distance, je garde ces heures intactes au fond de moi. Et je ne parviens toujours pas à les évoquer de vive voix.

— Veux-tu essayer de me les raconter ?

— Il n'y a rien à en dire.

— Sauf l'essentiel. (Diana jeta un rapide coup d'œil à sa voisine.) La rencontre qui change le cours d'une vie.

Nancy ne répondit pas à son regard. Elle baissa la tête et se tut. Pour la première fois depuis le début de la route, elle semblait vulnérable, redevenant ce qu'elle n'avait jamais cessé d'être aux yeux de Diana : une femme sensible, totalement à la merci de ses émotions.

Ses bracelets cliquetaient encore contre la portière. Elle rentra le bras.

Son trouble restait palpable jusque dans son silence. Si elle savait dissimuler son adoration pour sa mère, cet amour d'antan pour Maud, cet amour devenu si douloureux, elle ne pourrait jamais surmonter ce déchirement-là. Et tout le panache du monde ne suffirait plus à donner le change.

Elle attaqua avec sobriété, la voix neutre :

— Il s'appelait Peter Broughton-Adderley. C'était un compagnon d'armes de Sydney. Il était en permission à Londres pour quelques semaines, il est venu me rendre visite chez Sybil… Je ne sais pas ce qui s'est passé. Rien. Tout. Un miracle. Nous nous récitions nos poésies, perchés dans les arbres, nous nous lisions nos livres préférés… Je l'entends encore déclamer la prose de George Moore et mimer ses aventures… J'adorais sa voix… Nous faisions des projets. En vérité, c'était la première fois que je parlais vraiment d'avenir avec quelqu'un. Bref… Fin août, Peter est retourné combattre en France. La guerre n'en finissait pas. Un matin, en octobre, je me suis réveillée en sursaut dans ma chambre : Sybil se tenait à mon chevet. Peter avait été tué.

MAUD

9

La même nuit, à la même heure, Londres, hôtel Dorchester, juin 1948.

— *Vous qui êtes si intuitive, comment n'avez-vous pas deviné le deuil qui frappait Nancy ?*

— J'avais vaguement entendu parler de cette liaison avec un officier de la Garde. Mais Nancy n'est pas du genre à se confier. Ni à exprimer des regrets ou à imaginer ce qui aurait pu être. Tu le sais aussi bien que moi.

— *Elle vivait tout de même un drame.*

— Un *drame* ? N'exagérons pas. Comparée à toutes les femmes qui ont perdu leur mari à la guerre, leurs fils, leurs frères, l'histoire de Nancy avec ce garçon ne pèse pas grand-chose. Les petites fleurs sous les fesses, le soleil dans les yeux, le vin blanc dans la bouche, et les poèmes de Baudelaire qu'on se lit à haute voix : « le vert paradis des amours enfantines ». Autant dire : rien. Une passion, oui. Une passade… Combien de temps a duré leur idylle ? Vingt-cinq jours ?

— *Selon Sybil, Peter Broughton-Adderley était un homme de grande envergure. Sur tous les plans, l'égal de Nancy. Un être à part.*

— Seulement voilà : en novembre 1918, Peter Machin-Chose était mort. Et l'armistice ramenait le mari de Nancy à Londres. Un mari cocu et décoré... Elle l'avait trompé avec son meilleur ami, mais lui n'avait rien à se reprocher, bien au contraire ! Il avait fait une guerre splendide. Elle a refusé malgré tout de reprendre la vie conjugale et de demeurer dans leur maison de Montagu Square, s'il devait y rester. Le malheureux. Il avait regagné ses foyers : il ne voulait plus en sortir. Elle lui a abandonné les lieux... Résultat : elle n'avait plus de domicile. J'ai dû la recueillir dans mon nouvel appartement sur Grosvenor Square, où je venais moi-même d'emménager.

— *Ainsi le seul geste conservateur de votre fille, son mariage, se soldait-il par un échec.*

— Total ! Elle avait voulu être libre : elle se retrouvait sous mon toit.

— *Ce retour chez vous n'a pas dû lui être agréable.*

— Elle s'est empressée d'attraper la grippe espagnole, compliquée d'une pneumonie. Elle est restée malade près de trois mois. Et c'est moi qui l'ai soignée... En vérité, elle sombrait dans une forme de dépression. J'ai dû mener – sans elle – la bataille qui la débarrasserait de son mari. Et m'occuper, seule, des formalités d'une séparation légale.

— *Vous vous mêliez de tout...*

— Il le fallait bien ! Sydney s'opposait au divorce. En 1920, le divorce restait tabou. C'était même *le* scandale qui brisait une carrière. Il craignait pour la sienne.

— *La guerre n'avait pas balayé toutes les conventions...*

— Pas celle-là, non ! En Angleterre, un homme divorcé n'avait aucun avenir dans l'armée, la finance ou la politique. Quant aux femmes de notre milieu… Si certaines d'entre elles, comme la merveilleuse Sybil Hart-Davis, prétendaient déjà boire, fumer, et couper leurs cheveux – avant la guerre –, si elles couchaient avec qui leur plaisait et choisissaient elles-mêmes leur mari, elles n'en divorçaient toujours pas, après. Ou seulement pour se remarier – dans l'instant – avec un époux d'un rang beaucoup plus élevé : un homme dont la naissance et la fortune leur permettraient d'éviter l'exclusion… Bref, la bataille pour libérer Nancy de son crétin de mari était loin d'être gagnée ! D'autant que Sydney ne lâchait pas prise. Il était rentré de France en héros et se disait toujours amoureux de sa femme. J'ai dû intervenir.

— *Un comble : vous souteniez Nancy dans un divorce que vous aviez refusé pour vous-même, et que vous n'approuviez pas.*

— Je faisais davantage que la soutenir, je combattais à sa place ! Elle ne parvenait plus à fonctionner. Quelqu'un devait bien agir pour elle et la sortir de l'impasse.

— *Votre brusque sollicitude s'étendait jusqu'à sa personne : vous ne cessiez de lui répéter qu'elle avait mauvaise mine.*

— C'est vrai, j'étais très inquiète pour sa santé physique et morale.

— *Vous ne dites pas tout. À entendre Nancy, vous l'observiez avec une insistance horripilante.*

— Oui. Je sais. Je l'exaspérais. Rien de bien original. Mes amies Lady Violet et Lady Tree connaissaient les mêmes difficultés avec leurs filles. Nous n'avions probablement pas été des mères assez strictes et conventionnelles… Ne ricane pas ! Nous n'appartenions plus à l'époque victorienne, et pas encore aux Années folles : une génération de femmes entre deux chaises. La duchesse de Rutland était un peintre qui exposait ses toiles partout en Europe. Lady Tree, une tragédienne. Pour ma part, je tentais de protéger les arts. Et, en plus des deux autres – de toutes les autres –, je ne dépendais, moi, d'aucun mari et ne relevais que de ma seule volonté. J'ai sans doute envoyé des signaux contradictoires à Nancy… Quoi qu'il en soit, Diana et Iris ont fini par reconnaître leur dette envers leur mère et leur amour pour leurs parents. Elles ont fait la paix, elles, dans leur maturité.

— *Alors que le tempérament entier de Nancy ne vous a pas épargnée.*

— Elle a poussé la rancune jusqu'à vouloir ma mort, tu veux dire ! Durant sa convalescence, elle ne me supportait plus. Elle n'acceptait à son chevet que la présence de George Moore. Elle exigeait de le voir sans témoins. Elle se cherchait en lui, la malheureuse : elle s'escrimait à le prendre pour son père.

— *Et vous, vous souffriez de cette exclusion.*

— Ils restaient des heures enfermés ensemble, dans sa chambre. Je dois dire que je trouvais cette intimité très malsaine. J'entendais G. M. lui raconter ses amours avec moi – quelle délicatesse ! –, ses flirts avec d'autres, ses passades, ses exploits érotiques. Il lui parlait aussi de

Sydney, lui disant tout le mal qu'il en pensait, ajoutant qu'il comprenait sa volonté de s'en séparer. Moi aussi, je ne demandais qu'à comprendre Nancy, et je tentais de lui faciliter la vie… Moi aussi !

Presque un cri. *Moi aussi !* Maud l'avait prononcé dans la nuit, et son intonation la secoua. Un tel désespoir… À trente ans de distance, la souffrance restait intacte. Et l'émotion de cette nuit résumait le sentiment d'injustice qui l'avait submergée, en découvrant l'ostracisme où G. M. et Nancy la maintenaient. Pourquoi cette distance ? N'avait-elle pas veillé ? Soigné ? Sauvé ? Elle s'était conduite en mère exemplaire, résolvant les problèmes de Nancy. Et elle, elle, que recevait-elle en retour ? Des reproches immérités. Et une solitude abyssale. Même ce soir… Plutôt que de la malmener, la Voix ferait mieux de la rassurer. Et de lui fournir une explication à cette iniquité dont elle demeurait la victime !

— *En vérité, vous vous souciiez trop de votre fille. Vous l'aimiez trop... Du coup, vous perdiez vos moyens. Et le tact dont vous savez faire preuve avec le reste du monde, vous manquait envers elle.*

— Manifestement.

— *Vous ne la lâchiez pas : cesse de traîner, fais quelque chose, reprends-toi, tu gaspilles ta vie.*

— Et j'avais raison !

— *Dans son journal, que vous continuiez à lire...*

— Comment aurais-je pu lire son journal ? Elle le bouclait avec un fermoir.

— *Vous en aviez fait copier la clé.*

— Je ne me souviens pas de cela.

— *Mais si, mais si, rappelez-vous. En décembre 1919, elle y écrit qu'elle ne sortira de son marasme que le jour où elle décidera de quitter l'Angleterre, de s'installer en France... Et de vous fuir, vous, à jamais !*

— Plût au ciel que j'en aie terminé avec les coups de Nancy ! J'ai beau essayer de me juger… J'ai beau m'interroger… Je ne comprends pas, je ne comprends pas, je ne comprends pas ce que je lui ai fait… Tu me rendras, au moins, cette justice-là : je me serai, moi, posé des questions !

— *Même aujourd'hui, quand vous avez reçu tant de gifles, vous ne saisissez toujours pas les raisons de son jeu de massacre ? Vous avez peut-être oublié quelques détails ?*

— Lesquels ?

— *Quand vous l'avez prise chez vous, en 1918, pour la « soigner », ce n'était pas seulement de la grippe espagnole qu'elle souffrait... À la fin de la guerre, Nancy était enceinte. Elle attendait un enfant de Peter Broughton-Adderley.*

— Elle était mariée. Et Sydney passait pour un héros.

— *Vous l'avez donc obligée...*

— À rien du tout ! Elle l'a fait seule. Sans me laisser organiser la chose, comme je le lui proposais. Du coup, l'opération s'est mal passée. Est-ce ma faute à moi si elle n'est pas allée voir la bonne personne ? Je ne l'ai jamais forcée à se laisser charcuter par une faiseuse d'anges de l'East End.

— *Mais vous saviez qu'elle voulait son bébé ? Elle le criait. Vous entendiez qu'elle aimait le père de son enfant ?*

— Un mort qui allait ruiner sa réputation !

— *Et la vôtre.*

— Nancy peut dire ce qu'elle veut, je n'ai pas été une mère pire qu'une autre.

— *Cependant, quand elle a quitté l'Angleterre après cette épreuve, vous n'en étiez toutes les deux qu'aux préliminaires...*

NANCY
10

De Paris à La Chapelle-Réanville, en terminant la route devant la porte du Puits Carré, juin 1948.

— Tu ne crois tout de même pas que *Her Ladyship* allait me laisser tranquille, sans capter un petit quelque chose de ma liberté à Paris ?

— Vous restiez encore très liées, si je ne m'abuse. Dans mon souvenir, c'était même toi qui l'invitais à te rejoindre en France, afin de lui montrer tes Chirico, tes Tanguy, tes Picabia… Tous ces peintres inconnus que tu avais découverts et achetés. Un art dont elle n'avait pas idée.

— Cinq œuvres, en 1922. Pas énorme pour une collection. Cinq, dans mon appartement de l'île Saint-Louis.

— Assez belles pour la convier à venir les voir.

— Pas besoin de convier *Her Ladyship*. Elle débarquait périodiquement avec ses malles et son Beecham… Au Ritz, *of course*. De là, elle envahissait la ville.

— Mais c'était toi, Nancy, qui l'emmenais dans les restaurants de Monparnasse. À La Coupole, au Dôme, dont tu étais le pilier. Même chez tes amis les plus révolutionnaires, même chez les surréalistes du Bœuf sur le Toit qui conspuaient les bourgeois ! C'est toi qui la leur présentais, toi, toi, toi. À Tristan Tzara, à Brancusi, à Man Ray…

— Ils n'avaient pas le sou. Certains crevaient la dalle. Avec son carnet d'adresses et son carnet de chèques, je pensais qu'elle pourrait les aider.

— Et à ma connaissance, c'est exactement ce qu'elle a fait.

— Elle a tout de suite repéré le génie de Man Ray, oui. *Her Ladyship* avait l'œil : je lui reconnais ce talent-là. Elle s'est fait tirer le portrait à la seconde.

— Elle a surtout envoyé la terre entière dans son studio. Comme tu le désirais.

— Y compris Monsieur Olivier, le majordome du Ritz qu'elle courtisait à plat ventre, le jugeant, sans le moindre second degré, le diplomate le plus puissant de la société internationale. Grotesque !

— Si sa propre photo plaisait au majordome, il enverrait à Man Ray toutes les altesses royales en villégiature à Paris : tu ne vas pas t'en plaindre ?

— Elle ne se contentait pas d'acquérir les œuvres. Elle achetait l'âme des artistes.

— C'était le risque que tu courais, toi, en la mêlant à ta vie. Il y a toujours un prix à payer, *darling*.

— Surtout quand on va mendier ce que l'autre ne peut donner. Or, à part son argent, elle ne pouvait rien donner.

— Si tu en étais si certaine, pourquoi t'obstinais-tu ?

— Sa froideur me rassurait.

— J'aurais plutôt cru qu'elle te décevrait.

— Comment aurait-elle pu me décevoir ?

— En vérité, tu n'as pas cessé de quémander son amour, alors même que tu l'en disais incapable. Tu voulais qu'elle t'approuve.

— Je n'en étais plus là ! Il y avait beau temps que je ne cherchais plus à lui plaire.

— Mais à la choquer, ce qui revient au même.

— Pas tout à fait.

— Tu exigeais son regard. Obtenir d'elle une réaction… Au fond, même à Paris, tu n'existais que pour elle.

— Ne dis pas n'importe quoi, Diana. Paris n'était pas ma chasse gardée, ni la sienne. Et je ne *sollicitais* pas la venue de *Her Ladyship*. Ses visites me permettaient seulement de *vérifier* à quel point je n'avais aucune raison de me sentir coupable à son égard.

— Tu as toujours clamé haut et fort que c'était elle qui *devait* avoir mauvaise conscience.

— Exact. Elle était la mère indigne, c'était comme cela. Il fallait qu'elle le sache.

— Et l'a-t-elle appris ?

— Non. Mais elle aurait pu le comprendre, lorsqu'elle a failli me perdre. C'est arrivé par deux fois. La première, à la fin de la guerre…

— Quand tu avais attrapé la grippe espagnole ?

— Elle avait appelé cela une « grippe », en effet.

— Et la seconde fois ?

— À l'hôpital, juste après mon arrivée en France.

— À l'hôpital ?

— Trois mois. Entre décembre 1920 et mars 1921.

— Je l'ignorais.

— Comme tout le monde… Il me restait deux chances sur cent de m'en tirer : les chirurgiens avaient jugé bon d'en avertir mes parents. Mon père, affolé, s'est précipité à mon chevet. *Her Ladyship* était déjà là. Cela tombait bien : elle avait un mariage à Paris. Au mois de février, justement. Elle devait y terminer ses essayages, tester un nouveau coiffeur.

— Qu'est-ce que tu avais ?

— Crise d'appendicite aiguë… Et péritonite… Puis septicémie. Bref, une infection généralisée qu'ils appelaient à l'époque « la gangrène ». Mais ces maux-là n'étaient que le résultat d'une énième opération. La première avait été un curetage. La seconde, une hystérectomie qui a mal tourné.

— Mon Dieu…, murmura Diana, la voix altérée. (Détournant un instant le regard de la route, elle la dévisagea. Le profil de Nancy restait de marbre. Obstinément.) Je n'avais jamais su cela, ma chérie, jamais, je suis désolée… Cela explique tant de choses. Toute ta vie, après ce drame.

— Quel drame ? Je voulais une liberté sexuelle totale.

— À vingt-quatre ans, apprendre qu'on n'aura jamais d'enfant. Ne plus pouvoir…

— Ne *pas vouloir* ! *Tout*, plutôt que d'infliger à quiconque la dépendance, l'humiliation, la distance que *Her Ladyship* m'avait imposées.

— Tu veux dire que tu as choisi…

— Je veux dire que l'enfant crie, et que personne ne lui répond. Que l'enfant crie encore, que l'enfant crie plus fort, et que personne ne vient… À force de crier sans être entendu, l'enfant s'applique à ne plus rien sentir du tout. J'en étais là. Comment éprouver de l'amour maternel quand on n'a été touchée par aucune forme d'amour ? Une seule solution pour ne pas reproduire ces appels dans le désert : éradiquer toute possibilité d'enfantement. Ne jamais tomber enceinte.

— Tu as délibérément renoncé à la maternité, pour ne pas reproduire ta relation avec ta mère ?

— Exact.

La décapotable s'était engagée sur le chemin de terre qui conduisait au Puits Carré. Une sente étroite, bordée de grillages et creusée de nids-de-poule, dont l'état d'abandon rendait la progression difficile.

Pas un bruit – ni le cri d'un hibou, ni même l'aboiement d'un chien –, juste le ronflement du moteur. Pas une lueur, sinon celle des phares. On apercevait seulement, dans les champs alentour, la masse blanche des pommiers en fleurs. Ceux-là ne dégageaient aucun parfum. Mais d'autres senteurs saturaient l'air de cette nuit de printemps. La bouse de vache, le chèvrefeuille, l'herbe humide, autant de bouffées où se mêlait une vague odeur de charogne.

— Nous sommes arrivées. N'entre pas dans la cour. Gare-toi là, suggéra Nancy.

Elle désignait une porte basse dans le mur.

— Je peux laisser la voiture en plein milieu du chemin ?

— C'est une sorte d'impasse. Personne ne vient ici. Et jusqu'à demain matin, je suis encore chez moi.

Diana avait coupé le contact mais ne bougeait pas. Les deux femmes gardèrent un instant le silence.

— Ta mère l'a su ?

— Su quoi ? Que j'avais fait en sorte de ne pas lui ressembler ? Bien sûr ! Que je m'étais fait tout enlever ? Elle était au courant, c'est même elle qui m'y a poussée.

— Je ne te crois pas.

— *Her Ladyship* a organisé pour moi l'ablation de mon utérus.

— Comment oses-tu proférer de telles horreurs sur ta mère ?

— Elle a choisi la date, cette fois. Pas comme pour l'avortement de 1918… Choisi l'hôpital. Choisi le chirurgien.

— Comment *oses*-tu, Nancy ?

— Choisi les fleurs pour ma chambre. Et le champagne pour mes infirmières. Histoire que le service de gynécologie garde un souvenir ému de mon séjour… De *notre* séjour.

— Les choses ne peuvent pas s'être passées comme tu le prétends… Tu mens ! Tu mens depuis le début de la route. Tu mens depuis toujours ! Quel est ton problème, Nancy ?

Livre quatrième

AVANT ME SUBMERGE COMME UNE VAGUE IMMENSE

1

Le passé remonte, les ombres remuent

« À cinquante-deux ans, toujours la même histoire : *tu mens !* Fût-ce aux yeux de quelqu'un d'aussi subtil que Diana : *tu mens !* »

Les pensées de Nancy allaient et venaient, au rythme du balancement de son grand fauteuil à bascule. L'ultime meuble de sa chambre au Puits Carré. Elle fumait ses gauloises à la chaîne, écrasant les mégots à ses pieds dans un couvercle qui lui servait de cendrier. Plus un objet dans la maison. Pas même un verre.

Du gin, elle était passée au vin. Elle en avait apporté plusieurs bouteilles. Elle les buvait au goulot. Ce bon gros rouge du sud de la France. Le meilleur allié pour tenir un siège… un siècle, entourée de fantômes.

Pas de lune cette nuit, l'obscurité demeurait totale. Seule la hotte jaune de la cheminée luisait dans le noir, encore barrée du graffiti des miliciens : NEGRO.

En lançant son fauteuil d'arrière en avant, Nancy gardait le regard fixe, les yeux baissés sur le petit carré blanc qu'elle retenait entre ses cuisses. Une enveloppe qui frémissait à chacun de ses coups de talon sur la dalle.

« À propos de mensonge, votre lettre m'attendait bien au Puits Carré, *Your Ladyship.* Je l'ai trouvée dans la boîte, en arrivant cette nuit. Mon dernier courrier ici. Dans la seconde, Diana a reconnu votre écriture. Elle en a été touchée.

« Comment pouviez-vous savoir que je viendrais au Puits Carré ce soir ?

« Avez-vous enrôlé Diana pour qu'elle vous renseigne sur mes faits et gestes ? Après l'avoir utilisée comme intermédiaire, vous sert-elle aujourd'hui d'espionne ?

« Ou bien suis-je fliquée par vos dénonciations à la police ? Hein, ça vous connaît, *Your Ladyship*, la police ! Vous n'avez jamais hésité à la solliciter pour accomplir vos basses besognes. Je ne parle même pas du temps où vous me faisiez suivre par vos détectives, ni de celui où vous tentiez d'obtenir la déportation d'Henry Crowder par vos amis politiques.

« Qui sait même si vous n'avez pas joué un rôle dans le sac du Puits Carré ? Ces Nègres et ces sales réfugiés espagnols que j'y accueillais. Tous ces métèques, ces Juifs, ces communistes que vous abhorrez. Une haine que vous partagez avec les culs-merdeux de La Chapelle-Réanville… Le maire du village, qui vient d'y être réélu pour la troisième fois, serait-il l'un de vos complices ? Pourquoi pas ? Racisme et xénophobie, vous partagez des valeurs communes. L'immonde Roger Bouret en Normandie ; *Her Ladyship* au Dorchester : même combat. Est-ce par lui que vous me surveillez, ici, cette nuit ?

« De quel droit vous immiscez-vous chez moi avec votre lettre ? Nous n'avons rien de commun, *Your Ladyship*, et ce n'est pas ce bout de papier qui y changera quelque chose.

« De toute façon, je sais déjà ce qu'il contient. Vos formules habituelles. Toutes les phrases que vous m'avez fait servir par votre messagère, sur la route. *Nancy, ma chérie, il te faudrait crever l'abcès : je parle pour ton bien.* Je sais aussi avec quels mots vous allez conclure votre simulacre d'empathie : *Ton indifférence envers moi, Nancy, me fait une peine immense, car tu es le seul amour de ma vie.* Comment vous permettez-vous de tricher avec vos sentiments et de trahir les miens par de telles grimaces ? J'ignore ce qu'est l'indifférence autant que vous ignorez ce qu'est l'amour. Vous le savez mieux que quiconque.

« Je n'ouvrirai pas votre enveloppe. Je ne lirai pas votre lettre. »

D'un geste sec, Nancy la lança dans l'âtre. Le vélin vint tacher de blanc la cendre froide de ses livres qu'avaient brûlés les paysans.

Elle aspira une bouffée de sa cigarette, qu'elle souffla interminablement vers le plafond.

Oublier l'hypocrisie de *Her Ladyship*.

Oublier jusqu'à son existence.

Facile. Elle n'avait jamais mis les pieds dans cette maison.

La conversation avec Diana dans la voiture avait cependant remué trop de souvenirs pour les écarter d'un revers de main. Et cette ultime nuit dans les ténèbres du Puits Carré achevait de rendre insoutenable le tumulte des émotions. Comment résister au gouffre où le passé l'entraînait ?

Tant de découvertes, ici. Tant de révoltes devant les injustices du monde… Tant de batailles perdues. Celle pour sauver du lynchage, puis de la chaise électrique, les neuf jeunes Noirs accusés d'avoir violé deux Blanches, en Alabama… Celle pour témoigner du massacre des colonnes républicaines en Espagne… Tant de causes, tant de camarades, tant d'amants, qui revenaient la hanter, dans l'immobilité forcée de cette nuit de juin.

Certains compagnons de lutte avaient adoré, d'autres détesté la maison. Jusqu'à la folie.

En vérité, chaque époque du Puits Carré correspondait à une rencontre. Louis Aragon entre 1926 et 1928 ; Henry Crowder entre 1928 et 1935 ; Pablo Neruda en 1938, pendant la guerre d'Espagne. Tant d'autres. Essayaient-ils, eux aussi, de comprendre pourquoi leurs sentiments avaient atteint de tels paroxysmes dans cette chambre ? Pourquoi leurs jours, leurs semaines, leurs années à La Chapelle-Réanville incarnaient peut-être l'apogée de leur existence ?

Comprendre Nancy ? Non. Nancy n'était plus leur problème.

Elle avait eu beau « rêver d'ailleurs » sa vie entière, « Toujours d'Ailleurs », comme l'avait écrit Aragon, le Puits Carré restait pour elle le domaine de l'Aventure Majeure. Comme si le lieu englobait toutes les odyssées et toutes les conquêtes.

Durant les années de guerre à Londres, elle n'avait pas cessé de se répéter les vers de Rutebeuf, et de se poser la question :

Que sont mes amis devenus
Que j'avais de si près tenus
Et tant aimés

Pas cessé de penser au Puits Carré.

Le Puits Carré, fondu dans la brume.

Le Puits Carré, brûlant sous juillet.

Le Puits Carré, dans les ténèbres, les nuits sans lune.

Comme cette nuit.

Le Puits Carré lui avait manqué comme peut manquer un homme.

La seule photo qu'elle eût jamais gardée dans son portefeuille, durant tous ses voyages, avait été un cliché de sa ferme normande : la première vision, en 1926, d'une maison-cour avec ses trois dépendances, au fond d'un jardin.

Le Puits Carré, à travers le monde.

Le Puits Carré, au cœur de la question qui l'obsédait :

Que sont mes amis devenus
Que j'avais de si près tenus
Et tant aimés

Plus trace, ici, de leur mémoire noyée, de leur mémoire mitraillée, de leur mémoire incendiée.

Une exigence, toutefois : sortir des décombres ce qui pouvait être sauvé.

En 1945, lors de son retour, elle s'était employée à fouiller la litière de livres qui moisissaient dans la salle de bains. Une litière aussi épaisse, aussi puante qu'un tas de purin.

La récolte, au bout du compte, avait été maigre : quinze sacs de papiers à demi pourris que conservait aujourd'hui un garde-meuble parisien.

C'était il y a trois ans, déjà.

Le reste – les ultimes reliques –, Nancy et Diana n'avaient pas attendu l'aube pour les récupérer. Bien que l'électricité fût coupée, elles avaient jeté, pêle-mêle au fond d'une valise, les derniers objets qui traînaient.

Résultat : pas même une timbale ou un bol pour boire sa bouteille de bordeaux.

Diana dormait maintenant dans le salon, ou du moins essayait de dormir, sur ce qui restait du canapé. En vérité, pas plus que Nancy, elle ne parvenait à trouver le sommeil, tant les ombres, autour d'elles, s'agitaient.

Un véritable rendez-vous de spectres.

Nancy ricana. Cette nuit, les êtres qu'elle avait crus morts semblaient vouloir ressusciter. Même son père.

Sir Bache n'avait pourtant pas connu le Puits Carré. La propriété avait été achetée après son décès, avec l'argent de son héritage.

Le premier décor qui échappait à l'emprise de *Her Ladyship*. Le premier symbole de rupture. Le premier geste d'indépendance. Une maison à soi. L'ancre de Nancy, c'était à son père qu'elle la devait.

Étrangement, Sir Bache hantait les lieux ce soir – sous la forme, lui aussi, d'une fragile feuille de papier. Une lettre que Nancy avait exhumée lors de sa découverte du pillage. Un fragment de l'album de famille, le dernier indice de leur appartenance à la lignée des Cunard. Un mot de Père, enfant. Le billet datait de 1855, quand il avait quatre ans. Déjà soucieux de bien faire, il disait qu'il était un gentil petit garçon et qu'il connaissait son alphabet.

Pauvre Père, que nul n'avait su aimer. Pas même sa fille. Son agonie, en 1925, à côté de Nevill Holt, restait peut-être le seul vrai moment de partage avec lui. De ses dernières heures, Nancy gardait le souvenir d'une intimité violente. En se tenant à son chevet dans une solitude si terrible, elle s'était sentie proche de cet homme qu'elle n'avait jamais compris. Et sa disparition l'avait gravement ébranlée.

Pas autant, toutefois, que celle de George Moore, huit ans plus tard.

G. M. n'avait pas connu le Puits Carré, lui non plus. Déjà trop âgé, trop fragile à l'époque de son acquisition, pour en supporter l'humidité et les courants d'air. Dommage. Il aimait la campagne française. Il aurait adoré cet endroit, ses grands arbres, ses champs. Oui, dommage. C'eût été une grande fierté de lui montrer le maniement de la presse Mathieu, d'où était sorti *Peronnik the Fool*, l'un de ses plus beaux textes. Le grain du papier, la couleur de l'encre, l'élégance des caractères : la beauté d'un livre lui tenait tant à cœur.

« *My darling* G. M., si vous saviez ce qu'ils ont fait de vos œuvres… Vous me manquez tant ! Nos conversations sur l'amour et le sexe, cette liberté de tout penser, de tout dire, de tout faire, je ne l'ai connue qu'avec vous. Avez-vous influencé mes relations avec les hommes ? Avez-vous joué un rôle dans mes amours, un rôle pervers, comme le prétend *Her Ladyship* ? Certainement pas.

« Mais que penser aujourd'hui de l'insistance avec laquelle vous demandiez à me voir nue ?

« Dès que j'ai eu – quoi ? – treize ans, vous m'avez réclamé cette joie. Juste me regarder me déshabiller. Juste m'admirer dans ma splendeur de femme, ma beauté si nouvelle. Ma peau, mes fesses, mes hanches…

« Même alors, de votre part, une telle requête ne me choquait pas. Il n'existait aucune pudeur de cette sorte entre nous, aucune gêne possible. La tentation de vous octroyer ce plaisir était grande. Et puis, et puis quelle belle revanche sur l'orgueil de *Her Ladyship* ! Vous éblouir. Vous aveugler. Vous arracher à elle. De cette sorte d'humiliation, votre fascinante Maud ne se serait pas remise. Et pourtant, non. Je n'ai pu m'y résoudre. Vous avez encore dû attendre dix ans.

« C'était avant l'achat de la maison... Donc au printemps ou à l'été 1925. Oui, c'était à Paris, rue de Tournon, dans votre chambre de l'hôtel Foyot. Après notre dîner en tête à tête au merveilleux restaurant du rez-de-chaussée, nous étions remontés chez vous. Vous me parliez de la France, telle que vous l'aviez connue dans les années 1870, des salons de peinture, des modèles de Manet, de vos maîtresses. Nous nous racontions nos performances respectives, vous avec vos admiratrices, moi avec je ne sais quels amants, selon notre ordinaire. Alors que nous comparions nos prouesses, vous vous êtes soudain tu... Vous arboriez cette expression fixe, sérieuse, presque méchante que je vous connais dans vos moments de défi. Vous me dévisagiez.

« De polissonne, votre voix était devenue pressante :

« — Tu as un corps magnifique. Pourquoi refuses-tu de me le montrer ?

« Je frémis. Entre la jeune fille d'antan et le moi d'aujourd'hui, il y avait une différence dont vous n'aviez rien su... Mon séjour à l'hôpital : visible, inscrit dans ma chair. Les traces de mes opérations, toutes les marques de l'appendicite. Et du reste.

« — Vous n'aimerez pas la longue cicatrice que j'ai sur le côté du ventre.

« — Que m'importe ta cicatrice ! J'ai adulé une femme qui en était zébrée : je la trouvais divine. Allez… Vas-y ! Quel mal y a-t-il à cela ? Je suis vieux et tu me ferais tellement plaisir.

« Votre ton devenait insistant, presque angoissé. Et votre regard, au bord de la supplication.

« — … J'en rêve depuis si longtemps… Au moins de dos ! Allez mon petit, fais-moi ce cadeau !

« Alors, brusquement, dans un grand balayage de tous les préjugés, quelque chose en moi a cédé. Je me suis dit : "Pourquoi pas ?" Je me suis dit aussi : "Si tu aimes cet homme, fais-le. Il le désire tellement." Et sans plus de façons, je me suis tournée vers le mur. J'ai déboutonné ma robe, dégrafé mes bas, laissé glisser mes dessous sur mes cuisses. La soie s'est répandue à mes pieds, telle une nappe d'eau, claire et pure.

« Comme cela m'avait été facile !

« Je suis restée là, debout, immobile, à quelques pas du fauteuil d'où vous me contempliez.

« Un silence absolu. Pas un mouvement. Vous restiez assis, et je ne vous voyais pas. Mais je vous sentais sur ma peau. La merveilleuse caresse de vos yeux qui descendait le long de ma colonne vertébrale.

« À quoi pensiez-vous, G. M., en me regardant ?

« Au bout d'un moment qui me parut très, très long, vous avez soupiré et conclu par cette phrase un peu étonnante, que j'allais retrouver dans un de vos livres : "Quel dos magnifique tu as, Nancy, aussi long que celui d'une belette !"

« Je me suis rhabillée sans que vous ayez tenté un geste. Vous me direz plus tard que le spectacle de mon corps vous avait procuré l'une des sensations érotiques les plus fortes de votre vie. Je suppose que vous n'avez pas confié cette émotion-là à *Her Ladyship*. Quoique – vous connaissant – je doute que vous ayez pu résister à cette provocation.

« Quant à moi, votre désir m'avait paru très naturel, beaucoup plus sain que celui de bien d'autres.

« … À part ma tendresse pour vous, ai-je jamais éprouvé pour un homme le genre de sentiment qui l'emporte sur tout ?

« Non. Il n'y eut jamais, et il n'y aura jamais, pour moi un homme de cette sorte. Je ne suis pourtant pas de celles qui acceptent de traverser l'existence dans une solitude complète. J'abhorre la solitude. C'est la raison pour laquelle j'exècre ma vie tout entière, et que je crache sur mon présent, sur mon avenir et mon passé.

« Au fond, je ne reste fière que de trois choses… *Negro*… La libération du portier de mon hôtel à Barcelone et de ses compagnons, tous les Espagnols que j'ai réussi à arracher au camp de concentration d'Argelès… Et ma collection de bracelets d'ivoire.

« Je ne compte pas ma maison d'édition, Hours Press : ce ne fut pas une expérience importante. Quant à ma poésie ? Peut-être quelques-uns de mes poèmes – quelques vers ? – valurent-ils la peine… Et les hommes qui m'ont aimée ? Je ne pense pas que quiconque m'ait jamais aimée. Sauf Aragon, je crois. Lui m'a aimée entièrement, tout le temps où je fus avec lui.

« Moi, en revanche, qui ai-je vraiment et totalement aimé ?

« À coup sûr, Peter Broughton-Adderley, Louis Aragon et Henry Crowder.

« Aragon, oui Aragon, que diable ARAGON, à travers le temps ! Aragon, tel qu'il fut ici, dans cette maison, tel qu'il fut partout, entre 1926 et 1928. En fait, je devrais dire Aragon toujours, à n'importe quel âge, à n'importe quel stade. Aragon sans restriction. Aragon partout, avant, pendant, après, et à perpétuité.

« Quel ratage, nous deux, Louis ! Nous étions en accord sur tout, et nous aurions pu nous aimer jusqu'au bout. Mais il paraît qu'« il n'y a pas d'amour heureux ». Dans mon cas, cela semble indiscutable. Et peut-être aussi dans le tien.

« Dès que j'ai trouvé cette maison, je t'ai emmené la voir. Tu te souviens ? C'était alors une ferme sans électricité, sans eau, avec des communs en ruine. Comme aujourd'hui. Le désespoir en moins. Tu as tout de suite senti ce qu'on pourrait en faire. À trente ans, tu avais un sens artistique incroyable. Une précision de métronome, aussi. Je t'ai vu en dessiner les plans, avec toutes les cotes, dans la seconde… Un bâtiment d'un étage, où les pièces en enfilade communiqueraient, sans couloir. Et tant pis si l'on devrait passer par la cuisine pour arriver dans ma chambre. J'habiterais au bout, le plus loin possible de la route, au rez-de-chaussée. Avec une porte-fenêtre de plain-pied sur le jardin. Le salon à l'autre extrémité. Et deux escaliers, l'un en pierre partant de mes quartiers, l'autre en bois, dans la pièce principale.

« Tu avais prévu qu'à l'intérieur, la pierre jaune des murs resterait à nu, ces murs que les fascistes ont barbouillés de leurs excréments. Et qu'on installerait, au pied de mon escalier, des balustres de fer où je pourrais enfiler mes bracelets africains, comme sur un boulier. Des mille pièces de ma collection, ne restent que celles que je porte aux bras. Quant au buisson de romarin que tu avais planté, le grand romarin qui veillait sur nos pénates, ils l'ont arraché.

« Toi qui me reprocherais sans cesse d'être trop riche pour que tu puisses me suivre, trop riche pour que tu te sentes à égalité, tu ne t'embarrassais pas des détails financiers : tu avais le goût de l'élégance et celui du luxe. Et tu pensais que nous habiterions là durant les vingt années à venir. Tu avais bien d'autres travaux en tête : la restauration de la grange, celle de l'étable… Un chantier faramineux en perspective.

« Toi aussi, tu adorais le Puits Carré.

« Tu n'as pas voulu voir, au lendemain de la guerre, ce que les nazis en avaient fait ! Impossible pour toi de concevoir une telle destruction… Tu m'as dit que tu ne pourrais supporter le spectacle.

« Impossible pour toi de revivre les souffrances que je t'avais infligées chez moi. C'est aussi ce que tu m'as écrit il y a trois ans, en apprenant le pillage.

« J'ai signé l'acte d'achat du Puits Carré, quand ? Fin 1927 ? Donc, un an après notre rencontre. Tu te montrais déjà d'une jalousie aussi féroce que ridicule !

« Pourtant nous avons été heureux ici. Ton enthousiasme pour les Hours Press, ton désir d'apprendre les rudiments de l'imprimerie, ta virtuosité dans la composition m'ont fascinée. Tu as maîtrisé le maniement des caractères et le jargon de la typographie en quelques semaines. Meilleur que les Compagnons les plus aguerris.

« C'est toi qui as choisi de publier le poème de Lewis Carroll, et c'est toi qui en as créé la géniale maquette pour la couverture : À TOI NANCY L'AMOUR.

« Rappelle-toi, à la nuit tombée, nous dînions sous les charmilles. Quand il faisait froid, nous nous réfugiions dans la tiédeur de la cuisine, que j'avais décorée de mes masques du Dahomey. Nous étions tous deux méticuleusement propres, aussi propres que mes bois africains. Nous balayions, nous astiquions, nous époussetions avec un zèle consciencieux. Il pouvait bien y avoir du désordre dans notre lit : avec toi, tout était à sa place et brillait dans le respect de sa singularité. Sans chichis.

« Comme ce temps paraît loin !

« Un mouton crevé pourrit aujourd'hui dans le puits où nous faisions rafraîchir notre petit blanc de pays. Les deux arbres où nous suspendions la lanterne ploient sous les cadres empalés. Et les fleurs des tilleuls qui embaumaient le jardin les nuits de juin, ce soir, puent la merde.

« L'écho de ce qu'est devenu notre amour.

« Je veux bien croire que je sois une femme impossible, mais ton aisance à te mouvoir entre deux eaux, ton agilité à passer de l'ombre à la lumière et à brouiller les pistes t'ont toujours permis de rester maître du jeu. Même en face de moi… Toujours dans le secret, toujours sous la table, et toujours derrière le dos des gens : le roi de l'ambiguïté. Tu demeures si trouble et si compliqué, Louis. Beaucoup plus insaisissable que je ne l'ai jamais été !

« Veux-tu que je te dise ce qui fut notre perte ?

« Ce n'est pas le tourbillon où je t'ai entraîné, contrairement à ce que tu as écrit. Non, ce n'est pas que ta vie soit devenue avec moi "une fuite en avant, une course ponctuée de rendez-vous manqués, d'attentes et de projets sans fin".

« Ce n'est pas, contrairement à ce que tu as raconté, que j'aie eu la bougeotte et que je t'aie trompé avec tous les hommes et toutes les femmes qui traversaient ma route. Toi aussi tu avais la bougeotte, et toi aussi tu baisais d'autres femmes, et d'autres hommes… Hein ? Drieu, par exemple ? Toi aussi tu aimais les voyages, les bateaux et les ports. Toi aussi tu aimais les bars et les boîtes à la mode. Je ne t'ai jamais forcé, je n'ai même jamais dû insister pour que nous fassions ensemble la tournée des dancings et des lieux enchantés où s'élevaient, comme tu le disais, les rumeurs du plaisir et l'odeur du foutre.

« Tu es un viveur, Louis, en quête de seaux à champagne et d'alcools forts, comme toutes les petites frappes. Un bourgeois, doublé d'un comédien qui se regarde dans la glace. Avec tes capes, tes cannes et tes mille cravates, tu vérifies constamment la perfection de ton image. Une manie… Vérifier ce que tu donnes à voir.

« En vérité, tu ne cherches que toi. La beauté des femmes que tu prétends aimer te flatte autant qu'elle te menace. Tu étais fasciné par ce que j'incarnais. Par mon nom, par ma fortune et ma liberté. Seulement voilà… Même assis au restaurant, tu guettais ton propre reflet au fond du miroir, derrière moi.

« Et puis : *problème*… Comment conjuguer ton goût des paillettes avec l'intransigeance de la révolte ? Ta passion du pouvoir avec le refus d'appartenir à un milieu social ? Comment conjuguer nos voyages et nos dépenses avec ton combat politique et ton adhésion au Parti ?

« C'est ce grand écart entre ce que tu es et ce que tu veux paraître qui t'a gêné tout le long de notre histoire : j'incarnais les mille contradictions de ton existence. De façon trop visible.

« Veux-tu que je te dise ce qui te gênait encore ? Mon refus de toute forme d'embrigadement. À ta différence, j'ai toujours éprouvé l'ennui le plus profond pour les querelles de doctrine. Et je n'ai jamais pris ma carte du PC.

« Tu diras que j'ai choisi l'excès de façon systématique, préféré l'inconnu à la sécurité, le risque aux limites d'une vie encadrée par quatre murs. Exact. C'est ma seule constante. Tu diras aussi que j'ai tout sacrifié à l'idéalisation de moi-même. Que j'ai joué une partie que j'allais perdre à tout coup. Tu diras que je le savais. Exact encore. Et c'est précisément le pari que, toi, tu as refusé de faire.

« Tu as choisi, toi, le confort d'une pensée unique et d'un amour qui t'enferme. Elsa ne t'empêche-t-elle pas de me voir, même aujourd'hui, vingt ans après notre rupture ? Tu m'as dit qu'elle cherchait à te protéger. De quoi, grands dieux ? Sinon de toi-même ?

« Peut-être t'ai-je fait souffrir en effet. Et alors ? Je t'ai désiré plus que je n'ai désiré aucun homme. Et je vouais à ton travail un respect sans égal. Je continue. Il n'y a pas un seul de tes poèmes, un seul de tes livres devant lequel je ne tombe à genoux. Même devant *La Défense de l'Infini,* cet énorme roman autobiographique que tu disais hanté par ma présence et dont tu cachais l'existence à Breton... Je dois avouer que la scène dans cet hôtel glacial de la Puerta del Sol, où tu prétends avoir jeté au feu les mille cinq cents pages de ton manuscrit, est une jolie mystification. Lors de ce soi-disant autodafé, combien de feuillets as-tu vraiment détruits ? À peine une centaine. Et, pour la plupart, tu ne les as pas brûlés, mais déchirés. Non pas en mille morceaux, ce qui aurait rendu leur perte irrémédiable, mais en quatre. Et tu l'as fait devant moi, afin que je puisse les sauver et les recoller... Ces feuillets "détruits" se trouvent encore en ma possession, rescapés des décombres. Car, le croiras-tu ? Le hasard a voulu que ce fragment de manuscrit soit le seul, parmi les dossiers de ma bibliothèque, que les culs-merdeux de La Chapelle-Réanville aient épargné. Et pour cause ! Georgette, du Coq Gaulois – Georgette et Jean Goasgüen, tu te souviens : mes amis communistes qui tenaient le café du coin ? –, Georgette te savait dans la Résistance. Elle a sorti du Puits Carré ce qui te concernait, avant le pillage. Tu as toujours eu de la chance, Louis.

« Je dois reconnaître que la chance, tu n'as pas cessé de l'aider. Et la préservation de ton œuvre, tu t'en étais, de toute façon, chargé tout seul, en conservant à Paris un double des pages de *La Défense,* que tu te flattes d'avoir brûlées à Madrid "une nuit de désespoir".

« Côté jeu, nous sommes à égalité. À un détail près. Je joue *cash*. Tandis que toi... »

Nancy se pencha pour écraser sa dernière cigarette dans le cendrier. Il était plein. Elle se leva et alla le vider dans l'âtre, s'appliquant à verser avec précision les mégots sur l'enveloppe de sa mère. La lettre, qui luisait encore parmi les livres brûlés, disparut sous la cendre.

« Tu n'as pas rencontré *Her Ladyship,* Louis. À l'époque de nos amours, j'avais enfin, enfin, appris ma leçon. Et lors de nos nombreux séjours à Londres, je n'ai pas commis l'erreur de t'emmener aux dîners *cunardiens* de Carlton House Terrace. Mais comment résister... comment renoncer à la joie de te présenter à G. M. ?

« Lui d'ordinaire si méfiant, si sévère envers mes amants, t'a trouvé tout à fait à son goût. Pour une fois, une bonne nouvelle ! Il s'est empressé de l'annoncer à *Her Ladyship*. La dernière conquête de Nancy ? Joli garçon. Très intelligent. Et fort bon poète. Je dois reconnaître que tu avais montré patte blanche et que tu avais su le flatter. Quand tu veux plaire, tu fais le nécessaire... Un jeune écrivain français des plus prometteurs... Du coup, *Her Ladyship* s'est précipitée pour te lire : *Le Paysan de Paris* venait de paraître. Évidemment, elle ne s'en est pas contentée. Évidemment, elle a dévoré tout ce que tu publiais. Même ton texte érotique, *Le Con d'Irène*, qui décrivait... celui de sa fille. *Her Ladyship* a adoré. *Quelle langue !* Blague à part, ce livre-là, tu l'avais fait circuler sous le manteau, sans nom d'auteur. Comment se l'était-elle procuré ? Mystère.

« ... Encore un coup de cette garce qui se débrouille toujours pour être au courant de tout. Et qui cherche, coûte que coûte, à garder le contrôle. »

Cendrier au pied, cigarette à la main, bouteille entre les cuisses, Nancy avait repris son balancement dans le fauteuil.

« Au fond, *Her Ladyship* et toi, vous vous ressemblez ! Qui l'eût dit, hein, Louis ? Si, si. Vous avez un petit quelque chose en commun… Comme elle, tu n'existes que dans les apparences.

« Oui, je sais, il y a eu cet épisode où tu as voulu te tuer à cause de moi. Dans ce palais à Venise que j'avais loué pour y recevoir mes cousins et mes amies, tu me répétais à l'envi que je faisais exactement ce que ma mère avait fait, vingt ans plus tôt. Si tu cherchais à m'exaspérer, c'était le bon moyen. Tu semblais si obsédé par *Her Ladyship* que même ton mécène, le couturier Jacques Doucet, a cru que tu avais une liaison avec Lady Cunard. Non pas la fille, mais la mère. Dieu sait si cette confusion m'a agacée. Comme m'agaçait ta façon de te plaindre toute la journée que je te forçais à vivre à mes crochets. Tu hurlais du matin au soir que je te mettais dans une situation fausse, que tu ne supportais plus de passer pour un gigolo, que tu prenais le premier train pour Paris, que tu rentrais. Je hurlais à mon tour de ne pas te gêner. Tu passais ta vie à boucler et à déboucler tes valises. Et tu me menaçais de te suicider. Combien de fois t'y ai-je exhorté, ajoutant que tu n'aurais pas le courage de passer à l'acte ? Le bel Aragon, se supprimer ? Allons donc ! Oui, je te narguais, j'enchaînais les nuits blanches, la danse, l'alcool et les flirts. Que pouvais-je faire d'autre ? Tu me pistais, tu m'étouffais, tu m'humiliais. Et tu revenais toujours te traîner à mes pieds. Ce n'est pas moi qui ai dit : *Je me suis fait l'ombre d'une femme*, ce n'est pas moi qui me traitais moi-même de *toutou*.

« Si l'idée était de m'impressionner en avalant tes petites pilules, tu as raté ton coup. Encore l'un de tes jeux. Car je doute que tu aies pu te tromper sur la dose de tes somnifères, toi qui as fait cinq ans de médecine. Cela n'ôte rien au fait que j'avais rencontré un pianiste de jazz qui me plaisait à mourir, un Noir américain sur lequel tu crachais. L'idée que je puisse te remplacer, toi, par un Noir illettré de Géorgie t'humiliait plus que n'importe quoi. L'idée aussi qu'il puisse être un meilleur amant... *Bien plus puissant que Louis Aragon ?*

« Son piano a disparu de ma chambre depuis dix ans, mais ses improvisations hantent cette maison. J'ai pu publier six de ses morceaux avec une couverture sensationnelle de Man Ray : un photomontage où mes avant-bras, couverts de mes bracelets africains, reposent sur ses épaules. Tu as vu ce livre – *Henry-Music* –, tu as lu les poèmes qu'il avait mis en musique. Mais tu n'as pas voulu entendre ses compositions... En vérité, les rythmes d'Henry me ramènent inlassablement au bar de l'hôtel Luna, à Venise. À cette première fois où nous avons écouté – toi et moi : je soutiens que tu te trouvais encore à Venise, même si tu prétends le contraire – jouer Henry Crowder et son groupe. Une sensation forte. Ils étaient meilleurs que tous les joueurs de jazz que nous avions adorés ensemble ! Au point que je l'ai invité, lui, le pianiste, à notre table, avec ses musiciens : Eddie, l'ange noir du violon, Mike, l'énorme guitariste, Romie, le batteur.

« As-tu senti la place qu'Henry allait occuper dans ma vie ? Rien pourtant ne pouvait nous laisser augurer de la suite. Au fond, c'est toi qui as rendu Henry possible... Tu n'as pas supporté une seconde sa présence à mes côtés. À peine s'était-il assis que tu t'es levé, tu as renversé ta chaise, bousculé le serveur, filé dans un état d'exaltation si visible que mes cousins se sont précipités derrière toi et t'ont suivi à travers les rues de Venise. Ils t'ont retrouvé à temps dans un hôtel où tu avais loué une chambre, avec tes fichus somnifères.

« *Of course !* Sauvé, *baby* … Et le lendemain, qu'est-ce que tu as fait ? Tu as pris le train pour la France. Et qui as-tu rencontré à ton retour ? Devrais-je plutôt dire : qui as-tu *retrouvé* à Paris ? Elsa, *of course*… La petite Elsa qui te guettait comme un gros chat ! Après l'Anglaise, la Russe. Nulle n'est irremplaçable, *darling*… Je suis bien placée pour le savoir.

« Pourtant tu étais de taille. Et même au-delà.

« Oui, oui, oui, je reconnais que je suis obsédée par le désir de rester maîtresse de ma vie, maîtresse de mes choix et du moindre de mes mouvements : c'est mon droit. Je reconnais que je ne veux renoncer à rien, ni à personne. Que je cherche à pousser toutes les situations jusqu'à leur limite. Que je tente de vivre chaque instant dans sa totalité. Aucun doute là-dessus.

« Mais tu nous connaissais, toi et moi, tu aurais dû savoir que le tourbillon des étés à Venise, les réceptions grandioses sur les gondoles et les ripailles dans les bars glauques au petit matin aboutissaient toujours à cela : une spirale où chacun pensait que l'autre était pris de folie.

« Nous nous sommes manqués.

« Être passée à côté de toi reste le grand, l'unique regret de ma vie. Quand je pense à ce que nous aurions pu devenir ensemble, à ce que tu aurais pu faire, à ce que tu aurais pu être, l'amertume me submerge.

« Je t'en veux !

« Tu étais un petit-bourgeois. Tu restes une canaille. Un hypocrite. Un vendu qui bouffe à tous les râteliers… Une vraie pourriture.

« Il faudrait tout de même que tu saches *qui* était cet homme que tu méprisais pour sa gentillesse et sa naïveté. Car c'est Henry Crowder qui m'a faite. Pas toi.

« Henry m'a tout appris. À lui, je dois d'être la femme que je suis devenue. Et le peu que j'ai accompli dans ma vie. Le peu de bien, j'entends… Le peu de bon… Ces deux mots ne conviennent même pas ! Le peu de juste.

« Mais aux yeux du *grand* Aragon, qui prend des poses devant le miroir, que pourrait bien peser l'intégrité d'un Crowder ?

« Va te faire foutre, Louis. Je ne veux plus te parler !

« Comme j'aimerais t'entendre, Henry ! T'entendre raconter *qui* tu étais. Tu savais trouver les paroles, quand tu acceptais de te livrer… »

2

HENRY-MUSIC

« Miss Cunard a eu cette bonté de prétendre que c'est moi qui l'avais faite, moi, Henry Crowder, qui l'aurais transformée en la pasionaria qu'elle est devenue. Très généreux de sa part. En toute honnêteté, je dois dire que son entrée dans la boîte de nuit du Luna où je jouais en septembre 1928 avec les *Alabamians* – cette dame si pâle, si mince et si fragile dans sa robe de velours émeraude qui la dénudait jusqu'aux reins – incarna pour moi le Destin.

« Chaque étape de mes sept années à ses côtés demeure gravée dans ma chair. Et je ne pense pas seulement à la violente collision de ses bracelets avec mon nez ou mon œil… Sa rencontre fut certainement le choc le plus important de mon existence. Miss Cunard m'a ouvert des horizons insoupçonnés, elle a changé ma vision de la vie, et modifié à jamais mon opinion sur bien des choses.

*

« … Entre nous, tout avait donc commencé par ces mots : "Asseyez-vous avec nous et venez prendre un verre." Si j'avais su où cette phrase allait me conduire, je n'aurais sans doute pas pris place à sa table. Mais quel homme refuserait une telle invitation ?

« De ce moment à Venise date ma relation avec une Blanche, une femme connue sur la scène internationale, d'une intelligence brillante, qui parlait couramment quatre langues, et qu'on disait être une poétesse distinguée.

« Alors que j'étais assis à ses côtés, après avoir joué avec mon orchestre, je ne pus m'empêcher de remarquer l'intensité de son regard. Cette personne me paraissait tout sauf banale. Chez elle, le moindre détail révélait la haute naissance, la bonne éducation et la grande élégance. Elle n'était pas exactement ce que j'aurais appelé une jolie femme. Mais elle avait quelque chose de frappant, une forme de beauté qui attirait sur elle la lumière et l'attention. J'ai beaucoup aimé notre première conversation.

« Je suis retourné dans ma chambre à l'aube, totalement habité par cette apparition. Miss Cunard me plaisait, je la trouvais charmante.

« Pas assez, toutefois, pour me faire oublier l'interdiction de frayer, jamais, avec une Blanche.

« Ne pas approcher une Blanche. Ne pas toucher une Blanche… sous peine d'en crever.

« Ces diktats me venaient de mon enfance. Les Blanches, dans ma famille, dans notre quartier, on les haïssait. Ma mère, qui faisait des ménages chez elles dans la banlieue d'Atlanta, m'en avait dressé un portrait redoutable.

« Non, Miss Cunard ne m'avait pas assez séduit pour briser les règles que l'expérience m'avait imposées.

« Le lendemain, alors que je dînais avec les trois autres musiciens avant notre numéro, le serveur vint me dire qu'une dame demandait le pianiste au téléphone. Mes copains rigolèrent. J'étais marié en Amérique. J'avais toujours dit que je voulais rester fidèle à ma femme, que je ne cherchais pas d'histoires. Les autres, au contraire, répétaient qu'ils étaient en Europe pour trouver une greluche qui les entretiendrait. De la part d'une Blanche, cet appel à l'hôtel Luna ne signifiait pas autre chose : j'avais trouvé la perle rare, avant eux.

« Perplexe, je pris l'écouteur. Une voix douce m'invita à dîner. Je balbutiai que j'avais commencé mon repas. Mais la voix, très persuasive, me demanda de venir le terminer avec elle. Je restai là, planté dans la cabine, le téléphone à l'oreille, tandis que cette voix enchanteresse détruisait, une à une, toutes mes résolutions.

« Les trois hommes derrière moi m'avaient souvent entendu répéter mes théories sur la fidélité conjugale et la nécessité d'une discipline. Allais-je me contredire ? La voix continuait à agiter devant moi les promesses de notre rencontre de la veille… La tentation incarnée.

« Je m'entendis répondre :

« — Oui, bien sûr.

« — Parfait. Une gondole vient vous prendre immédiatement.

« Je retournai à table et annonçai à mon groupe que j'étais invité à dîner. Et que j'y allais. Le bombardement de plaisanteries qui suivit fut à la fois gênant et drôle. Mes copains ne mâchèrent pas leurs mots pour se moquer de moi et tourner en ridicule les intentions si pures dont je les avais bassinés.

« Leurs sarcasmes durèrent peu, car on vint m'annoncer que la gondole était déjà là. Pas la petite gondole banale. Une immense gondole lourdement décorée de ferronneries d'or, que manœuvraient deux gondoliers. Je fus cérémonieusement conduit jusqu'à mon siège et nous descendîmes lentement le Grand Canal, avant de bifurquer dans un labyrinthe.

« Alors que je glissais sur les eaux noires dans un silence inquiétant et que je sentais les palais se refermer derrière moi, je fus pris de panique. On m'emmenait dans un endroit inconnu, pour rencontrer une Blanche des plus étranges, sans que j'aie la moindre idée des raisons pour lesquelles elle m'avait invité. En plus, je ne parlais pas un mot d'italien et ne savais absolument pas où les gondoliers me conduisaient. Je me disais que j'avais été fou d'accepter cette invitation et regrettais de ne plus me trouver tranquillement à table avec mes musiciens. Tout cela semblait si bizarre, presque inquiétant. Qui était cette femme ? Qu'attendait-elle de moi ? Je me demandais si je n'étais pas en train de mettre le doigt dans une aventure qui me dépassait complètement, et si cette Européenne comptait se servir de moi pour des plans dont je n'avais pas idée.

« J'eus l'impression que mon errance sur les canaux de Venise dura des heures. Je fus finalement introduit au premier étage d'un palais, dans un splendide appartement.

« Miss Cunard me reçut avec une grande amabilité. Et comme j'avais peu de temps avant mon passage sur scène, elle fit servir le souper dans la seconde. Du repas lui-même, je ne me souviens pas. Nous parlâmes de choses et d'autres, et je la trouvai très intelligente. Même quand elle tenait les propos les plus simples, je me sentais moi-même ignorant et petit.

« Après le dîner, elle proposa de me montrer des objets qui, disait-elle, pourraient m'intéresser. Elle me conduisit dans sa chambre où elle me fit admirer des bracelets et des colliers africains, et d'autres choses encore, africaines elles aussi. En vérité, je ne connaissais rien à l'Afrique. Et rien, absolument rien, à l'art africain. Ce qu'elle me montrait était donc nouveau pour moi.

« En inspectant les bijoux qu'elle portait, je me trouvais assis sur son lit, tout près d'elle. Nos têtes se touchaient. Je craignais de me rendre ridicule en prenant avantage d'une proximité qui n'était peut-être qu'un hasard. Oui, oui, sans doute me faisais-je des idées... Sans doute cette invitation était-elle dénuée de toute malice. Juste un acte de curiosité et d'hospitalité.

« Et pourtant, et pourtant ! Je ne pouvais pas ne pas voir combien ces frôlements étaient voulus.

« Je me sentis soudain attiré par cette femme merveilleuse. Elle m'intriguait d'une façon que, même aujourd'hui, je ne saurais décrire. Mon cœur s'était mis à battre la chamade, mon sang à cogner dans mes tempes... J'essayais de me concentrer sur les objets. Tout ce que ma timidité me permit fut un compliment sur la splendeur de ses cheveux, d'une extraordinaire couleur d'or.

« Nous retournâmes dans la salle à manger et je dus lui dire, à mon corps très défendant, que j'étais forcé de partir. Elle me répondit qu'elle avait été enchantée de notre dîner, et m'invita à revenir.

« Nous nous tenions au bord du canal, sous le porche d'entrée. Je la regardai, et ce que je crus lire sur son visage me fit oublier toute prudence. Mieux valait essayer et rater, plutôt que ne rien tenter du tout. Je cherchai ses lèvres. Mais elle détourna la tête. Je crus avoir commis une grosse gaffe et optai pour la fuite. Comme j'hésitais un instant, elle sembla prise d'une impulsion et m'embrassa à pleine bouche.

« Sans pousser l'avantage, je lui dis précipitamment au revoir et sautai dans la gondole. Retour au boulot.

« Le reste de la nuit passa comme un rêve. J'étais sous le choc. Mes doigts s'agitaient mécaniquement sur le clavier. Je n'arrivais pas à trouver un sens au rendez-vous dont je sortais. J'en restais ébloui.

« Les mille questions que me posèrent mes camarades, et leurs plaisanteries, ne parvinrent pas à me tirer de cet état. Je me contentais de sourire bêtement, sans répondre. En dépit du grand plaisir que cette visite m'avait causé, et de l'intérêt manifeste que cette femme me portait, je restais inquiet. Je me demandais où tout cela allait me mener.

« À cette époque de ma vie, je ne désirais nouer aucune liaison, avec aucune femme. Flirter ne m'intéressait pas. Certes, cette grande dame ne pouvait se résumer à un flirt. Mais une telle évidence ne m'aidait pas à résoudre mon problème. Je ne pus fermer l'œil. Mon cœur et mon esprit étaient un champ de bataille.

« Je ne cessai de me demander pourquoi cette Blanche si riche, si belle, si cultivée, m'avait choisi, moi ? Tant qu'à faire, elle aurait pu jeter son dévolu sur n'importe quel autre membre de notre groupe. Le beau Mike, par exemple. Ou le charmant Eddie. Ou le très amusant Romy. Pourquoi moi, qui étais le plus âgé ?

« En dépit de ces doutes, ou peut-être à cause d'eux, le personnage de Miss Cunard hantait mon imagination.

« Elle vint m'entendre jouer le soir même et nous discutâmes jusqu'à l'aube. Je résistais encore. Elle revint le lendemain. Cette fois, je l'attendais. Ma méfiance s'était comme évanouie. Elle me dit qu'elle devait partir quelques jours à Florence, pour rendre visite à un ami.

« Durant son absence, nous correspondîmes chaque jour par le télégraphe. La chaleur de ses messages me fit oublier mes dernières préventions. Dire que j'attendais de ses nouvelles avec impatience serait une litote. Elle m'obsédait. Je ne me demandais plus ce que cette Blanche pouvait me trouver, j'attendais passionnément son retour.

« Quand elle revint, j'étais fou amoureux d'elle ! Elle arrivait tous les soirs pour les répétitions avant le spectacle, et restait après. En vérité, elle travaillait à se lier avec les autres membres du groupe, leur offrant de magnifiques bagues en verre de Venise. Moi, je fus gratifié d'un anneau de jade cerclé d'or.

« C'est alors qu'elle nous demanda de jouer pour ses invités, lors d'un bal costumé qu'elle donnait dans son palais. Nous arrivâmes chez elle très tard, après avoir terminé au club. Il y avait là tout ce que Venise comptait de célébrités. Je me souviens notamment d'un prince espagnol, qui tenta de m'entraîner dans les toilettes avec l'un de ses petits copains. À l'époque, je ne savais pas ce qu'ils pouvaient bien me vouloir.

« La fête s'acheva à l'aube dans un déluge. Je me tenais à la fenêtre, regardant la pluie. Je restai le dernier… Et ce qui devait arriver avec Nancy arriva.

« Bien plus tard dans la journée du lendemain, nous prîmes le petit-déjeuner ensemble. J'ai appris, depuis, à regretter ce petit-déjeuner-là.

« Sur le moment, j'en demeurai émerveillé. Le petit-déjeuner au lit ? C'était ma première grasse matinée de ce genre ! J'avais été élevé à la trique dans les banlieues noires d'Atlanta. J'étais le dernier d'une fratrie de douze enfants et gardais de cette époque le souvenir d'une tristesse sans fond. Quant à la misère où j'avais grandi… J'en étais sorti grâce au piano, que j'avais appris seul.

« Comment imaginer qu'une telle aventure puisse m'arriver ? À moi, pauvre petit nègre de Géorgie, qui, trois semaines plus tôt, n'aurais jamais même *osé* rêver voir Venise, un jour… Alors, oser penser que je serais l'hôte d'une Blanche dans son palais ? Et que je traînerais avec elle entre ses draps de soie ?

« Durant notre petit-déjeuner, nous évoquâmes la Constitution des États-Unis : de tous les sujets, le plus étrange dans la situation où nous nous trouvions ! Je sentais que cette femme avait quelque chose de différent, je le répète car ce fut déterminant, quelque chose que je n'avais connu chez personne d'autre. J'admirais son intelligence, j'admirais sa culture, j'admirais sa liberté.

« Je découvrirais plus tard d'autres traits. Pour l'heure, je la voyais comme une créature merveilleuse et me laissais envoûter.

« Les jours suivants, nous ne nous quittâmes plus. Elle m'emmena avec elle dans les soirées les plus magnifiques. Il y eut ainsi un bal, où je me trouvai en compétition avec le serveur préposé au champagne et un comte italien : deux mâles que Nancy convoitait et draguait effrontément. Le serveur était handicapé par son milieu social. Il craignait les représailles de l'aristocrate et n'osait s'avancer ouvertement sur le terrain de chasse de Nancy. Mais lui, au moins, c'était un Blanc. Quant au comte…

« Ah, les amants potentiels de Nancy, qui allaient me rendre dingue !

« Ce que je ne mesurais pas encore, c'est que tous les autres hommes étaient mes rivaux, *tous* ! En vérité, elle possédait un tempérament masculin qui lui permettait de séparer ses appétits du reste de son âme. La plupart des femmes ont besoin d'être amoureuses, je le sais d'expérience. Elle, non.

« Je me serais toutefois trompé en croyant qu'elle couchait avec la terre entière, sans choisir. Elle avait trop le respect de son corps pour être une fille facile. Elle se donnait rarement par surprise. Elle élisait sa proie avec soin et ne s'en refusait aucune. Elle aimait la vigueur, elle aimait la beauté, elle aimait le sexe, elle y pensait beaucoup. Elle pensait même intensément au corps de l'homme qu'elle avait marqué de son désir.

« Qui dira l'immensité de ma colère, en voyant Nancy monter à l'aube dans la gondole du comte italien, et disparaître sur le Grand Canal avec lui ? Je regagnai ma chambre, ivre de rage. L'admiration, la tendresse, tous les sentiments que j'avais pu ressentir pour cette femme étaient devenus d'un coup si douloureux qu'ils me semblaient insoutenables. Ils le resteraient durant les sept années à venir.

« En ce petit matin d'automne à Venise, mon amour avait perdu toute son innocence, toute sa pureté. Adieu les élans et la spontanéité. La scène de ma double rivalité avec le serveur et le comte m'avait totalement dégrisé. Pour la première fois, je me voyais comme un pion dans une partie que je ne maîtrisais pas. Pour la première fois, je comprenais que je n'avais jamais été le "roi" sur l'échiquier de Nancy, ce roi maure que j'avais cru être.

« Néanmoins, je me trouvais au cœur du jeu. Et bien que je ne sois pas le seul dans la course, je restais tout de même une pièce importante. Si je devais servir à son plaisir, j'espérais bien, moi aussi, y trouver mon compte. Je pouvais certes y perdre des plumes. Et beaucoup ! Mais le risque valait la peine. La compagnie d'une telle femme me permettait de découvrir un monde auquel aucun homme de couleur ne pouvait avoir accès. Je choisis de saisir la chance.

« Dès lors, je fus déterminé à agir envers Nancy d'une façon posée, pensée et calculée.

*

« Le contrat de mon groupe au club de l'hôtel Luna arrivait à expiration fin octobre. Mes camarades se préparaient à partir pour Paris, où *The Alabamians* pouvaient trouver d'autres engagements, dans les boîtes de Montmartre. Je décidai, moi, de ne pas les accompagner, mais de rester à Venise avec Nancy – comme elle m'en priait instamment – et de remonter plus tard vers la France, en sa compagnie. Les autres musiciens me le déconseillèrent. Ils craignaient pour moi la jalousie du comte italien. Les cousins de Nancy me le déconseillaient aussi. Eux, ce n'était pas les poignards du noble Vénitien qu'ils redoutaient, mais le danger que courait un Noir voyageant avec une Blanche, dans le même train, le même wagon, le même compartiment, la même couchette, à travers l'Italie fasciste. Je n'écoutai aucun de leurs avis. J'étais grisé par l'insistance de Nancy qui disait me vouloir à Venise, pour elle toute seule.

« Ses cousins avaient toutefois raison : notre voyage vers la France se révéla être un enfer. Jusqu'à la frontière, les passagers ne cessèrent de nous dévisager avec une expression que je qualifierais – au mieux – de scandalisée. Je ne parle même pas de leurs réflexions à voix haute sur l'outrage d'une telle association. Ni de la menace physique que contenait le moindre de leurs gestes à notre égard. Ils s'en prirent violemment au contrôleur, lui demandant de quelle sorte de ticket nous disposions. On leur répondit qu'on ne pouvait nous jeter dehors, du moins pas dans l'immédiat, car nous étions des voyageurs internationaux, munis de billets de première classe.

« Je crois que cette hostilité fut une révélation pour Nancy. Elle découvrait soudain la réalité du racisme. Jusqu'à présent, elle n'y avait jamais songé. Elle ne savait même pas ce qu'était une humiliation. Alors la honte. La peur… C'était la première fois qu'elle se trouvait confrontée à l'injustice de l'humanité. Et à son déshonneur.

« Quant à moi, j'y étais habitué. Mais je dois avouer que je me sentis très soulagé quand nous laissâmes derrière nous l'Italie de Mussolini.

« À mesure que nous remontions vers Paris et que je me détendais, elle se montrait, elle, d'instant en instant plus nerveuse. Je la trouvais bizarre. Elle finit par m'en confier la raison : elle redoutait les difficultés qu'allait lui causer son amant précédent, un certain Louis Aragon. Elle m'en avait déjà touché un mot. Elle m'avait dit qu'elle avait été très proche de ce compagnon-là, qu'ils avaient vécu en bonne intelligence pendant plusieurs années, mais que durant leur voyage à Venise, il était devenu impossible. Au point qu'elle avait dû le prier de plier bagage au lendemain de notre rencontre.

« Je ne me rappelais pas cet homme et ne pensais pas qu'il ait assisté à notre première conversation, quand elle m'avait prié de m'asseoir à sa table. Elle me soutenait que si. Que le coup de foudre qu'elle avait ressenti pour moi avait été décisif dans leur histoire. Et elle s'inquiétait maintenant, soudain, de ce qui pourrait bien advenir entre nous trois à notre arrivée à la gare de Lyon. Elle craignait qu'il l'attende sur le quai, lui fasse une scène et me casse la figure.

« Quand le train entra en gare : pas d'Aragon à l'horizon. Mais, à ce stade, Nancy se trouvait dans un tel état d'anxiété qu'elle ne me laissa rien voir de Paris. Elle me conduisit en toute hâte dans un petit hôtel de Montmartre, avec une consigne : prendre bien garde à la jalousie de ce personnage. Me montrer très prudent. Je ne manquerais pas de l'apercevoir, rôdant dans toutes les boîtes où j'irais jouer avec mon groupe. Ne jamais l'approcher.

« J'ignorais si ces craintes étaient justifiées. De toute façon, elles ne durèrent pas : Nancy aimait revoir ses anciens amants. Elle revit donc Aragon, bien qu'il eût noué une autre liaison avec une petite amie qui le tenait serré. Ils étaient, Nancy et lui, à deux de jeu, estimant que ce n'était pas parce qu'ils couchaient avec d'autres qu'ils ne devaient pas coucher ensemble.

« Durant les premiers temps de notre retour, Aragon alla la rejoindre à La Chapelle-Réanville. Ils y passaient deux ou trois jours au lit ou ailleurs, avant de se disputer et de rompre à nouveau. Pour sa part, il ressortait du Puits Carré en miettes. Car, au bout du compte, Nancy semblait quand même moins amoureuse de lui que de moi. Il revenait donc se faire dorloter par sa nouvelle conquête à Paris. Jusqu'à sa prochaine partie de campagne en Normandie. C'est du moins ce qu'on me racontait dans les clubs.

« Leurs allers-retours m'insupportaient.

« En vérité, la passion qui m'avait attaché à Nancy en Italie me liait à elle avec plus de violence en France, où je l'avais suivie. Je me raisonnais, en me disant que j'étais juste curieux de voir où me mènerait l'aventure. Mais je trichais avec moi-même, car la curiosité n'entrait pas pour grand-chose dans mes sentiments. J'étais raide dingue de cette femme.

« Mes amours avec elle excitaient, elles aussi, les musiciens de mon groupe. Ils se répandaient dans les bars, se délectant de la liaison qu'entretenait leur pianiste avec une riche héritière blanche. J'en devenais célèbre. De la troupe de Joséphine Baker à la bande de Sidney Bechet – le grand rival des Alabamians à la Plantation, où nous avions un engagement –, le Tout-Paris noir ne bruissait que de mes succès auprès d'une milliardaire.

« À cette époque, je n'avais aucune idée de la fortune de Nancy. Je ne savais rien d'elle, je veux dire : je ne savais rien de son enfance, rien de sa famille, rien de sa mère. Sinon que Nancy la détestait, ce qui me paraissait choquant et contre nature de la part d'une fille unique.

« On m'avait juste dit que Lady Cunard était richissime, et qu'elle vivait avec un musicien dont elle soutenait la carrière… Comme Nancy, avec moi. Certes, le genre de ce chef d'orchestre différait un peu du mien. Mais Lady C. passait pour un grand mécène et une grande mélomane, ce qui me semblait plutôt sympathique. En outre, elle envoyait régulièrement à sa fille les toilettes qu'elle-même ne mettait plus. Des robes d'un luxe inouï, signées des grands couturiers français, dont elle s'était lassée. Nancy acceptait de porter une ou deux fois les somptueuses reliques de sa mère – histoire, disait-elle, de les aérer –, avant de les offrir, par malles entières, à nos amies des dancings. Ainsi les filles de couleur étaient-elles habillées en vert émeraude grâce aux bons offices de cette Lady C… Encore un trait que je trouvais plaisant.

« Nancy se rendait souvent en Angleterre auprès de ses amis d'enfance, qui lui restaient très fidèles. Au début, elle y allait seule, tandis que je demeurais à Montmartre, jouant dans les boîtes avec mes Alabamians.

« Mais elle voulut bientôt que je renonce à mes contrats, que je quitte Paris et que je travaille dans sa maison d'édition. Elle me proposa même un salaire pour que je transporte ses rames de papier, encartonne ses livres, expédie ses paquets. Bref : que j'utilise mes muscles – ma tête, éventuellement – pour lui donner un coup de main. La gestion des Hours Press lui causait du souci, elle disait ne pas pouvoir s'en sortir sans mon aide. Elle voulut aussi que je m'installe définitivement avec elle au Puits Carré. Et enfin, que je la suive dans ses voyages à Londres.

« J'hésitais. Comment accepter de me trouver entièrement sous la coupe de Nancy ? Je la savais déchirée entre son incapacité absolue de vivre seule et sa volonté farouche de liberté.

« Au fond, je crois qu'elle fuyait quelque chose. Et elle avait, à mon avis, si peur de ce qui la poursuivait, qu'elle ne pouvait même pas s'arrêter pour regarder en arrière. À quoi, à qui, à quels souvenirs tentait-elle d'échapper ? Je le lui ai demandé une fois. Elle refusa de me répondre. Je me permis toutefois de lui dire que, tant qu'elle n'aurait pas compris ce qui l'avait tant brûlée, elle ne se sentirait jamais tranquille dans le présent. Et j'ajoutai que c'était cette brûlure qui l'obligeait à saborder ses bateaux, à incendier les lieux, les choses qu'elle avait aimés, à détruire et à quitter les êtres auxquels elle aurait pu s'attacher. Je l'obligeai à reconnaître qu'elle redoutait la reproduction du passé. Et que son besoin de renouveau incessant, cette nécessité de se projeter en aveugle dans l'avenir qui la caractérisait, naissait de son angoisse d'un recommencement.

« Entre nous, j'aurais mieux fait de la boucler. Elle détestait évoquer les événements de sa vie d'autrefois. Et malheur à moi quand j'émis l'hypothèse qu'elle n'écrivait pas son autobiographie – que lui réclamaient à cor et à cri ses amis éditeurs – car elle ne pouvait supporter l'idée de découvrir combien elle ressemblait à sa monstrueuse et détestable mère, ainsi qu'elle qualifiait la pauvre dame. Regarder les travers de cette personne avec un tant soit peu d'objectivité l'aurait peut-être renvoyée à ses propres manquements ? Elle me fit passer l'envie d'insister.

« Elle savait aussi se montrer adorable. Affectueuse. Pleine de petites attentions inattendues. Elle pouvait se révéler d'une générosité sans limite. Quelquefois même une amoureuse telle qu'on les rêve, d'une tendresse, d'une douceur infinies.

« Ses amies de cœur et ses confidents homosexuels – ceux que ne torturaient pas ses infidélités – me répétaient de ne pas trop m'en faire. Que ses coucheries n'étaient pas l'inconduite d'une dépravée. À les entendre, Nancy multipliait les aventures pour se punir de quelque chose. Quand je demandais *se punir de quoi ?*, ils restaient vagues. D'une culpabilité fondamentale, disaient-ils. Laquelle ? Ils l'ignoraient. D'être trop riche ? En tout cas, d'une faute ancienne.

« Foutaises !

« Ils allaient jusqu'à m'assurer que sa frénésie de sexe était en réalité une quête de pureté, une soif d'innocence. Leurs élucubrations d'intellos me tapaient sur les nerfs… C'est vrai, c'est vrai qu'elle collait de l'absolu partout. Mais *une quête de pureté* ? Allons donc !

« Aujourd'hui, quand j'y pense, cela ne me paraît plus aussi bête. Il m'était arrivé, à moi aussi, de sentir que sa fièvre avait quelque chose de bizarre. Quelque chose de religieux. D'abord, elle ne mangeait rien. Et le confort lui était indifférent. Et au lit : pas aussi libérée qu'on aurait pu le croire. Contre toute attente, contre toute apparence, beaucoup de pratiques la dégoûtaient. Je ne crois pas trahir un secret, ni même commettre une indiscrétion, en répétant ce qui était de notoriété publique à Paris : que le sexe oral l'horrifiait. Un refus catégorique. Du moins avec les hommes… Une répulsion qui étonnait ses amants français.

« À la vérité, Nancy et le plaisir, cela faisait deux.

« Elle buvait, elle dansait et elle baisait toute la nuit, oui. Mais elle composait les livres de sa maison d'édition sur le même rythme, elle imprimait, elle écrivait jusqu'à l'aube. Un bourreau de travail. Tout, tout, sauf une personne oisive. Elle m'accusait, moi, d'être un paresseux ! Forcément : elle, elle ne s'arrêtait jamais. Quoi qu'elle fasse, elle se donnait sans compter.

« Cette absence d'économie… C'était peut-être cela qui me la rendait si attachante.

« Je sais que cela va paraître incroyable, mais Nancy avait quelquefois le romantisme d'une très jeune fille. Quand elle parvenait à s'extraire de ses démons, elle était capable de fondre en larmes devant la beauté d'un poème ou de certains paysages. Je ne plaisante pas. La nature, les aubes, les couchers de soleil la faisaient pleurer.

« De là à dépendre d'elle, pieds et poings liés… Je me méfiais.

« Elle choisissait toujours des gens – comme moi – qui n'avaient pas les moyens de l'inviter à dîner. Elle réglait donc l'addition. Elle prétendait qu'elle se fichait de payer pour tout le monde ; et qu'elle inviterait ses amis aussi longtemps qu'elle le pourrait. À charge pour eux de l'inviter à leur tour, quand sa mère lui aurait coupé les vivres et qu'elle-même n'aurait plus le sou. Elle ne doutait pas que ce moment arriverait un jour, et que Lady C. se servirait de son argent pour la mettre à genoux. Elle parlait souvent de la pension que Lady C. cesserait de lui verser, avec un mélange de fierté et de colère, comme si cette perspective la libérait et l'exaspérait à la fois. Je crois que vivre aux crochets de cette femme la mettait très mal à l'aise.

« Je subodorais, quant à moi, que Nancy m'en voulait d'être à sa merci.

« Elle tenait, disait-elle, à m'emmener partout. J'en étais flatté, mais je savais qu'elle avait d'autres amants – notamment d'autres musiciens noirs, ce qui m'humiliait, me donnant l'impression d'être interchangeable – et je tentais de lui résister.

« Peine perdue. Quand Nancy avait une idée en tête, elle ne lâchait pas prise. Elle fonçait. Et elle terminait ce qu'elle avait commencé. Quelles que soient les circonstances, quelles que soient les conséquences, elle allait *jusqu'au bout*.

« Pour ma part, les choses à Paris tournaient mal. Eddie et Sidney Bechet s'étaient battus dans un club. Ils s'étaient même tiré dessus en pleine rue à coups de pistolet, blessant des passants à Montmartre. Ils se trouvaient maintenant en prison, tous les deux. Nancy s'employait à faire sortir Eddie. Mais les Alabamians étaient finis. Le groupe périclitait.

« J'avais grand, grand, grand besoin d'un salaire. Nancy me l'offrait.

« Lorsqu'un Noir, sans fortune et sans éducation, vit avec une Blanche aussi riche qu'elle, il espère en tirer quelques avantages. Non que j'aie jamais couché avec Nancy pour son portefeuille. À la lettre, je l'avais dans la peau. Cette femme me tenait par quelque chose d'essentiel, que je ne sais toujours pas nommer. Sa flamme, sa beauté, ses mystères – tout chez elle me rendait dingue... Justement. J'estimais que les tourments de la jalousie qu'elle m'infligeait en s'éprenant d'autres hommes – et quelquefois de femmes, des lesbiennes avec lesquelles elle disparaissait une nuit, dix, trente – méritaient des compensations. Et que, d'une façon ou d'une autre, je devais y trouver mon compte. Moi non plus, je ne lâchais pas prise.

« Je finis donc par céder à ses désirs, en acceptant ses propositions : je déménageai chez elle et devins son homme à tout faire aux éditions des Hours Press. Pour parler clair : son employé et son amant. Un équilibre difficilement tenable, que je ne maîtrisais pas. À la campagne ou ailleurs.

« Même si j'adorais le Puits Carré – la maison me semblait si pleine de charme que je ne souhaitais plus en sortir –, la situation n'était pas simple en Normandie. L'imprimeur, que Nancy avait engagé quelques années plus tôt, refusait de travailler avec moi. Il refusait aussi de s'asseoir à la même table : la nécessité de prendre ses repas en ma compagnie le rendait malade. Je ne parle même pas de la perspective de dormir sous le toit d'un Nègre qui couchait, lui, dans le lit de la maîtresse de maison. Il transporta donc ses pénates à l'auberge...

Avant de claquer définitivement la porte, sous les injures de Nancy.

« Quand je lui recommandais la prudence et la modération, elle me traitait de lâche. Elle me reprochait même de ne pas avoir la peau assez noire : “Sois plus africain !” me répétait-elle à longueur de journée. “Moi-pas-aficain, Miss Nancy… Moi, gentil boy améhicain !”, ironisais-je. Elle ne me trouvait pas drôle.

*

« Sa curiosité pour la communauté afro-américaine ne cessait de grandir. Elle s'intéressait sérieusement à la culture noire. Lors de ses voyages à Londres, elle travaillait d'arrache-pied au British Museum sur l'histoire de l'esclavage, et m'interrogeait constamment sur ce qu'impliquait la ségrégation dans les écoles, les restaurants, les théâtres et les lieux publics aux États-Unis. Elle me parlait d'un projet : l'élaboration d'un livre sur l'histoire de la négritude. Elle rêvait d'un grand voyage de recherches en Afrique, avec moi. Là, je freinais des quatre fers. Qu'un Noir visite les colonies britanniques en compagnie d'une Blanche de la bonne société anglaise me semblait une provocation inutile. Nous risquions de nous y faire lyncher.

« Nancy ne pouvait nier que, dans son pays, l'association d'un Noir avec une Blanche paraissait encore plus scandaleuse qu'à La Chapelle-Réanville. Je connaissais la réputation des Anglais. Beaucoup moins coulants sur la question des races que les Parisiens. Et je craignais nos équipées en Grande-Bretagne.

« J'avais de bonnes raisons de les redouter… De l'autre côté du Channel, le couple que nous formions suscitait des protestations partout. Notre présence dans les lieux publics créait des esclandres à la chaîne. Les clients quittaient les salles de restaurant quand nous y entrions, les tenanciers d'hôtels nous refusaient systématiquement le gîte et le couvert. Il nous arrivait de devoir errer tard dans la nuit, en quête d'une chambre.

« Nancy bouillait d'indignation. Elle ne parvenait pas à croire qu'on nous jetait dehors du seul fait de la couleur de ma peau. Elle en concevait un mépris pour l'arrogance des Blancs, qui la submergeait. Et sa colère provoquait de nouveaux incidents. Elle allait jusqu'à les rechercher, comme si elle avait besoin de mesurer l'horreur, la bêtise, l'injustice, la honte dont nous, les gens de couleur, sommes les victimes en permanence.

« Elle me présenta à tous ses amis d'enfance. Je rencontrai la charmante Diana Cooper et d'autres jeunes femmes de leur bande, ainsi que des poètes et des auteurs célèbres comme Ezra Pound et Somerset Maugham. Bref, l'intelligentsia londonienne. Sauf l'homme que Nancy aimait et considérait comme son père, l'écrivain George Moore, dont elle craignait la réaction. Je suppose qu'elle n'avait aucune envie de la connaître.

« Bien plus tard, elle finit par lui écrire une longue lettre où elle lui faisait part officiellement de ses amours avec moi. Elle voulait l'obliger à prendre parti sur le racisme. Dans quel camp se trouvait-il ? George Moore était alors très âgé. Il se sentit pris au piège, coincé entre Nancy et sa mère. Il ne souhaitait se brouiller avec aucune des deux. Il lui répondit qu'il n'avait pas d'idée sur la question, n'ayant jamais rencontré de Noirs. Qu'il pensait toutefois trouver quelque difficulté à s'entendre avec eux. Et que le maximum qu'il puisse faire en la matière serait peut-être de commercer avec un Jaune. Un tel aveu, de la part d'un homme que Nancy avait toujours cru libre de tout préjugé, la déçut et la blessa profondément. Je ne l'ai jamais vue aussi bouleversée… À la suite de leur échange, il fit celui qui ignorait mon existence : jusqu'à sa mort en 1933, il ne chercha ni à me rencontrer ni à m'insulter. Elle lui garda toute son affection. Et, à ma connaissance, il ne refusa pas de continuer à la voir. Mais la réponse de ce monsieur disait quand même clairement où son cœur le portait ! S'il devait choisir un camp, il choisirait celui de Lady C.

« Pour le reste, tous les intimes de Nancy – qui étaient aussi les intimes de sa mère – m'accueillirent avec naturel et gentillesse, me traitant comme son compagnon *ad vitam*. Je les priai cependant de taire mon existence à Lady C. Et j'exigeai de descendre dans des quartiers aussi éloignés que possible de Carlton House Terrace, puis de Grosvenor Square où Milady s'était réinstallée, afin de limiter le danger. Nancy renâclait, estimant que nous n'avions aucune raison de nous cacher. Il me semblait impératif, au contraire, que ladite *Ladyship* ne nous rencontre pas. Sans parler des journalistes ! La presse ferait ses choux gras des amours noires de l'héritière de la célèbre Lady Cunard – l'hôtesse du prince de Galles et de la famille royale. “Et alors ? s'exclamait Nancy, en levant les yeux au ciel. Quelle importance ?”

« Pour sa part, elle devait se rendre – avec son cercle d'amis, que nous fréquentions jusqu'à l'aube dans les boîtes – aux déjeuners, thés, cocktails, dîners, soupers, bref aux mondanités que sa mère organisait quotidiennement en son honneur, à l'occasion de ses passages à Londres. Autant de corvées dont elle s'acquittait avec la plus mauvaise grâce, pendant que je tuais le temps en jouant les touristes, *incognito*.

« Quand elle revenait de ses journées auprès de Lady C., Nancy était d'une humeur massacrante. Elle avait dû garder le secret sur notre liaison, et ces cachotteries – que je lui imposais, disait-elle – l'exaspéraient.

« Étaient-elles d'ailleurs si nécessaires, ces cachotteries ? s'insurgeait-elle. Je lui répondais qu'à mon avis : "Oui !" Elle insistait. Mais à quoi servaient-elles ? Hein ? À quoi ? Sinon à encourager les travers d'une société monstrueuse. À soutenir l'hypocrisie, le snobisme et la xénophobie. Les valeurs de sa mère.

« Nos rapports devenaient orageux. Elle me reprochait d'accepter les affronts sans réagir. Elle voulait que je combatte les humiliations et que j'accentue ma négritude. Elle voulait que je refuse de jouer les hommes soi-disant civilisés, dans cette civilisation pourrie ! Elle recommençait à me dire : "Sois plus africain !" Je recommençais, moi, à me moquer d'elle, en prenant l'accent des esclaves : "Mais j'suis pô aficain, Miss Nancy ! Juste un pov' ptit' gars d'Améique..."

« Elle éprouvait une révolte de plus en plus violente contre l'égoïsme et l'arrogance de cette culture blanche, imbue d'elle-même, assoiffée de pouvoir, cette société pleine de morgue, qu'incarnait sa mère.

« Ses invectives à l'endroit de celle qu'elle appelait *Her Ladyship* me choquaient de plus en plus. Quand je la priais de ne pas tout mélanger, de ne pas confondre l'hostilité qu'une Lady C. pouvait éprouver envers certaines catégories de personnes, avec le sentiment de supériorité des Blancs *en général*, elle se cabrait.

« En un sens, Nancy avait raison : la suite des événements me l'a prouvé. Mais, comme je l'ai dit, je ne savais rien de son passé, rien des conduites dont elle avait été le témoin, des discours qu'elle avait entendus, des expériences qu'elle avait vécues. Une chose, toutefois, me paraissait claire : si elle pouvait sembler légère, imprudente, voire inconsciente par moments, ce n'était chez elle qu'une apparence. Certes, Nancy avait l'air, en surface, d'une jeune première dans une comédie de Lubitsch, cela oui. En réalité, c'était du Shakespeare... Une tragédie. *Le Roi Lear* ou quelque chose d'approchant.

« Pour ma part, je détestais sa manière de justifier, par des théories intellectuelles et des raisonnements politiques, son antipathie envers tout ce qui touchait au monde maternel. Et je jugeais son ressentiment à l'égard de madame sa génitrice, absurde. Je m'offrais le luxe de le lui dire. Cette accusation de *ridicule* la rendait folle. Elle se montrait alors vindicative et grossière : une furie.

« Et cette furie-là me plaisait si peu que je finis par la prier de ne plus jamais, jamais, jamais me parler de sa mère ! Et même, même de ne plus prononcer devant moi le nom de Lady Cunard, sur quelque ton que ce soit ! »

*

« De nature tranquille comme je l'étais, respectueux de mes parents et de ma famille comme je le reste, je ne pouvais imaginer que ce serait précisément cela – mon calme – qui mettrait le feu aux poudres. Et que les deux femmes allaient se servir de moi pour régler leurs comptes de manière définitive. »

3

L'HOMME NOIR ET LA LADY BLANCHE, « BLACK MAN AND WHITE LADYSHIP »

« Où habites-tu aujourd'hui, Henry ? À New York ? En Géorgie ? Rentré chez toi ? Auprès de ta femme à Washington ? Auprès d'une autre ? Où te trouves-tu, toi, ce soir ? Tu refuses de me donner signe de vie depuis si longtemps ! Je comprends que la guerre ait rendu les communications difficiles. Mais la guerre est terminée depuis trois ans ! Je suppose que tu étais déjà trop vieux pour qu'on t'envoie au front… Dans mon souvenir, tu avais une ou deux années de plus que moi. Donc ? Cinquante-trois ou cinquante-quatre ans aujourd'hui ? Comment as-tu survécu tout ce temps ? Au fond, je ne sais même pas si tu es vivant ou mort !

« Sans nouvelles durant treize ans… Alors que, toi, tu savais où me joindre. Tu connaissais l'adresse de Diana et de mes amis à Londres. Tu connaissais mon adresse à La Chapelle-Réanville. *Yes*, j'y suis encore. Pour quelques heures. Dépêche-toi, *darling*, car je plie bagage à l'aube et n'ai aucune idée de ma destination. Veux-tu que je te dise ? Quand j'ai trouvé cette nuit, dans la boîte aux lettres du Puits Carré, une enveloppe lourdement timbrée dont je ne pouvais voir la provenance, j'ai pensé que c'était toi qui m'écrivais. L'espoir a duré un fragment de seconde. Mais il a fait battre mon cœur aussi fort que la première fois, quand je t'ai entendu jouer avec tes Alabamians à l'hôtel Luna.

« Je t'ai aimé, Henry. Bien davantage que tu ne l'imagines. Bien davantage que, toi, tu ne m'as aimée, en tout cas.

« Je suppose que tu hausserais les épaules en m'entendant proférer de telles paroles. J'ose cependant le reconnaître : dans ma vie, tu incarnes LE point fixe. L'ancre maîtresse. Un peu comme cette maison… L'ancre, l'arbre, appelle cela comme tu voudras. Toutes proportions gardées : tu restes la référence absolue de mon existence.

« Tu ne me crois pas ? Attends. Il y a pire. Moi, que tu as toujours décrite comme incapable de vivre ailleurs que dans les extrêmes, j'ai adoré ta sérénité ! "Je réserve mon avis et garde mon opinion pour moi", me répondais-tu quand je te poussais dans tes retranchements.

« À mes yeux, rien, absolument rien – ni les opinions, ni les émotions, ni les actes –, encore moins les sentiments, l'amour ou la haine, rien ne peut être *réservé* !

« Et, bizarrement, j'admirais ta sagesse.

« Plus étonnant, peut-être : je retrouvais dans ta distinction, dans la grâce et la placidité de tes manières, la puissance magique qui m'a toujours touchée dans l'art et la culture noirs. Cette beauté, que j'avais goûtée d'instinct en recherchant mes bracelets d'ivoire à Southampton et dans tous les ports d'Angleterre, en collectionnant les masques du Bénin du XVIIe siècle, se matérialisait dans la nature même de ta personnalité. Et je ne parle pas seulement d'esthétique, Henry. Je parle d'une élégance qui dépasse toutes les notions physiques et morales : l'élégance prodigieuse de l'Afrique, si particulière chez toi.

« Je parle surtout de ce quelque chose de très confus et de très lointain qui me bouleverse depuis toujours dans le continent noir.

« Quand j'étais petite et seule à Nevill Holt, je faisais déjà ces rêves dont je t'ai parlé : je voyais des danses, j'entendais des rythmes africains que je n'avais jamais vus ni entendus. Cela ne signifie pas que je sois une médium cinglée… Juste que mon aventure avec toi ne fut, sur aucun plan, un hasard. Encore moins un caprice, au contraire de ce que tu crois.

« Je te l'ai dit et je le répète : notre rencontre m'a transformée. Elle a changé ma vie. Je t'imagine, grommelant qu'elle a détruit la tienne. Mais, ensemble, nous avons découvert des mondes inconnus, des mondes qui, l'un sans l'autre, nous seraient restés fermés à chacun, n'est-ce pas ? En tout cas, moi, je ne me suis pas ennuyée une seconde avec toi ! Jamais.

« Et nous ne nous sommes pas séparés si mal que cela… Si ?

« Tu prétendais que nous ne pouvions nous mélanger. L'huile et l'eau. Tu dressais la liste de nos différences, elle était sans limites. Famille de douze enfants contre fille unique. Croyant contre athée. Miséreux contre richissime. Inculte contre lettrée, j'en passe. Tu en concluais que hormis au lit, où les contraires s'attirent, nous ne pouvions nous retrouver sur aucun plan. Tu oubliais le sentiment de solitude, d'injustice et d'exclusion qui avait présidé à ta jeunesse et à la mienne. Certes, de toi à moi, l'exclusion n'était pas du même type. Mais le sentiment ?

« En vérité, je ne comprends pas pourquoi tu m'as quittée ! Surtout à cette époque… Au moment où notre anthologie sur l'histoire de la culture noire commençait à prendre forme ! Tu étais bien davantage qu'un excellent musicien de jazz, Henry : un pédagogue de génie. C'est toi qui m'as expliqué les incroyables complexités auxquelles se heurtaient les Noirs d'Amérique… Tu as été la cause, la source, l'essence de mon travail. Pourquoi as-tu abandonné ce projet qui te devait tout ? Pourquoi m'as-tu laissée seule avec cette œuvre qui était tienne ? Ton essai sur la ségrégation raciale reste l'un des meilleurs du volume.

« Je t'ai dédié les huit cent cinquante pages de *Negro* car, sans toi, le livre n'existerait pas. Deux cent cinquante articles signés par cent cinquante auteurs – noirs pour la plupart. Mon exploit le plus fou, la seule, l'unique entreprise dont je sois fière, *Negro*, t'appartient. *Negro* : la justification de ma vie. C'est à toi qu'en revient l'honneur. Quand je prétends que c'est toi qui m'as faite, Henry, je n'exagère pas.

« Évidemment nous n'avions pas tout à fait la même façon de réagir devant la honte et la bêtise humaines. Tu m'as constamment reproché de ne chercher partout et toujours que le conflit. De vouloir la guerre… Moi qui la hais et qui l'ai combattue sur tous les fronts ! Mais c'est vrai, il m'arrive de penser que, dans certains cas, devant certaines personnes, la meilleure défense reste l'attaque. Et ta façon à toi d'accepter les persécutions sans t'opposer jamais à l'indignité du système, ta façon de te laisser trancher la gorge par un tyran comme ma mère, qui exigeait auprès du Home Office ton arrestation et ta déportation, demeurent au-delà de mon entendement.

« Négocier avec cette sorte de gens, ainsi que tu l'as tenté, contourner l'ignominie, gagner du temps – pour faire quoi, Henry ? – me paraissent non seulement une démarche absurde, mais criminelle. Surtout de la part d'un homme tel que toi. La sagesse est une chose. La lâcheté en est une autre. Je reconnais que la bataille nous a coûté cher. Probablement notre amitié. Tu noteras que je ne parle pas ici d'*amour*. Seulement de fidélité à soi-même. Et c'est cette fidélité-là que tu as trahie en pactisant avec *Her Ladyship* !

« Tu as désapprouvé tous mes actes envers elle. Non seulement tu ne m'as pas soutenue, mais tu m'as désavouée dans les pires moments. Ta couardise, en décembre 1930 quand nous partions pour Londres, reste inadmissible. Il ne s'agissait pourtant pas d'aller passer Noël en famille et d'imposer ta présence dans l'hôtel particulier de Grosvenor Square – comme tu le redoutais ! –, mais d'y présenter un film qui venait d'être interdit en France. *L'Âge d'or*, de Luis Buñuel et Salvador Dalí, était un chef-d'œuvre. Toi, avec tes goûts conservateurs, tu avais détesté ces images de curés baisant des prostituées. Il s'agissait, en réalité, d'un somptueux manifeste surréaliste qui s'attaquait à l'hypocrisie de l'Église et au pouvoir de l'État. L'extrême droite et les ligues antijuives françaises ne s'y étaient pas trompées. Elles avaient interrompu les séances en aveuglant les spectateurs à coup de grenades lacrymogènes, en arrachant les sièges du cinéma, en crevant les œuvres exposées sur les murs : des tableaux de Dalí, de Max Ernst et d'Yves Tanguy. Résultat : le film avait été censuré. Or j'estimais que le public anglais devait absolument le voir ! Et vite… Avant qu'il ne disparaisse dans les oubliettes de la Préfecture de police parisienne. Toutes les copies en avaient été saisies par les autorités. Toutes, à l'exception d'une seule, qu'Aragon avait réussi à subtiliser et à cacher. C'est cette copie-là que je voulais introduire en Angleterre et montrer à nos amis, lors d'une projection privée.

« J'avais mis dans le secret l'amant de *Her Ladyship*. Thomas Beecham pouvait bien être humainement nul – un salaud total –, il restait d'une insatiable curiosité en matière artistique. Toujours à l'affût des nouveautés, toujours intéressé par les œuvres d'avant-garde. Il avait imposé les Ballets russes en Grande-Bretagne, il gardait un incroyable flair pour sentir le génie à cent mètres. En outre : un homme d'influence. Il avait dirigé le London Symphony Orchestra. Il était en passe de fonder le Philharmonic. Je le connaissais depuis l'enfance : sur certains plans, nous nous entendions.

« Le mouvement surréaliste intéressait Beecham. Il m'avait aidée à organiser la soirée, à la grande fureur de *Her Ladyship*. Elle craignait les éclaboussures d'un scandale, si je devais être poursuivie pour avoir montré un film violent, obscène et blasphématoire, dans le cinéma de Wardour Street que j'avais loué. Le nom des Cunard et celui de Sir Thomas étaient en jeu. En vérité, elle redoutait notre interpellation à tous les deux… Beecham s'était occupé de l'envoi des invitations et de la convocation de la presse. La projection était prévue pour le 5 janvier 1931.

« Au moment de quitter Paris – tu te rappelles la date, c'était le 23 décembre 1930 –, nous avons reçu de lui un télégramme, dont le ton agité ne lui ressemblait pas : "Vous conseille sérieusement de rester où vous êtes. Stop. Ne venez surtout pas à Londres. Stop. Impossible d'expliquer ici. Stop. Lettre suit. Stop. Affaire très grave." Bien sûr, tu fus partisan de lui obéir et tu voulus annuler le voyage dans la seconde. Moi pas. Je décidai de passer outre. Nous embarquâmes le jour même.

« En vérité, je n'avais pas besoin d'attendre la lettre de Beecham pour deviner ce qu'elle contenait. Et je savais ce qui avait provoqué son télégramme : *Her Ladyship* avait appris ton existence dans ma vie.

« Ce coup lui avait été assené trois jours plus tôt, lors d'une scène devant le Tout-Londres. Ceux qui n'avaient pas eu la chance d'être invités à déjeuner chez elle ce jour-là le regrettaient amèrement, tant l'incident était croustillant. L'anecdote avait fait le tour de la ville. Diana m'avait prévenue.

« Je ne t'ai jamais raconté ce qui s'était passé le 20 décembre… La redoutable Lady Oxford – Margot Asquith – l'hôtesse rivale de *Her Ladyship* et l'épouse de l'ancien Premier ministre avec laquelle nous passions jadis nos vacances à Venise, était entrée, toutes voiles dehors, dans la salle à manger : "Hello, Maud", avait-elle lancé à la cantonade (elle ne l'appelait pas *Emerald*, ce qui contrevenait aux usages de la maison : mauvais signe qui fit dresser l'oreille à l'assistance). "Dites-moi, mon petit cœur : qu'est-ce qui fait courir Nancy, aujourd'hui ? L'alcool ? La drogue ?… Ou les Nègres ?"

« Pour une fois – la seule de son existence ? –, *Maud* en resta sans voix. J'ignore comment se passa pour elle le reste du déjeuner. Mais elle ordonna à nos amis communs de rester après le café, après les alcools, après le thé. Et, dans l'intimité, elle les bombarda de questions. À quoi Margot faisait-elle allusion tout à l'heure ? De quoi parlait-elle ? La table avait eu l'air de comprendre. *Her Ladyship* exigeait un éclaircissement. Elle le reçut… Sa fille couchait avec un Noir.

« Elle demeura sous le choc.

« Sa fille *vivait* avec un Noir… son compagnon, depuis *deux* ans ? Et tous ici le savaient ? Diana, Beecham, tous ! Sauf elle.

« Ridiculisée, humiliée. Épouvantée.

« Elle tentait encore de mesurer le degré de l'horreur où cette nouvelle la plongeait. Le nègre de Nancy… Le nègre. Il avait la peau vraiment noire, ou juste un peu ? *Combien* noire ? La bouche lippue ? *Combien* lippue ? Les cheveux… Les cheveux crépus, comment ? À la façon d'une toque d'astrakan ? Chacun devait lui donner l'étalonnage de ta négritude.

« Pauvre *Ladyship*… Physiquement malade, à l'idée du contact de sa chair et de son sang avec une peau de Noir. Un dégoût insurmontable.

« Même Diana fut témoin de la bêtise et de la vulgarité de sa réaction. Elle a préféré les oublier. C'est son problème. Mais la violence des propos de *Her Ladyship* en scandalisa d'autres qui, eux, s'en souviennent : “À la seconde où il mettra les pieds en Angleterre, ce nègre, je le ferai coffrer. Jeter en prison. Mieux : jeter à la mer. Je ne plaisante pas. J'ai le bras long. Je connais le ministre de l'Intérieur. Je connais tous les attachés ministériels du Home Office. Arrestation, incarcération, déportation, je garantis pour ce nègre un traitement à la mesure de son offense."

« Une caricature de petite Yankee du Ku Klux Klan.

« Hurlant, pleurant, *Her Ladyship* ne se maîtrisait plus. Elle se révélait enfin aux yeux du monde telle qu'elle est : une hystérique.

« Bref, ce que tu avais de tout temps redouté, Henry, venait d'arriver. Et contrairement à toi, je m'en sentais soulagée.

« Je dois toutefois reconnaître que tu avais raison en prévoyant une recrudescence de drames. *Her Ladyship* n'était pas du genre à répandre des larmes inutiles et à proférer de vaines menaces : les effets de sa colère n'ont pas tardé.

« À notre arrivée à Londres, le hall de l'hôtel où nous avions nos habitudes grouillait de détectives à sa solde et de policiers aux ordres du gouvernement. Les flics avaient mis la pression sur les tauliers – que je connaissais bien et que j'aimais – pour qu'ils nous jettent dehors, sous peine de perdre leur licence. Les malheureux se confondaient en excuses, mais les autorités ne leur laissaient pas le choix. Elles menaçaient de fermer l'établissement s'ils passaient outre aux ordres de *Her Ladyship*.

« L'avocat que j'ai foncé consulter, après avoir laissé nos valises à la gare, m'a confortée dans ce que je savais : aucune loi n'interdisait l'entrée d'un Noir en Grande-Bretagne… À moins qu'il ne contrevienne aux lois anglaises. Et sur ce plan, l'affaire du film censuré en France restait un problème. Aragon nous le faisait parvenir le jour même, via un passeur. Les bobines arrivaient, non par le train où les douaniers sévissaient, mais par l'avion, beaucoup moins surveillé. Je t'avais envoyé réceptionner le paquet à l'aérodrome. Si tu te faisais prendre avec *L'Âge d'or* sous le bras, tu étais cuit.

« La chance voulut que tu passes à travers les mailles du filet. Et que la projection fût un four… Un fiasco exaspérant ! Le film de Buñuel et de Dalí reste à mes yeux une œuvre majeure : son échec m'a désolée et me désole encore. Toi, tu t'en réjouissais !

« *L'Âge d'or* ne causa à Londres aucune des batailles rangées que tu avais tant redoutées… Aucun des tollés dont le film avait été le prétexte à Paris. Silence total : nul n'en parla. Et pour cause ! Aucune des personnalités que j'avais invitées ne se présenta, sinon quelques péquins qui n'y comprirent rien. Beecham ne vint pas. Les journalistes ne vinrent pas… La presse anglaise préférait s'intéresser aux petites aigrettes et aux grosses émeraudes de *Her Ladyship*.

« À l'heure de la projection, elle montait les marches de l'opéra, au bras de son Beecham, justement. Il était rentré à la niche. Elle finançait son orchestre. Il ne pouvait s'offrir le luxe de perdre ses subsides.

« Une troupe de paparazzi les attendait sur le parvis. L'un d'eux les harponna, les interrogeant sur le scandale dont toute l'Angleterre bruissait : la fille unique de l'hôtesse du prince de Galles vivait en concubinage avec un nègre. “Avez-vous rencontré l'ami de Miss Cunard… Le pianiste noir Henry Crowder ?” *Her Ladyship* toisa le reporter, soupira… Encore une question idiote. “Voulez-vous insinuer que ma fille aurait jamais pu rencontrer un nègre quelque part ?”

« Elle avait manifestement recouvré ses esprits.

« Le lendemain, elle me convoqua dans son hôtel particulier de Grosvenor Square… Et je m'y rendis. Avec toi.

« Tu ne voulais pas y aller et tu ne tins pas longtemps chez elle.

« Et ce que nous nous sommes dit cet après-midi-là, derrière les portes closes de son salon, tu ne l'as jamais su, Henry.

« Ni toi ni personne.

*

« Un an plus tard, en décembre 1931, j'imprimais à Toulon mon brûlot que tu as si violemment dénoncé – toi, toi, toi, Henry, toi entre tous, toi dont mon pamphlet défendait l'intégrité ! –, ce libelle où je proclamais la vulgarité et les mensonges de ma mère. Je l'envoyai à Noël en guise de carte de vœux aux grands aristocrates de la Cour d'Angleterre. Et je le publiai dans les journaux.

« *Black Man*, tu te souviens ?

« Il se trouve que j'ai un ami noir. Un ami très proche. Et beaucoup d'autres amis noirs en France, en Angleterre et aux États-Unis. Rien d'extraordinaire à cela.

« Il se trouve que j'ai aussi une mère que nous appellerons tout de suite Her Ladyship, *dont le snobisme est aussi simplet que rudimentaire : si quelque chose se fait, elle le fait. Pour le reste, elle donne toujours raison à la dernière personne à laquelle elle a parlé, pourvu, pourvu, pourvu que cette personne soit quelqu'un. Quant aux*

nègres... Le British Museum semble dire que l'art africain est un art ? Voilà une garantie de poids. Deux ou trois grands marchands seraient eux aussi de cet avis ? Bien. Cela signifie-t-il que les très anciens ivoires du Congo, qu'elle s'escrime à prendre pour des bracelets d'esclaves, ne sont finalement pas tout à fait aussi hideux qu'elle l'avait cru ? D'accord. Parfait. L'affaire est entendue. Ces machins congolais n'en restent pas moins bizarres. Un diamant, en comparaison... fût-il petit. Un diamant, quand même... Mais bien sûr, c'est différent. (...)

« Oui, Henry, oui, j'ai décrit *Her Ladyship* telle qu'elle était : pleine d'ignorance et de préjugés, raciste, homophobe – bien qu'elle courtisât de puissants homosexuels –, tentant toujours d'acheter les gens avec de gros cadeaux, pour mieux les tenir sous son contrôle… Telle qu'elle reste :

« Généreuse envers les riches (...), rayant de son champ de vision le reste de l'humanité. La plus zélée des autruches : elle travaille dur pour ne pas voir ce qui offusque son regard. Et quand elle sortira la tête de son trou, elle ne doutera pas que ce qui la gêne... a disparu. Peut-être même – qui sait ? –, peut-être que tout ce qui lui déplaît en ce bas monde, ces petits détails désagréables qui l'ont obligée à se voiler la face, n'existaient simplement pas ? (...) En vérité, elle reste une Américaine. Et elle incarne parfaitement la tare américaine : l'inconscience.

« Tout un programme, mon matricide littéraire, non ? "Ta mère, tu ne tueras point" : *Black Man* brisait l'interdit par excellence. Le plus terrible des tabous. C'était trop pour toi, Henry… Tu as jugé inacceptable mon texte au vitriol. Une attaque scandaleuse contre la bienséance.

« C'était quand même toi, Henry, toi qui, dans *Negro*, avais intitulé ton propre essai : "Fighting back". *Coups pour coups*. Toi encore, qui m'avais répété que, tant que je fuirais devant les démons de mon passé, je ne trouverais pas la paix. Toi, qui m'avais invitée à me retourner et à les affronter. C'est ce que j'ai fait.

« Mais comme tous les trouillards qui mettent la poussière sous le tapis, tu n'as pas supporté la vérité ! Il t'a tellement choqué, mon *Black Man,* il t'a fait si peur que tu as cherché à prendre le large.

« Déjà, au lendemain de ma grande scène avec *Her Ladyship* en janvier, tu avais voulu jeter l'éponge et rentrer chez ta femme. Tu m'avais obligée à t'offrir la traversée pour les États-Unis. J'avais négocié et t'avais acheté un billet *aller* et *retour*. Tu étais parti à New York. Et tu en étais revenu six mois plus tard.

« Un rabibochage houleux. La publication de *Black Man* t'a donné de nouveau le désir de me quitter. La deuxième de nos trois ruptures. Le début de la fin.

« Je ne regrette pourtant pas d'avoir écrit ce pamphlet, encore moins de l'avoir diffusé. Même ce soir, presque vingt ans après sa parution, même ce soir, je revendique *Black Man and White Ladyship : An Anniversary* comme mon titre de gloire !

« Je dois avouer, à ta décharge, que seules *Her Ladyship* et moi-même pouvions savoir de quelle discussion *Black Man* célébrait l'"anniversaire".

« Ah oui, avant de l'oublier – juste un détail pour servir de conclusion à cet affrontement que nous avions eu, elle et moi, au lendemain de la projection de *L'Âge d'or*, dans sa maison de Grosvenor Square : ce fut notre dernier échange.

« De ce moment-là, nous ne nous sommes plus jamais parlé. Et de ce moment-là, nous eûmes entière latitude de lâcher l'une sur l'autre les quatre chevaux de l'Apocalypse, et tous les chiens de l'Enfer.

*
* *

« Petits meurtres en famille. Mais oui, mais oui, *Your Ladyship*, ce que vous redoutiez de tout temps a fini par arriver : *Black Man* vous a socialement assassinée.

« Vous dites que vous tuez le temps aujourd'hui, en conversant au Dorchester avec la Mort ? Une jolie fin de partie pour une grande dame telle que vous. Comment osez-vous raconter à Diana de semblables sornettes ? Quoique… Ce coup-ci, je veux bien vous croire : vous avez toujours été la reine du bavardage. Et vous savez si bien faire patienter vos invités… La Mort attendra, comme les autres. En quelle langue lui parlez-vous, à Elle ? La tutoyez-vous ? Je suis certaine que la Mort, Elle, n'ose pas… Qui se permettrait de dire *tu* à *Her Ladyship* ?

« Moi qui, en cette dernière nuit au Puits Carré, pense et rêve en français, je ne vais pas me gêner pour te dire que, depuis ce jour de janvier 1931 où tu t'es surpassée dans le mensonge, tu as cessé d'exister.

*

« Ce jour-là, souviens-t'en, il gelait à pierre fendre en Angleterre. Tu avais demandé à ta fidèle Gordon d'allumer le feu dans ta cheminée, de tapoter les coussins de tes bergères roses et de faire servir le thé. Pour deux seulement : tu recevais ta fille en tête à tête. La perfection dans le confort. La perfection dans la chaleur de l'accueil.

« Tu avais aussi demandé à ton majordome de barrer la route à l'homme noir qui accompagnerait Miss Nancy, *l'employé* de couleur qui caressait l'espoir de t'être présenté.

« Étais-je encore naïve, à l'époque ! Comment avais-je pu imaginer, même une seule seconde, qu'en rencontrant Henry dans ton salon, en t'asseyant avec lui, en lui parlant, tu aurais l'intelligence de mettre ta haine de côté ? Où diable avais-je pris cette idée-là ? À force d'entendre G. M. et mes amis louer ton absence de préjugés, s'extasier sur la modernité de tes goûts, s'étonner même devant ta totale liberté d'esprit, avais-je voulu les croire ? Et vérifier une dernière fois si c'était moi qui me trompais ?

« Tu te chargeas, si besoin était, de remettre les pendules à l'heure.

« La brutalité avec laquelle tes domestiques renvoyèrent Henry Crowder aurait ramené n'importe qui à la réalité du XXe siècle, dans l'aristocratie de Londres.

« Il ne m'avait accompagnée qu'à son corps défendant. Il fila. J'aurais dû filer avec lui.

« Je suis restée.

« Mais faut-il vraiment évoquer cette journée ? Nous détestons l'une et l'autre parler du passé. Nous détestons plus encore parler de nous. Certes, jusqu'à la parution de

Black Man, je n'avais, moi, jamais fait que cela : *parler de toi*... Aujourd'hui, je ne trouverais rien à en dire.

« Incapable aussi de dire quoi que ce soit sur moi. Au point que Diana prétend que je me suis amputée de mes propres émotions. Elle ajoute que, pour me couper de toi et te survivre, je me suis perdue de vue moi-même. Et que je ne sais plus ni ce que j'éprouve, ni qui je suis vraiment.

« Je suppose qu'Henry n'exprimait pas autre chose quand il m'accusait de foncer droit devant moi, sans oser me retourner sur ce que je fuyais.

« *Ailleurs, toujours ailleurs.*

« Reconnais tout de même que, lors de notre ultime confrontation, nous fûmes, toi et moi, en accord parfait avec nos sentiments.

« Reconnais que, si je t'ai laissée me parler d'amour et d'avenir en ce jour de janvier 1931, j'ai su moi aussi te faire battre le cœur dans les coussins roses de ton salon, te fouetter le sang et te remuer les entrailles jusqu'au tréfonds, *Mother* ! »

Livre cinquième

L'AFFRONTEMENT

1

JUSQU'AU BOUT

Londres, Grosvenor Square, 6 janvier 1931.

— Nancy, ma chérie, ferme la porte… Ne reste pas debout. Assieds-toi. Non, pas là. Cette pauvre bergère est totalement défoncée, tu y seras très mal, je dois la faire réparer. Mets-toi plutôt ici. Oui, ici, à côté de moi. Nous avons tant de choses à nous dire… qui ne regardent pas ma fidèle Gordon.

— La porte peut demeurer ouverte. Et Gordon m'entendre. Ce ne sera pas long.

— Agressive tout de suite : tu vois comme tu es… Je crois néanmoins que nous devons nous parler tranquillement, ma chérie, gentiment, courtoisement, et lever tous les malentendus.

— Quels malentendus ? Ma position est claire. Et, à en juger par votre grossièreté à l'endroit du *nègre* que vous venez de jeter dehors, la vôtre aussi.

— Ma position, comme tu l'appelles, ne repose que sur mon amour pour toi.

— Ah, je vous en prie, pas de guimauve, gardez cela pour Diana.

— Tu es jalouse de Diana, toi ?

— Mais non ! Diana n'a rien à voir.

— Je suis bien d'accord avec toi. Nous ne sommes pas ici, ensemble, et seules enfin, pour parler de Diana... Mais de toi, ma chérie. Sers-nous donc une tasse de thé, tant qu'il est chaud. Il fait un froid de gueux dehors, et rien ne vaut un bon grog. J'ai aussi du whisky, si tu préfères ? Quoique, à cette heure... Il ne faut pas commencer trop tôt dans la journée. Ni boire à jeun. Tu sais cela ? Jamais à jeun. Très mauvais pour l'estomac. Prends donc un scone, ma chérie, ils sont excellents. Tu dois les goûter : cela fera tellement plaisir à Henry, mon cuisinier. Il s'est surpassé en ton honneur. Regarde-moi toutes ces belles confitures qu'il nous a préparées... Tu peux y aller, tu n'as pas à surveiller ta ligne, toi. Moi, c'est effrayant, je paye chaque sucrerie de plus en plus cher. Une bataille continuelle pour garder mon tour de taille. L'âge, je suppose... Tu as de la chance, toi, tu es encore jeune. Remarque, ne rien manger n'est pas bon non plus. Il ne faut pas être trop maigre. Les hommes n'aiment pas cela... Je te trouve bien mauvaise mine. Je me fais du souci pour ta santé, ma chérie.

— Je m'en vais.

— Pourquoi ? Car j'ose te dire, à toi, que je m'inquiète ?

— Toujours vos simagrées. Vous n'avez pas compris qu'elles ne prenaient plus ?... Ce n'est pas cela qu'on vous demande, depuis trente-cinq ans.

— Trente-six, en mars. Tu vois, je n'oublie pas la date de ta naissance. Et qu'est-ce que tu me demandes, depuis tout ce temps ?

— Rien.

— Allons, explique-moi. Nous sommes là pour cela : t'écouter.

— Vous inversez les rôles, *Your Ladyship*. Vous m'avez convoquée pour vous expliquer, vous.

— Et c'est ce que je fais, en t'avouant que je m'inquiète pour ta santé, pour ton avenir. Pour toi. Comment vas-tu *vraiment*, ma chérie ?

— Si vos sbires ne me fliquaient pas, j'irais très bien.

— Tu es l'être qui m'est le plus cher, Nancy. Tu es aussi la femme la plus jolie, la plus intelligente et la plus douée que j'aie jamais rencontrée. Aussi, quand je te vois si pâle et si maigre, quand je te sens si nerveuse et si mal, je prends peur.

— Ni nerveuse ni mal. Excepté en compagnie de gens tels que vous, qui traitent les humains comme des chiens. De quel droit, *Your Ladyship*, de quel droit persécutez-vous mon compagnon et...

— Tu as raison, ma chérie. Parlons-en... Un bon père de famille qui se roule dans la soie en Europe, tandis que son épouse, une malheureuse négresse – à moitié squaw, de surcroît – crève de faim avec son fils !

— Quel fils ?

— Ne me dis pas que cet homme t'avait caché qu'il avait un fils ? Tu l'ignorais ? Je suis désolée. Je ne voulais pas te faire de la peine. Encore moins te causer un choc. À ma décharge... Je ne pouvais pas imaginer... Oui, un garçon d'une quinzaine d'années... Un adolescent qui file, à Washington, un très mauvais coton, c'est le cas de le dire entre descendants d'esclaves.

— Vous prêchez le faux pour savoir le vrai.

— Plût au ciel ! Une courte enquête dans les bas-fonds de Georgetown m'a permis de localiser Henry Crowder *Junior*. Une trouvaille dont je me serais bien passée. Si le géniteur de cet enfant est à la hauteur de sa progéniture, tu finiras comme sa mère, ma petite… Au bordel.

— Servez vos ragots stupides à vos copines, *Your Ladyship*. Quant au reste, vous mentez. Henry subvient aux besoins de sa femme.

— Par intermittence, oui, qui sait ? Mais avec quels cachets ? Le salaire que tu lui sers, peut-être ? Allons, Nancy, sois réaliste. Tandis qu'il profite de toi, ton « compagnon » abandonne sa famille dans la misère. Je n'exagère pas, ma chérie, en te peignant un tel tableau. Veux-tu voir le rapport du détective ? Il est édifiant.

— Mais au nom de quoi, de quelle supériorité, vous permettez-vous de commanditer des *rapports* ? Comment, mais comment, osez-vous fouiller, *vous*, dans la vie des gens ?

— Une femme doit savoir en face de qui elle se trouve. Prendre ses renseignements sur les personnes qu'on fréquente demeure le fondement de la vie en société. Et dans le cas de ce Mister Crowder, que tu t'apprêtais certainement à me présenter comme un parangon de vertu, la chose s'imposait. Cet homme n'est peut-être pas ce que tu imagines, ma chérie. Pour ma part, je dois avouer qu'apprendre – en plus du reste – que ce monsieur a abandonné les siens… L'idée que ma fille, ma propre fille, ait noué une relation sentimentale avec un tel personnage, tu peux sentir… Sa famille ne le porte pas dans son cœur, crois-moi !

— Cessez ce cirque : avoir dans votre lit un amant marié ne vous a jamais gênée ! Et vous vous souciez comme d'une guigne que le mien ait quelque part une femme et un fils. Je reconnais que votre habileté dans la médisance instillerait le doute chez n'importe qui. Mais la ficelle est trop grosse. Vous persécutez Henry Crowder – et tous les Noirs de la Création – pour la seule, pour l'unique raison que la couleur de sa peau est un tout petit peu moins rose que la vôtre.

— Je ne persécute personne, Nancy. Simplement, il existe des lois qui permettent de vivre en bonne intelligence avec ses voisins, derrière des frontières. Et ces lois et ces frontières, dans une société civilisée comme la nôtre, doivent être respectées. Pour éviter le chaos. Tu peux comprendre cela, non ?

— Non ! Je ne peux pas comprendre... De quelles frontières, de quelles lois parlez-vous ? Qui les a créées ? Pour « éviter le chaos », dites-vous ? Ainsi, selon vous, le chaos serait généré en ce monde par les personnes de couleur... Vous êtes sérieuse ? Vous le pensez vraiment ?

— Je pense que le chaos naît de la transgression des limites, oui. Et que les Noirs et les Blancs ne sont pas faits pour se mélanger.

— Alors, juste une question : pourquoi vous faites-vous photographier dans les journaux aux côtés d'un maharadjah, au bal de Lady Oxford ? Noir. Mais noir, celui-là, bien plus noir que tous mes amis noirs mis bout à bout ! Voulez-vous que je vous dise ? C'est que ce nègre-là est un nègre riche. Il a des diamants plein les doigts et des émeraudes plein le turban : il en devient fréquentable.

— Primo : ce maharadjah n'est pas un nègre. Mais un prince qui fut éduqué à Cambridge. Secundo : il est l'hôte de mon amie Lady Oxford, et cela me suffit. Comme tu le vois, je ne suis pas raciste… Au contraire de ce que tu prétends.

— Juste élitiste. Toujours la même histoire. L'argent.

— Pas nécessairement. L'argent n'est pas tout. Le milieu, oui.

— Une affaire de *classe*, donc.

— En effet. De naissance et d'éducation… Ton musicien Crowder, d'où sort-il ? Qui le reçoit ? Même en France ? Quelle maison digne de ce nom fréquente-t-il ?

— Vous seriez étonnée, *Your Ladyship*.

— Tu tentes de me faire croire qu'il sortirait dans le monde ?

— Taisez-vous, vous me faites honte !

— Mais de quoi parle-t-il aux gens qui l'invitent à Paris ? Que fait-il en leur compagnie ? Je veux dire, que fait-il d'autre, chez eux, que taper sur sa caisse et leur servir des cocktails derrière le bar ?

— Le ridicule et la bêtise vous tueront.

— Et toi, les maladies vénériennes ! Tu ne sais donc pas que, quand une Blanche couche avec un Noir, il lui laisse toujours quelque chose ?

— Vous en connaissez, des détails intéressants.

— Nul n'ignore que les Noirs sont pourris par la syphilis, et le reste. Cariés jusqu'à l'os, en Afrique.

— Et qu'ils puent. Et qu'ils sont sales… Voleurs. Stupides.

— Reconnais qu'aucun Noir n'a inventé la poudre.

— Ni la façon de construire des gratte-ciel, de survoler l'Atlantique, ou de fomenter un conflit mondial. Mais pourquoi seriez-vous en meilleure position qu'eux, *Your Ladyship* ? Car vous êtes une Blanche et que l'univers doit s'aligner sur l'image de votre société décadente ? S'aligner sur vous, une dame « civilisée » qui vit dans la terreur d'être ruinée – ou tuée – lors de la prochaine guerre ?

— Encore, si tu te contentais d'un seul nègre ! Il paraît que tu les cumules. Après le pianiste, le batteur. Et après le batteur, le boxeur.

— En même temps, si vous le permettez, *Your Ladyship*, les trois à la fois. Comme vous le dites si bien, la sexualité des Noirs est tellement plus puissante que la nôtre. Et leurs membres… plus longs. Il en reste forcément quelque chose. Je suppose que c'est ce qui me plaît chez eux.

— Inutile de te montrer vulgaire, Nancy, tu l'es déjà assez ! Heureusement, heureusement, que tu ne peux plus avoir d'enfant : ça aurait été le bouquet ! Sans cette hystérectomie… Je bénis le ciel que tu aies eu ton opération à temps.

— Moi aussi. Et je vous en remercie tous les jours. Sans vous, un océan de petits négrillons aurait déjà envahi la Normandie.

— Pas d'ironie, je te prie. Je ne suis pour rien dans l'intervention que tu as subie à l'Hôpital américain.

— Comment, « pour rien » ? Je vous dois ma liberté !

— Ta liberté, tu l'avais prise de longue date. Ce n'est tout de même pas moi qui couche à droite et à gauche depuis des lustres. Pas moi qui suis tombée dix fois enceinte de n'importe qui. Pas moi qui ai dû me faire avorter à plusieurs reprises, n'importe où… Et mal, en plus ! Avec le risque de me faire prendre par la police. Et les conséquences infectieuses que nous connaissons.

— Je vous demande pardon : vous vous êtes fait avorter plusieurs fois vous-même… Et bien, en plus ! Sans le risque de vous faire prendre. Mais avec d'autres conséquences dont nous ne savons rien.

— Mon Dieu, Nancy, mon Dieu ! D'où sors-tu de telles horreurs ?

— Peu importe.

— Qui t'a raconté ces calomnies ?

— Personne.

— Qui ? George Moore ?

— Le pauvre… Non !

— « Le pauvre », tu dis bien. Ta conduite l'a dévasté. À quatre-vingts ans… pense un peu : apprendre que sa fille d'élection, son éditeur, la légataire de ses œuvres, l'héritière de ses tableaux – toi, Nancy, toi, qu'il aimait comme son enfant – vit avec un Noir !

— C'est vous qui êtes allée le lui raconter ?

— Moi ? J'en ai été informée la dernière. Tout Londres connaissait l'existence de ton gigolo. *Le Nègre de Nancy.* Tu l'avais introduit partout. D'autres s'étaient chargés d'apprendre la bonne nouvelle à George Moore. Et comme si ce coup ne lui suffisait pas, tu lui as toi-même écrit l'histoire de tes amours… Quelle idée ! Le malheureux. Ta lettre l'a tellement choqué. Au point qu'il songe à te rayer de sa vie et de son testament.

— Je ne vous crois pas.

— Ah non ? Penses-tu qu'il acceptera que ses précieux Manet aillent engraisser un Noir qui ne sait pas faire la différence entre une table rococo et une planche africaine ? Un Noir qui, de surcroît, vit à tes crochets ? Sois réaliste, Nancy.

— Vous mentez ! G. M. ne peut penser en ces termes !

— Non ? Il te renie. Ne fais pas cette tête. Accepte les conséquences de tes actes. Tu l'as bien cherché, Nancy… Et cache tes larmes.

— G. M. ne me renie pas. Il est bien trop libre pour cela !

— Comment appelles-tu ses sentiments à ton égard ? Il te déshérite. Impossible d'être plus clair. Que veux-tu, ma chérie, tu te coupes de tous ceux qui t'aiment. Toi qui détestes la solitude, tu vas te retrouver seule.

— S'ils m'aiment comme vous m'aimez, la solitude me sera douce.

— Non seulement seule, mais sans beaucoup de moyens pour subsister… C'est la vie, ma chérie. Comme la plume au vent, la fortune va et vient. Je suis bien placée pour le savoir. Je vais devoir, moi-même, réduire mes dépenses. Je ne pensais pas t'en parler, mais puisque nous y sommes : la crise américaine a fait chuter mes actions, là-bas. Entre octobre 1929 et ce matin, j'ai perdu à Wall Street près des deux tiers de ce qui me venait de ma mère. Je ne te dis rien de mes parts dans les mines de M. O'Brien au Mexique, et du général Carpentier au Nevada et en Californie. Je ne veux pas t'ennuyer avec ces détails. Mais je vais devoir, à terme, diminuer mon budget et faire des économies. Je le regrette, ma chérie, nous n'avons pas le choix.

— Ce qui signifie ?

— Que les circonstances m'obligent à diminuer ta pension. Peut-être de moitié. Peut-être des trois quarts… Mon banquier en décidera lundi. Peut-être complètement, si les comptes devaient se révéler trop mauvais. Quoi qu'il en soit, ma chérie, les temps sont durs. Je crains que tu ne puisses continuer longtemps à soutenir les carrières de tes joueurs de jazz.

— Je me doutais que vous en arriveriez là. « Je te coupe les vivres, si… »

— Je n'ai pas dit cela.

— Allons donc : *le fric ou le nègre.* Du chantage. Je n'en attendais pas moins de vous.

— Tu ramènes tout à toi. Je me contente de te prévenir du fait que je ne pourrai plus assumer certains de tes frais, et que tu vas devoir peut-être gagner ta vie… Tu sais taper à la machine. Tu feras du secrétariat.

— Je vous rappelle que la rente que vous me versez provient de l'héritage de mon père.

— Erreur, ma chérie. Ton père vivait des intérêts des placements Burke. *Ma* fortune. Et tu as touché ta part à son décès.

— Vous parliez de classe sociale, tout à l'heure. Je constate que vous êtes née une minable petite dame, et que vous le restez. Toute votre enfance, vous avez grenouillé parmi des escrocs et des putains. Et vous continuez à vous rouler dans leur fange… Seule certitude : vous n'en sortirez jamais, *Your Ladyship.*

— J'avoue que la violence de ta réaction me surprend, Nancy. Je n'imaginais pas que l'argent t'intéressait à ce point. J'aurais pensé au contraire qu'il te gênait dans tes relations avec tes amis noirs. J'aurais même cru que recevoir chaque mois un chèque de ta mère te mettrait plutôt mal à l'aise à leur égard… Être perçue comme une riche héritière par des batteurs et des boxeurs doit fausser un peu vos rapports, non ? Je me trompe peut-être. Je ne connais pas ces gens-là. Mais sur l'essentiel… Pour le cœur et l'esprit : quelle plus belle indépendance que celle de ne rien devoir à la générosité des gens qu'on méprise ?

— Si vous croyez que vos menaces me font peur, vous me connaissez mal. Aucune « punition » de votre part ne me forcera à quitter Crowder ou à rompre avec quiconque.

— La nécessité de prendre des mesures pour ne pas perdre l'intégralité de sa fortune dans un krach mondial n'entre pas en ligne de compte avec tes vices, Nancy. Sache en outre que ces économies dans mon propre train de vie, je me les impose à moi-même… *pour toi*. Afin qu'il te reste quelque chose à ma mort. Je m'oblige, moi, à des sacrifices qui me sont très pénibles, pour assurer *ton* avenir. Je songe à te laisser un héritage. Ma position sur ce sujet n'a rien à voir avec celle de George Moore…

— Ne prononcez plus son nom. Tout ce que vous pourriez m'en dire le salirait. Dans votre bouche, l'audace, la justice, la liberté, tout devient laid. Même les sentiments que G. M. vous porte. Vous l'avez traité comme un chien, lui aussi. Croyez-vous que j'ignore combien vous l'avez trompé ? Cocufié ? Baisé, comme vous avez baisé mon père sous son propre toit ?

— Nancy, je t'interdis…

— Quoi ? D'entrer avec vous dans la chambre conjugale, où vous vous tapiez la terre entière… Vos lords anglais, vos grands-ducs russes, vos princes polonais, vos Romanov et votre André Poniatowski.

— De quoi parles-tu ? Le prince Poniatowski n'a rien à…

— Comment, rien à voir ? Vous l'aviez bien aimé, celui-là, autrefois… Trop aimé pour ne pas chercher à le séduire à nouveau, et à vous venger des humiliations qu'il vous avait fait subir dans votre jeunesse. Vous l'aviez invité à une chasse au renard chez mon père, avec sa femme américaine… Quinze ans après : les retrouvailles.

— Je t'ordonne de te taire !

— Il faudrait savoir, *Your Ladyship* : vous vouliez tout dire, il y a trois minutes… Lever les malentendus. D'accord. On y va. Je vais vous crier ce que je ne vous ai jamais dit. Et vous allez entendre ce que je ne sais peut-être pas moi-même. Pas encore. Allez, c'est parti. Le grand déballage. Parlons d'abord de ce qui se passait à Nevill Holt avec votre prince André, quand j'avais quatorze ans.

— Je ne vois pas ce que ce vieil ami de ta grand-mère vient faire ici ! En revanche…

— Vous voyez très bien. Souvenez-vous… votre ancienne passion. Ce salaud qui vous avait traînée dans la boue à San Francisco en épousant Beth Sperry, une héritière plus riche que vous. Vous vous trouviez enfin sur le même pied que lui, dans votre grand château, parmi les duchesses. À égalité, ou presque. Vous le surnommiez familièrement *Mon beau Ponia*. Il vous rendait la pareille avec *Ma si chère Maud*… Et vous vous étiez mis en tête de le ridiculiser, en le cocufiant.

— Moi ?

— Votre plan était simple : pousser l'ex-Miss Sperry dans les bras de l'un de vos propres amoureux et la faire surprendre au lit par son mari, devant toute l'aristocratie anglaise. Un scandale public, qui aurait déshonoré votre rivale. Une honte à vie pour le beau Ponia… Une honte qui l'aurait probablement forcé à divorcer de son Américaine. Seulement voilà : l'*indécrottable dinde Sperry*, comme vous vous escrimiez à l'appeler, ne manifestait aucun goût pour l'intrigue, aucun goût pour le flirt, aucun goût pour l'un ou l'autre de vos hôtes. Pis : elle se montrait allergique à la cour que lui faisaient vos prétendants ; hostile à l'atmosphère de libertinage où baignait votre salon. Les liaisons se nouaient partout, cet été-là… L'avant-dernier été à Nevill Holt. Les tubéreuses y exhalaient leur senteur poivrée, plus entêtante que jamais. Vos interprétations des *Rêveries* de Schumann affolaient les sens et submergeaient vos hôtes de désirs qui n'avaient rien de vague. L'amour, le parfum de l'amour, flottait dans les galeries, dans les boudoirs, dans les chambres. Sous la chaleur de juillet, une véritable odeur de sexe. Même moi, même mon père la ressentions. Il maugréait toute la journée que ce qui se passait chez lui ne lui plaisait pas, mais pas du tout. Et il fuyait la maison. Pour ma part, je vous suivais à la trace et vous copiais en tout. C'était une période très bizarre, où vous m'honoriez de vos confidences. Je n'en revenais pas. J'avais eu le droit de vous accompagner à la répétition de l'orchestre de Beecham à Londres, au début de la saison. Et maintenant, j'avais le droit d'entrer dans vos appartements avant le dîner, de m'asseoir sur votre lit. Même le droit de regarder Gordon vous habiller, vous coiffer, vous maquiller. Et quand Gordon sortait de la pièce et que nous restions seules, le droit de vous entendre me raconter à mi-voix, avec mille plaisanteries et moult sourires dans la glace, l'histoire de vos amours avec le beau Ponia. L'humiliation qu'il vous avait fait subir en vous obligeant à démentir dans les journaux la nouvelle de vos fiançailles. Vous aviez l'air de trouver drôle cette mésaventure, une historiette mignonne et désuète. Vous vous moquiez de vous-même, riiez de votre sincérité, de votre ingénuité. Vous aussi, disiez-vous, vous aussi, vous aviez été *une indécrottable petite dinde,* autrefois… Je n'étais pas dupe. Un souvenir insupportable. Une blessure à vif. La flèche restait fichée, sinon dans votre cœur, du moins dans votre orgueil… Que vous ayez adoré cet homme à ce point, que vous le détestiez autant, me troublait. Il finissait, lui, par m'intriguer. Je vous observais de loin. Ensemble. Pas trace de la passion qui vous avait unis l'un à l'autre. Vous sembliez l'avoir totalement oubliée tous les deux. Rien ne paraissait d'un lien quelconque. Pas trace non plus de votre colère. Vous vous suspendiez à son bras comme à celui de vos autres invités, vous lui susurriez un mot d'esprit à l'oreille, et vous le lâchiez avec légèreté pour papillonner ailleurs. La souplesse, le charme, l'indifférence incarnés. Je l'observais à son tour. Votre élégance et vos espiègleries lui plaisaient, oui, comme celles de n'importe quelle jolie femme. Pour le reste, vous ne l'intéressiez pas… Indifférent, lui aussi. À cinquante ans, votre beau Ponia était de loin le plus spirituel et le mieux conservé de la bande. Très mince, la taille sanglée dans son frac noir ou sa jaquette rouge de cavalier, il montait à cheval, il chassait, il valsait comme un dieu. Quant à, ses titres et son lignage, ils avaient de quoi titiller votre snobisme. Descendant du roi de Pologne, arrière-petit-fils de Talleyrand, petit-fils de Morny, filleul de Napoléon III, vous égreniez son pedigree toute la journée : il continuait de vous faire rêver… Sans parler de ses amitiés en France avec des artistes tels que Debussy et Mallarmé. Vous restiez fascinée. Je le devenais à mon tour… Je devinais aussi que si *la dinde Sperry* s'obstinait à ne pas céder aux avances des séducteurs que vous lui dépêchiez, vous auriez volontiers mis la main à la pâte vous-même, en la cocufiant publiquement, elle… N'était l'absurdité de vous faire prendre dans un scandale. Et la présence de Thomas Beecham qui se trouvait déjà dans le circuit… Aussi, quand un soir vous m'avez jeté en riant : « Toi, ma chérie, venge-moi… Attrape-le. Coince-le », vous ai-je prise au mot.

— Je n'ai jamais dit cela !

— J'avais quatorze ans, et j'étais si fière de votre confiance. Notre complicité me ravissait.

— … Jamais, jamais, jamais !

— Vous avez même insisté : « Au premier geste déplacé, il est fait. Charme-le. Je m'occupe du reste. »

— En admettant, en admettant que j'aie pu prononcer de telles phrases – ce dont je doute absolument –, c'était une boutade… Une plaisanterie, Nancy. À quatorze ans, tu étais assez fine et tu avais assez de jugeote – en tout cas assez le sens de l'humour – pour le comprendre !

— Et c'est bien ainsi que je l'ai entendu. *Venge-moi* : un petit jeu de société comme ceux que vous inventiez le soir avec vos hôtes. Un divertissement. Un sport.

Depuis le temps que je vous voyais faire, j'en connaissais les règles. Et je savais lire dans les regards de vos amis. J'y voyais que je commençais sérieusement à exister. Et que j'étais devenue assez décorative pour qu'ils recherchent ma compagnie. Même G. M. me couvrait de compliments sur la soudaine éclosion de ma féminité. Quant à votre beau Ponia, il avait évidemment senti qu'il m'attirait. Il était habitué à plaire aux femmes. Il ne doutait pas que je fusse folle amoureuse de lui… Et vous avez parfaitement orchestré sa certitude.

— Tu vas bientôt me dire que le prince Poniatowski t'a violée !

— Non.

— Mais si, mais si. *Miss Nancy, tripotée à quatorze ans par un ami de sa mère… Violentée à cause d'elle, et avec son accord.* Bravo. Superbe. On ne peut guère inventer une accusation plus perverse. Elle explique tout… Les nègres, l'alcool, la drogue, et le reste… Pauvre, pauvre prince Poniatowski, s'il savait à quelles turpitudes tu le mêles !

— Pas lui.

— Ah bon ? *Abusée par* tous *les invités de Nevill Holt*, peut-être ? Ou mieux, beaucoup mieux : par l'élu de Lady Cunard en personne. *Sir Thomas Beecham*, évidemment ! Avec lui, pour le pathos, tu tiens le satyre idéal.

— Pas lui non plus… Un troisième.

— Le sujet est clos.

— Vous en connaissez les moindres chapitres, en effet… Ne faisions-nous pas le point, chaque soir avant vos grands dîners, sur les détails de notre petite intrigue ? Avons-nous bavardé et ri, toutes les deux, devant votre glace ! Je vous racontais mes conversations seule à seul avec le beau Ponia, nos échanges « littéraires » dans vos serres, nos confidences « artistiques » devant vos plantes vertes. Nos galopades en tête à tête dans la campagne, aussi. Loin, si loin, de la chasse de mon père. Nos haltes dans les clairières... Le poisson-Ponia était ferré, sans nul doute possible. Mais le poisson ne tentait rien, ne se permettait rien... D'une courtoisie totale et d'une correction suprême. Pas un mot, pas un geste que vos hôtes, son épouse, ou vous-même n'eussiez pu entendre et voir. Vous commenciez à vous impatienter. Vous l'aviez connu moins lent. Vous-même n'aviez pas dix-sept ans quand il s'était octroyé toutes les libertés, à peine trois de plus que moi. Qu'attendait-il ? La suite de l'histoire, vous l'avez lue dans mon journal. Du moins, les rares bribes supportables... Les quelques allusions que je m'étais permis d'y raconter.

— Assez de délires, Nancy. La plaisanterie n'a que trop duré.

— Ces pages-là, vous les avez arrachées de mon cahier et brûlées, afin que nul ne s'en souvienne. Et que disparaisse à jamais toute trace de ma nuit du 10 août 1910.

— Je ne veux plus rien écouter !

— Quand j'avais tenté de vous en parler – après que vous aviez lu et détruit ces dangereuses confidences –, quand j'ai enfin, enfin trouvé le courage de frapper de nouveau à votre porte, quand j'ai osé revenir dans votre chambre, osé m'asseoir sur votre lit, osé balbutier derrière vous, osé vous avouer dans votre miroir ce qui m'était arrivé, vous dire ce que vous saviez déjà, vous m'avez répondu...

— Rien. Je ne t'ai rien répondu. Et pour cause ! Je n'ai jamais lu ton journal. Et tu n'es jamais venue me parler dans ma chambre, en août 1910… D'ailleurs étais-je encore à Nevill Holt, à la mi-août ? J'en doute ! Je ne recevais jamais au-delà du 15… Tu confonds, Nancy. Tu te trompes. Ou bien tu mens encore.

— Mot pour mot… *Tu confonds, tu te trompes. Tu mens.* Vous m'aviez dit cela mot pour mot, il y a vingt ans ! La façon dont vous m'avez fait taire…

— Te faire taire, toi ? Allons donc, Nancy ! De tout temps, quand tu as eu quelque chose à dire, tu l'as dit. Personne ne saurait t'imposer le silence. Ta mère, moins que quiconque.

— Et cela, cela, cela – votre démenti –, plus encore que l'horreur dont je sortais, *cela* me terrifierait pour longtemps.

— Ta mauvaise foi me stupéfie.

— *Ma* mauvaise foi ? Décidément, vous ne reculerez devant aucune hypocrisie ! Vous pouvez bien nier, *Your Ladyship*, « Nier encore, nier toujours, nier jusqu'à l'échafaud et même après » – selon votre belle philosophie de la vie, de l'adultère et du reste…

— Nier ? Mais nier quoi, ma chérie ? Je dis seulement que tu te fourvoies sur les dates et sur les faits. Sur l'existence, en général. Tu as toujours été très imaginative. Une forme de poésie chez toi – je suppose –, une certaine sorte de littérature qui tord la réalité et la travestit, afin qu'elle coïncide avec ta vision… Quant à cet été 1910, dans mon souvenir, je me trouvais à Bayreuth avec George Moore.

— Votre voyage à Bayreuth, c'était tout à la fin du mois d'août. Et Munich avec G. M., en septembre… Quant à votre Beecham, il se trouvait encore à Nevill Holt le 16 août : sa signature dans le Livre d'or du château le prouve.

— Quelle précision, ma chérie ! Bluffant, ce goût du détail… Bien sûr, bien sûr, je peux toujours me tromper, moi aussi. Ma mémoire n'est pas infaillible, loin de là, contrairement à d'autres. George Moore lui-même me reprochait l'autre jour d'avoir oublié que nous étions allés ensemble sur le lac du Bourget, alors, tu vois… Au fond, qu'importe le lieu, qu'importe le moment ? Je n'ai pas vécu un seul instant de cette sordide histoire que tu m'assènes aujourd'hui. C'est donc ma parole contre la tienne, et voilà tout.

— Justement. Ma parole contre la vôtre. Et jusqu'au bout. Cette fois, *jusqu'au bout*, vous allez l'entendre.

— Bien. Si cela doit te faire plaisir, je t'écoute… Je suis là pour te soulager, ma chérie, pour t'aider. Pour te secourir, même… Autant que possible. Vas-y. Je suis tout ouïe.

— Parmi les prédateurs que vous aviez dépêchés auprès de l'indécrottable Beth Sperry, il y en avait un que l'échec de ses assauts frustrait et rendait fou.

— Si tu parles du meilleur ami de ton père…

— Ne mêlez pas mon père à cette affaire ! Alistair Pebbles, dont nous parlons, était *votre* invité.

— Alistair fut en effet très épris de la princesse Poniatowski, dans sa jeunesse. La chère Beth a beaucoup forci : elle est devenue une dame patronnesse, un peu trop grasse pour mon goût. Mais à l'époque…

— À l'époque, comme aujourd'hui, *The Honorable Alistair Pebbles* était un gros porc. Ses appétits étaient même de notoriété publique : il coinçait les femmes de chambre dans les couloirs. Aucune n'aurait osé s'en plaindre à l'intendante ou à Milady : il siégeait à la Chambre. Pourvu qu'il se contente des bonnes, pourvu que ses lutinages restent ancillaires et cachés, l'Honorable Alistair pouvait bien aimer la chair fraîche : ses vices ne dérangeaient personne.

— Ses vices ? Regardez qui parle. Je te croyais moins prude ! S'il fallait retenir tous les cancans, qui recevrait-on ? … Et toi, ma chérie, où en serais-tu ?

— Au terme de ses chasses sur les terres du prince Poniatowski, l'Honorable avait remarqué mon manège.

— Tout le monde l'avait remarqué. La discrétion n'a jamais été ton fort.

— Vous, qui ne manquez pas un détail de ce qui se trame dans votre salle à manger, vous, vous avez donc *vu* que ce pervers collait son genou contre le mien, à votre dîner d'anniversaire ? Et qu'il m'avait attrapé la main sous la nappe ?

— Vu ? Non… Mais comment aurais-je raté l'incident ? Tu as planté ta fourchette dans sa jambe, avant de te lever de table et de t'enfuir. C'était, en effet, le soir de mon anniversaire.

— Le 3 août. Et vous n'avez pas bougé.

— À la décharge d'Alistair, le scandale de ta conduite envers Poniatowski pouvait lui laisser croire qu'il avait ses chances. Pour ma part, impossible d'intervenir dans l'incident de la fourchette, sans attirer l'attention sur toi, sur ton étrange grossièreté en quittant la pièce… Et

Laura, l'épouse de Pebbles, se trouvait assise en face de moi. Que voulais-tu que je fasse ?

— Vous auriez pu vous inquiéter. En tout cas, vous étonner. Mais vous en étiez au début de votre histoire avec Beecham, et vous ne vouliez surtout pas de complications ! N'avez-vous pas imaginé mon désarroi ? Ni ce que votre hôte pourrait encore me faire ?

— Manifestement, tu savais te défendre.

— La suite a prouvé le contraire. Quand cet homme, au terme d'une semaine d'avances et de harcèlement, est entré la nuit dans ma chambre…

— Tu ne l'avais pas fermée à clé ?

— Je doute que ma porte ait jamais eu de clé.

— Mais tu n'en es pas certaine.

— Oseriez-vous insinuer que j'ai invité Alistair Pebbles à s'introduire chez moi ?

— Je n'ai pas dit cela. Je me demande seulement pourquoi tu n'as pas pris plus de précaution, après ce qui s'était passé sous la table… Celle de pousser le loquet, par exemple. Pour ma part, j'ai toujours verrouillé mes appartements.

— C'est donc de ma faute ?

— Peu importe.

— Comment, « peu importe » ? Votre hôte est entré dans ma chambre, votre hôte m'a sauté dessus pendant que je dormais…

— Nancy, cela suffit !

— Jusqu'au bout, *Your Ladyship*… Il m'a jetée hors du lit. Il m'a prise par les cheveux. Il m'a mise à genoux devant lui. Il m'a plaqué la tête contre son pubis. Il m'a fourré son membre dans la bouche…

— J'ai dit : ça suffit ! Même si ce que tu dis était la vérité, même…

— C'est vrai, *Mother* ! C'est vrai ! c'est vrai !

— Inutile de crier : je te prierais de ne pas élever la voix ici, Gordon pourrait t'entendre… Tu n'as pas été déflorée, c'est ce qui compte. De toute façon, ensuite, il n'y aurait rien eu à faire que ce que nous avons fait.

— Mais vous n'avez rien fait !

— Si. J'ai pardonné. Et j'ai oublié… La seule solution. Ce qui n'est pas exposé pèse peu. Ce qui n'est pas formulé n'existe pas. La seule solution. Je suis bien placée pour le savoir.

— Voulez-vous dire que vous avez traversé, vous aussi…

— Je ne parle pas de moi, ma chérie.

— De qui d'autre… sinon de vous ? Et moi, moi, moi, l'aveugle, la sourde, qui n'avais pas saisi ! Votre « tuteur », le général Carpentier… L'ami de votre maman. Ses bons amis. Ses riches amants. Vos protecteurs à toutes les deux… *Tu n'as pas été déflorée, c'est ce qui compte.* Arriver vierge au mariage. Mais pour le reste, ils exigeaient bien de vous quelques compensations, les amis de votre mère ? Des petits extras auxquels vous avez bien dû vous soumettre… Cette ignominie dont vous avez été la victime, cette ignominie que nous partageons, explique votre refus de m'entendre. Elle explique votre lâcheté à mon égard, elle explique votre désertion, elle explique votre peur, elle excuse tout ! Pour vous, la répétition était insoutenable.

— Quelle ignominie ? La débauche et l'immoralité sont tes terrains de jeux, Nancy. Pas les miens.

— Mais admettez-la, reconnaissez-la ! C'est tout ce que je vous demande… Une reconnaissance.

— Que veux-tu donc que je reconnaisse ?

— Que vous avez éprouvé, au même âge, la même honte.

— J'ignore à quelle honte tu fais allusion.

— Dites que vous comprenez ma terreur, que vous comprenez mon dégoût durant cette nuit d'août 1910. Dites que vous pouvez au moins les deviner. Dites une fois – juste une fois – que vous compatissez… Dites seulement cela : que vous *savez* !

— Je sais surtout que tu dois sortir de ces abominations où tu te complais… Et museler ta colère.

— La clamer, au contraire ! Dénoncer l'horreur… Tout montrer. Tout nommer. Tout dire. La solitude, le mensonge, l'injustice. Les hurler !

— Hurler quoi, Nancy ? Que l'Honorable Alistair Pebbles s'est fait faire une gâterie par l'héritière des paquebots Cunard ?

— Et comment vivrais-je, moi, avec votre silence ?

— Normalement. Tu vis normalement.

— Non, *Mother*, impossible. Votre reniement m'humilie. Votre déni me mine. Ce n'est pas du souvenir d'Alistair Pebbles que je crève. De cette infamie-là, j'aurais peut-être pu me remettre. C'est de vous. De votre refus de ce qui a été, de votre refus de ce qui existe quand la réalité dérange votre confort… De votre dénégation absolue de qui je suis.

— Qui tu es ? Est-ce vraiment si important, Nancy ? Tu ne changeras pas le monde, ma petite. Il a ses lois. La bienséance en est une, la décence une autre. D'autres règles encore, comme le savoir-vivre et la pudeur… Autant t'y soumettre d'un coup, et tout de suite.

— L'obéissance – l'immonde soumission aux règles du *savoir-vivre* que vous prêchez –, c'est la mort.

— La sagesse.

— Je la refuse… Aussi longtemps que vous tairez la vérité, moi, je la crierai.

— *Toi, toi, toi.* Tu pourrais faire preuve d'un peu moins d'égocentrisme et d'un peu plus d'empathie, Nancy. T'es-tu jamais demandé comment je vivais, moi, avec tes frasques et tes excès ? Le mal que tu te fais à toi-même, je l'éprouve au plus profond : je souffre de ton désespoir, ma chérie.

— Éprouver ? Souffrir ? Vous avez même réussi à vider vos paroles de leur sens ! Vous n'avez plus de mots, *Your Ladyship*, vous n'avez plus de sentiments, vous n'avez plus d'âme. C'est fini. Il n'y a plus rien à tenter entre nous. C'est fini.

— Qu'est-ce donc qui est fini, ma chérie ? Notre relation ? Tu sais bien que l'amour maternel ne peut s'effacer.

— Faux… Je combattrai votre néant aussi longtemps que je le pourrai.

— Libre à toi, ma chérie. Mais je t'aurai prévenue : ta rage te tuera.

2

VERDICT

Le Puits Carré, juin 1948.

L'odeur du vin rouge et de la cendre froide flotte dans la chambre. Les bouteilles sont vides. Et les mégots, consumés.

Le fauteuil de Nancy ne bouge plus. Au terme de cette nuit blanche peuplée de fantômes, elle a dû s'assoupir quelques instants. Le réveil est pâteux. Moins pénible, toutefois, que le cauchemar dont elle sort.

Elle s'est vue en rêve, à dix ou douze ans. Elle a les cheveux longs, retenus par un nœud dans le dos. Elle se tient debout dans la salle d'audience d'un tribunal, à côté de *Her Ladyship* qui porte un grand chapeau, des gants, une ombrelle, comme à Nevill Holt.

Au banc des accusés, toutes les deux. Une silhouette rouge se dresse devant elles : une femme juge dont le visage disparaît sous les boucles blanches d'une perruque. Elle prononce un verdict : « Coupable. *Her Ladyship*, coupable à l'unanimité. L'autre, la petite… Libérée. »

Bizarrement, *la petite* n'en ressent aucune joie. Une grande douleur, au contraire. Un coup de poignard en plein cœur.

On empoigne *Her Ladyship*. Elle perd son chapeau. Elle se débat. Elle crie. *La petite* tente de la retenir. Elle s'agrippe à sa main, à sa robe, à l'ombrelle. En vain. On traîne *Her Ladyship* loin d'elle… On la lui arrache.

Condamnée à cause d'elle.

*

L'aube s'est levée. Par la cheminée, la lueur du jour envahit l'âtre, gagne les tomettes, atteint les valises et les quelques cartons : la pile du déménagement amoncelée dans un coin.

La lumière baigne jusqu'à la silhouette de Nancy, crispée dans son fauteuil. Le rayon du matin pâlit et creuse encore son petit visage, lustrant sa peau d'un reflet blême, inondant ses paupières closes. L'absence de regard, qui la prive de vie, n'ôte rien à son expression de souffrance. Elle semble dévorée de l'intérieur.

Elle garde les yeux fermés. Elle ne parvient toujours pas à s'extraire de cette vision : *Her Ladyship* en larmes. *Her Ladyship* échevelée, la bouche pleine de sang. *Her Ladyship* qui hurle, et qu'on emmène.

Le sentiment de sa faute, qui l'habitait en songe, continue de la hanter.

*

Au diable, *Her Ladyship* !

Nancy a sauté sur ses pieds.

Réveiller Diana et plier bagage.

Rassembler les paquets, charger la voiture. Et fuir à jamais le Puits Carré. Hors de question d'attendre l'arrivée des nouveaux propriétaires.

*

Diana démarre déjà, quand Nancy l'arrête.

— Une seconde ! J'ai oublié de leur laisser la clé dans la boîte aux lettres.

— Les portes sont ouvertes.

— J'ai oublié…

Nancy a claqué la portière. Mais elle ne s'arrête pas à la boîte. Elle court vers la maison, traverse l'enfilade des pièces qui conduisent à sa chambre, fonce sur la cheminée, ramasse dans l'âtre le carré de vélin blanc taché de cendres. La lettre de sa mère.

Si Maud est aussi malade que Diana le dit, si Maud se trouve au seuil de la mort, elle tente certainement de lui parler. Enfin ! Quels aveux, quels remords, au bout du compte ? Quel échange ?

Un espoir fou l'a saisie. Qui sait ce que *Her Ladyship* cherche à lui dire ? Comment la condamner sans l'entendre ?

D'un doigt nerveux, Nancy a décacheté l'enveloppe. Elle déplie les feuillets. Ils sont pliés en quatre. La première page est blanche. La deuxième, la troisième aussi.

Recto, verso. Elle a beau les retourner dans tous les sens… Rien. Pas un mot, pas même une signature.

Trois feuillets, pour faire du volume.

Trois feuillets, totalement vierges… À l'exception de deux anglaises en relief, la gravure d'un E et d'un C qui s'entrelacent dans une couronne de baron. Le monogramme doré de Lady Emerald Cunard.

*

— Alors, que t'écrit-elle ? demande Diana en voyant Nancy revenir à pas lents, l'enveloppe à la main.

— Devine.

— Qu'elle pense à toi.

— Exact.

— Tu vois, Nancy… En ces heures qui te sont si pénibles, ta mère compatit !

— Je vois que *Her Ladyship* se rappelle à mon bon souvenir, en effet. Qu'elle ne lâche pas prise. Qu'elle aura toujours le dernier mot… Ou la dernière ellipse… J'entends que même le silence, même le vide, même le néant lui appartiennent.

EN GUISE DE POST-SCRIPTUM

Que sont mes amis devenus ?

Lady Cunard

Maud s'éteindra un mois plus tard, le 10 juillet 1948, à six heures du soir, dans sa suite de l'hôtel Dorchester… Non sans avoir murmuré le mot « champagne ». Mary Gordon s'apprête à lui verser une goutte de Dom Pérignon dans une petite cuillère. Lady Cunard parvient à articuler : « Non, pour vous… Ouvrez une bouteille de champagne pour l'infirmière et pour vous, ma chère. » Ce seront ses dernières paroles.

Elle avait soixante et onze ans.

C'est du moins ce qu'elle déclare dans son éloge funèbre, le petit texte préparé par ses soins en vue de ses obsèques. À la vérité, elle se rajeunit encore de cinq ans.

Après s'être séparée du Puits Carré, Nancy voyage à pied dans les Pyrénées. Les messages lui annonçant la disparition de sa mère la suivent de village en village. Quand ils finissent par la rejoindre, elle choisit de ne pas se déplacer à Londres.

Elle n'assistera pas aux funérailles. Ni à l'incinération que Lady Cunard avait demandée dans son testament. Ni même à la cérémonie – secrète et illégale – que les amis de Maud-Emerald concoctent en son honneur. Une *private joke* qui lui ressemble… Où disperser les cendres de cette grande mondaine qui détestait tant la campagne, sinon au cœur de Londres, dans le quartier le plus chic et le plus snob ? Dans le parc de Grosvenor Square, en face de l'immeuble où elle avait reçu l'élite et conservé ses splendides collections.

Au grand dam des autorités anglaises, les fleurs que ses admirateurs y déposeront ensuite rappelleront la présence de Lady Cunard sur les grilles et l'asphalte de Mayfair, durant de longues années.

Si elle n'a pas totalement déshérité Nancy, Maud ne lui lègue qu'un tiers de ses biens. Le reste ira, comme prévu, à son dernier soupirant et à Diana Cooper. Un héritage qui ne permet à personne de mener grand train.

Depuis dix-sept ans, date de leur affrontement autour d'Henry Crowder, la mère et la fille ne se sont pas revues. Et la pension de Nancy a été drastiquement réduite. Elle considère donc les miettes de la fortune maternelle comme son dû, et les accepte sans balancer.

Nancy Cunard

Si elle a cru que la disparition de *Her Ladyship* la libérerait, Nancy se fourvoie. Elle est loin d'en avoir fini avec son fantôme.

L'Angleterre continue de lui reprocher *Black Man* et ne lui pardonnera pas la vente publique des meubles Louis XV de Lady Cunard. Mary Gordon refusera même de la saluer.

Nancy utilisera son legs pour acquérir une autre maison. Une ferme très modeste, perdue dans la campagne du Lot, à Lamothe-Fénelon, berceau de sa famille française.

Elle y noue de nouvelles liaisons et de nouvelles amitiés, sans cesser de voyager sur tous les continents. « Aussi longtemps qu'il existera des trains, je les prendrai. » Sa vie reste une fuite en avant, une course éperdue vers l'Ailleurs.

Elle défendra avec acharnement les humiliés, les offensés, tous les opprimés de la terre. Elle poursuivra sa quête de justice jusqu'au bout, revendiquant dans ses écrits l'égalité des droits pour les Noirs et s'insurgeant contre toutes les guerres.

Elle ne reverra jamais Henry Crowder, rentré chez sa femme aux États-Unis. Elle apprendra sa mort en 1955, après avoir fait des recherches à Washington. Il était devenu employé des douanes… Pour Henry Crowder, l'époque du jazz et des boîtes de nuit était révolue depuis longtemps.

Elle reste en revanche très liée à Diana Cooper, et proche de ses amis de jeunesse. Même si elle ne les voit que rarement, elle ne cesse jamais de penser à eux. Où que Nancy se trouve dans le monde, elle leur enverra des cartes postales. Ses petits mots arriveront avec retard… Mais, fidèles, ils arriveront toujours. Ils continueront même de parvenir à leurs destinataires longtemps après sa disparition.

En 1960, à l'âge de soixante-quatre ans, elle est arrêtée à Londres en état d'ébriété, et internée dans un hôpital psychiatrique. L'expertise médicale la déclare atteinte de démence éthylique.

Je suis enfermée ici sur l'ordre du ministère de l'Intérieur, qui agit en liaison avec les États-Unis, écrit-elle à ses proches. *Cela remonte, j'imagine, à ma publication de* Negro *et à mes articles sur la guerre d'Espagne.* Elle poursuit : *L'alcool n'a rien à faire ici. En revanche, le fascisme y est pour beaucoup. Maudite soit l'Espagne de Franco !*

L'homme qui vole à son secours n'est autre que Louis Aragon, alors rédacteur en chef des *Lettres françaises*. Il ameute l'opinion et publie, à la une, le 21 juillet 1960 :

Elle avait à porter le poids d'un nom sur tous les murs du monde. Elle s'était échappée de la société anglaise, comme Alice à travers le miroir. (...) Or voici que nous parvient la nouvelle que, dans des conditions pour nous obscures, Nancy Cunard a été internée et certified insane. *(...)*

Trop de poètes, de grands esprits, ont disparu ainsi. (...) Il faut dire que dans le cas de Nancy Cunard, l'internement tombe un peu trop bien, donnant un sens à une vie gênante pour les idées reçues, gênante pour le confort d'esprit d'une société qui se rassure aujourd'hui à penser que tout cela, au bout du compte, relevait de la psychiatrie. (...)

Libérée, Nancy continuera de boire et de dépérir dans un désespoir de plus en plus profond.

Elle mourra d'inanition cinq ans plus tard, dans l'anonymat de la salle commune de l'hôpital Cochin. C'était le 16 mars 1965. Elle avait soixante-neuf ans.

Son corps s'était consumé dans une longue bataille contre l'injustice en ce monde, écrira Neruda. *Elle n'en avait reçu d'autre récompense qu'une vie chaque fois plus solitaire, et une mort dans l'abandon.*

Aragon, pour sa part, apprendra la nouvelle le lendemain, mais ne se rendra ni à l'hôpital, où elle l'avait plusieurs fois réclamé, ni au service funèbre à l'ambassade britannique. Il dîne le 17 au soir avec François Nourissier et Elsa Triolet au Stella, avenue Victor-Hugo. Il paraît tendu. Interrogé sur les raisons de son état, il se reproche de n'avoir pas répondu à l'appel de son ancienne passion : « J'aurais dû y aller, je ne l'ai pas fait, j'aurais pu. » Elsa explique : « On parle toujours des poèmes que Louis a écrits pour moi, mais les plus beaux étaient pour Nancy. »

La presse annonce le décès de Miss Cunard en termes brefs, insistant sur la rupture avec sa mère, la création de sa maison d'édition *Hours Press*, et son dévouement à la cause des Noirs.

Son corps est incinéré au cimetière du Père-Lachaise, et ses cendres déposées, sans plaque, dans l'urne 9016 de la crypte du colombarium.

Trois ans plus tard, en 1968, ses amis feront graver une inscription à son nom, qu'ils scelleront au Père-Lachaise lors d'une petite cérémonie. Aragon n'appartient pas au groupe des donateurs. À la requête d'un universitaire américain, le professeur Hugh Ford, qui cherche à rassembler des témoignages sur la vie de Nancy Cunard, il répond :

J'ai essayé plus d'une fois d'écrire sur Nancy, et je n'ai jamais réussi. Me souvenir des jours anciens et des vieux amis, vivants ou morts, est simplement au-dessus de mes forces. (...) J'ai trop à dire et trop à cacher. (...) Je vous prie de comprendre que je ne peux pas mentir, et que tout ce que j'écrirais sonnerait à mes oreilles comme des mensonges. (...) J'espère que votre livre sera, sans moi, ce que Nan aurait voulu.

Le Puits Carré

La maison et ses dépendances, que Nancy Cunard avait aménagées avec Aragon, connaîtront le même destin tragique que sa propriétaire.

Le couple de Parisiens qui s'y installe en 1948 avouera que l'endroit dégageait une atmosphère pesante. Ils n'iront pas jusqu'à dire que les lieux sont hantés. Mais ils s'en débarrasseront rapidement.

Les raisons qui pousseront les propriétaires suivants à fuir le Puits Carré, dans les années 1970, en y abandonnant toutes leurs affaires, les jouets d'enfants, le linge dans la machine à laver, la nourriture dans le réfrigérateur, demeurent mystérieuses.

Mystérieux aussi les auteurs du graffiti NEGRO sur la hotte de la cheminée dans la chambre de Nancy, et tous les *tags* que j'y ai vus lors de ma visite en 2006.

Mystérieux, encore, le « court-circuit » qui se déclare peu après mon passage, et l'incendie qui en résulte.

Mystérieuse, enfin, la chute des deux tilleuls, qui s'abattent sur le reste du bâtiment, crevant le toit et achevant le massacre.

Quand je retournerai au Puits Carré en juin 2017, le carnage sera total, la destruction du monde de Nancy, absolue.

Pitié, terreur : les sentiments que suscite en moi le spectacle de ces arbres foudroyés, de ces tuiles arrachées me submergent.

Au fond, Nancy n'avait pas une chance. Comment eût-elle pu s'en tirer ? Prise au piège d'une mère qu'elle dérangeait dès sa naissance, d'un milieu, d'un monde, d'un siècle qu'elle devançait... Elle n'a eu qu'à laisser faire le destin pour que s'accomplisse le massacre. Je songe à la tirade d'Anouilh dans son *Antigone* : la mort, la trahison, le désespoir étaient là, tout prêts, *et les éclats, et les orages, et les silences, tous les silences.*

La tragédie s'est contentée de terminer son œuvre, en rasant jusqu'aux lieux que Nancy avait aimés.

Alors que j'arpente, catastrophée, les ruines de sa vie, je ressens la force de sa présence. Là, parmi les cendres de sa maison et les souches de son jardin, son âme brûle encore. L'ardeur de ses rêves de liberté, l'ardeur de son exigence de justice, la flamme de ses colères, la fureur de ses amours : le feu est partout, et Nancy continue de flamber.

Porte-parole et précurseur de toutes les grandes causes d'aujourd'hui, elle éclaire le présent comme un phare.

Dans l'herbe, sous la semelle de mes bottes, de fins débris crissent et craquent. Les ultimes vestiges de ses bracelets d'ivoire ? Je me penche avec avidité pour en recueillir un éclat.

Un os de lapin, ou d'un animal quelconque, s'effrite entre mes doigts.

Rien, il ne reste rien. Sinon, peut-être, le plus important : le souvenir des combats de Nancy Cunard qui me redonne, un instant, foi en la dignité humaine.

Le Puits Carré, tel que je l'ai vu le 30 juin 2017

Le portail.

Vue d'ensemble avec la chambre de Nancy et sa cheminée, consumées par le feu en 2006. Puis, quelques années plus tard, achevées par la chute des tilleuls qui entouraient le puits.

Le puits : ce qu'il en reste.

En visitant l'intérieur de la maison…

L'ancienne cuisine, mitoyenne de la salle à manger
qui conduisait à la chambre de Nancy.

Ce qui pourrait demeurer de la dernière nuit de Nancy
dans sa chambre au Puits Carré en 1948 : une bouteille de vin,
vide mais intacte.

L'irréparable.

Bibliographie

Si Maud-Emerald ne nous a pas laissé de témoignages écrits sur son enfance, ni rien de personnel concernant ses amours ou ses sentiments, Nancy a superbement évoqué ses relations avec sa mère dans les livres qu'elle a consacrés aux écrivains qu'elle admirait et qu'elle aimait. Je voudrais notamment signaler au lecteur son *GM : Memories of George Moore*, qu'elle publie en 1956. Et *These Were the Hours : Memories of My Hours Press,* paru en 1969, après sa mort. Deux monuments.

Henry Crowder, pour sa part, a raconté son aventure avec Nancy Cunard dans un livre coécrit avec le journaliste Hugo Speck, qui le lui avait commandé en 1935 : *As Wonderful As All That ?* Redoutant la vindicte de Lady Cunard qui était encore vivante et pouvait leur intenter un procès, les deux auteurs en reculèrent la publication. Le livre ne paraîtra finalement qu'après leur mort à tous, en 1987. À chaque fois que je l'ai pu, j'ai laissé Henry Crowder parler de sa difficile expérience, avec ses mots.

Quant à Diana Cooper, ses lettres, ses journaux intimes et ses autobiographies – notamment *The Rainbow Comes and Goes* ; *The Lights of Common Day* ; *Trumpets from the Steep* – restituent de manière magistrale l'atmosphère de sa jeunesse dans l'aristocratie anglaise, et les méandres de sa double affection pour Maud et Nancy.

Je tiens à témoigner ici mon respect et mon admiration pour Daphne Fielding, qui écrivit la première biographie de Maud : *Emerald and Nancy : Lady Cunard and Her Daughter* ; et pour les biographes de Nancy Cunard dont les ouvrages ne m'ont pas quitté durant les dix dernières années. Leur travail reste des chefs-d'œuvre de précision et d'empathie. Notamment le livre précurseur de Hugh Ford, *Nancy Cunard : Brave Poet, Indomitable Rebel*, qui rassemble mille témoignages sur les mille facettes de Nancy. De ces témoignages sont tirés les extraits signés par Georges Sadoul et Solita Soledano, que je cite dans mon premier chapitre.

Enfin, qu'il me soit permis de saluer ici le chef-d'œuvre d'Anne Chisholm, *Nancy Cunard : A Biography*, en 1979, traduit en France aux éditions Olivier Orban en 1980.

ADLINGTON, Richard, *Ci-gît Constance*, Actes Sud, Arles, 1991.

ARAGON, *Le Crève-cœur, le Nouveau Crève-cœur*, Gallimard, Paris, 1948.

— *Le Roman inachevé*, Gallimard, Paris, 1956.

— *Blanche ou l'Oubli*, Gallimard, Paris, 1967.

— *Pour expliquer ce que j'étais*, Gallimard, Paris, 1989.

— *Lettres à Denise*, présentées par Pierre Daix, Maurice Nadeau, Paris, 1994.

— *Papiers inédits, De Dada au surréalisme (1917-1931)*, Gallimard, Paris, 2000.

— *Aragon parle avec Dominique Arban*, Seghers, Paris, 1968.

ARLEN, Michael, *The Green Hat*, Grosset and Dunlap Publishers, New York, 1924.

L'Atlantique noir de Nancy Cunard, Catalogue d'exposition, Musée du Quai Branly, Gradhiva, Paris, 2014.

Bakst. Des Ballets russes à la haute couture, Catalogue d'exposition, Albin Michel et Bibliothèque nationale de France, Paris, 2017.

BEECHAM, Sir Thomas, *Beecham Stories*, compiled by Harold Atkins and Archie Newman, Robson Books, Londres, 1978.

Bibliographie

BENNASSAR, Bartolomé, *La Guerre d'Espagne et ses lendemains*, Perrin, Paris, 2004.

BENSTOCK, Shari, *Women of the Left Bank, Paris, 1900-1940*, University of Texas Press, Austin, 1986.

BLACKWOOD, Alan, *Sir Thomas Beecham. The Man and the Music*, Ebury Press, Londres, 1994.

BOWEN, Elizabeth, *La Chaleur du jour*, Rivages poche, Paris, 2005.

BOYLE, Kay et MCALMON, Robert, *Being Geniuses Together. A Binocular View of Paris in the '20s*, Doubleday & Co, New York, 1968.

BUOT, François, *Nancy Cunard*, Pauvert, Paris, 2008.

CALDER, Angus, *The People's War : Britain 1939-45*, Granada, Londres, 1971.

CHISHOLM, Anne, *Nancy Cunard : A Biography*, Alfred A. Knopf Inc., New York, 1979.

COOPER, Diana, *Autobiography*, Carroll and Graff Publisher, New York, 1985.

— *Darling Monster*, edited by John Julius Norwich, Chatto and Windus, Londres, 2013.

COOPER, Duff Alfred, *A Durable Fire. The Letters of Duff and Diana Cooper, 1913-1950*, edited by Arthemis Cooper, William Collins Sons & Co, Londres, 1983.

— *The Duff Coopers Diaries*, edited by John Julius Norwich, Weidenfeld and Nicolson, 2005.

COOPER, Duff Alfred et Diana, et VILMORIN Louise de, *Correspondance à trois*, Le Promeneur, Paris, 2008.

CROWDER, Henry, *Henry-Music*, Hours Press, Paris, 1930.

— *As Wonderful As All That ? Henry Crowder's Memoir of His Affair with Nancy Cunard, 1928-1935*, Wild Trees Press, Navarro, 1987.

CUNARD, Nancy, *Wheels : An Anthology of Verse*, Longmans, Green & Co, New York, 1916.

— *Outlaws*, Elkin Mathews, Londres, 1921.

— « At Les Baux », *The Observer*, 1921.

— « I am Not One for Expression », *The New Statesman*, XX, 16 décembre 1922.

— *Sublunary*, Hodder and Stoughton, Londres, 1923.

— *Parallax*, Hogarth Press, Londres, 1925.

— *Black Man and White Ladyship : An Anniversary, polemic pamphlet*, The Utopia Press, Londres, 1931.

— « Black Man and White Ladyship », *The New Review*, II, avril 1932.

— *Negro Anthology*, Wishart & Co, Londres, 1934.

— *Authors Take Sides on the Spanish War*, Left Review, Londres, 1937.

— *Los poetas del mundo defienden al pueblo español*, éd. Pablo Neruda, Paris, 1937.

— « Three Negro Poets », *Left Review*, III, octobre 1937.

— « Yes, It Is Spain », *Life and Letters Today*, XIX, septembre 1938.

— « To Eat Today », *New Statesman and Nation*, XVI, 1er octobre 1938.

— « In Spain It Is Here », *Voice of Spain*, 1938.

— « The Refugees from Perpignan », *Manchester Guardian*, 8 février 1938.

— « The Soldiers Leave Their Battlefield Behind », *Manchester Guardian*, 9 février 1938.

— « At a Refugee Camp », *Manchester Guardian*, 10 février 1938.

— *The White Man's Duty*, avec George Padmore, Hurricane Books, Londres, 1942.

— « October Saturday Night in the White Lion », *New Times*, 26 décembre 1942.

— *Man-Ship-Tank-Gun-Plane*, New Books, Londres, 1944.

— *Poems for France*, La France libre, Londres, 1944 ; éd. française, Pierre Seghers, Paris, 1947.

— « Letter from Paris », *Horizon*, XI, juin 1945.

— « A Message from Southwest France », *Our Time*, 5 août 1945.

— *Nous gens d'Espagne*, Imprimerie Labau, Perpignan, 1949.

— « News from South America », *Horizon*, XX, juillet 1949.

— « Decade of Exile », *Arena*, février 1950.

— « Impressions of Italy » et « The Watergate Theatre », *Life and Letters*, n° 65, juin 1950.

— *Grand Man : Memories of Norman Douglas*, Secker and Warburg, Londres, 1954.

— *GM : Memories of George Moore*, Rupert Hart-Davis, Londres, 1956.

— « The Hours Press », *The Book Collector*, XIII, hiver 1964.

— *These Were the Hours : Memories of My Hours Press, Réanville and Paris, 1928-1931*, Southern Illinois University Press, Carbondale, 1969.

— *Poems. From the Bodleian Library*, Trent Editions, 2005.

— *Ethiopia Betrayed – Imperialism, how long ?*, inédit, 1936.

— *Psalm of the Palms and Sonnets*, inédit, La Havane, 1941.

— *Sonnets on Spain*, inédit, 1958.

— *Visions Experienced by the Bards of the Middle Ages*, inédit, 1963-1965.

— Collaborations à l'Associated Negro Press, Chicago, *Regards*, Paris, *New Times*, Londres, *Voices of Spain*, Londres, *Spanish News Letters*, Londres, *Spain at War*, Londres, 1936-1940.

DAIX, Pierre, *Aragon*, Tallandier, Paris, 1975.

DESANTI, Dominique, *Elsa-Aragon. Le couple ambigu*, Belfond, Paris, 1994.

DOUGLAS, Ann, *Terrible Honesty. Mongrel Manhattan in the 1920s*, Farrar, Strauss and Giroux, New York, 1995.

DUCHAMP, Marcel, *Duchamp du Signe*, Flammarion, Paris, 1994.

DUPONT-SAGORIN, Monique, *Aragon parmi nous*, Éditions Cercle d'Art, Paris, 1997.

ENTHOVEN, Jean-Paul, *La Dernière Femme*, Grasset, Paris, 2006.

EVANS, Sîan, *Queen Bees*, John Murray Press, Londres, 2017.

FEIGEL, Lara, *The Love-Charm of Bombs. Restless Lives in the Second World War*, Bloomsbury Press, New York, 2013.

FIELDING, Daphne Vivian, *Emerald and Nancy : Lady Cunard and Her Daughter*, Eyre and Spottiswoode, Londres, 1968.

— *The Rainbow Picnic*, Eyre Methuen Ldt., Londres, 1974.

FLANNER, Janet, *Paris Was Yesterday, 1925-1939*, Virago, Londres, 2003.

FORD, Hugh, *Nancy Cunard : Brave Poet, Indomitable Rebel, 1896-1965*, Chilton Book Company, Philadelphie, 1968.

FOREST, Philippe, *Aragon*, Gallimard, Paris, 2015.

FRAZIER, Adrian, *George Moore, 1852-1933*, Yale University Press, New Heaven, 2000.

Gisèle Freund, L'Œil frontière, Paris 1933-1940, Catalogue d'exposition, musée du Grand-Palais, Paris, 2011.

GLASSCO, John, *Mémoires de Montparnasse*, Viviane Hamy, Paris, 2010.

GORDON, Lois, *Nancy Cunard : Heiress, Muse, Political Idealist*, Columbia University Press, New York, 2007.

HALL, Carolyn, *The Twenties in Vogue*, Harmony Books, New York, 1983.

HEMINGWAY, Ernest, *Mort dans l'après-midi*, Gallimard, Paris, 1938.

HEWISON, Robert, *Under Siege. Literary Life In London, 1939-45*, Weidenfeld and Nicolson, Londres, 1977.

HUXLEY, Aldous, *Crome Yellow*, Chatto and Windus, Londres, 1921.

— *Antic Hay*, Chatto & Windus, Londres, 1923.

— *Those Barren Leaves*, Chatto and Windus, Londres, 1925.

— *Point Counter Point*, Chatto and Windus, Londres, 1928.

— *Brave New World*, Chatto and Windus, Londres, 1932.

JEFFERSON, Alan, *Sir Thomas Beecham. A Centenary Tribute*, Macdonald and Jane's, Londres, 1979.

KOCH, Stephen, *Adieu à l'amitié. Hemingway, Dos Passos et la guerre d'Espagne*, Grasset, Paris, 2005.

LAMBRON, Marc, *L'Œil du silence*, Flammarion, Paris, 1993.

LANCASTER, Marie-Jacqueline, *Brian Howard : The Story of a Failure*, Blond, Londres, 1968

LOTTMAN, Herbert R., *Man Ray's Montparnasse*, Harry N. Abrams, Inc., Publishers, New York, 2001.

LOUVENCOURT, Guillaume de, *Des princes dans l'Aisne*, Atramenta, Finlande, 2015.

MARCUS, Jane, *Hearts of Darkness. White Women Write Race*, Rutgers University Press, New Brunswick, 2004.

MASPERO, François, *L'Ombre d'une photographe. Gerda Taro*, Seuil, Paris, 2006.

MOORE, George, *Letters to Lady Cunard, 1895-1933*, Rupert Hart-Davis, Londres, 1957.

— *Memoirs of My Dead Life*, William Heinemann, Londres, 1928.

NERUDA, Pablo, *Tercer libro de las odas*, Editorial Losada S.A., Buenos Aires, 1957.

— *J'avoue que j'ai vécu*, Gallimard, Paris, 1975.

NICHOLSON, Virginia, *Among the Bohemians. Experiments in Living, 1900-1939*, HarperCollins Publishers, New York, 2002.

NICOLSON, Juliet, *Mères, filles, sept générations*, Christian Bourgois Éditeur, Paris, 2017.

SAINT PERN, Dominique de, *Les Amants du Soleil Noir. Harry et Caresse Crosby*, Grasset, Paris, 2005.

SCHABER, Irme, *Gerda Taro. Une photographe révolutionnaire dans la guerre d'Espagne*, Éditions du Rocher, Paris, 2006.

SIMONNOT, Maud, *La Nuit pour adresse*, Gallimard, Paris, 2017.

TEITELBOIM, Volodia et CANSECO-JEREZ, Alejandro, *Pablo Neruda en noir et blanc (Images d'une vie et d'une œuvre)*, Somogy éditions d'art, Paris, 2004.

WEISS, Andrea, *Paris Was a Woman : Portraits from the Left Bank*, Rivers Oram Press/Pandora List, Londres, 1995.

WILLIAMS, William Carlos, *The Autobiography of William Carlos Williams*, New Directions Publishing, New York, 1967.

ZIEGLER Philip, *The Biography of Lady Diana Cooper*, Faber and Faber, Londres, 2011.

Remerciements

Plus encore que pour mes autres livres, mon obsession de Maud et Nancy Cunard – un projet d'écriture que j'ai porté en moi pendant près de quatorze ans – a requis de mes proches une force d'âme et une patience dont je ne leur saurai jamais assez gré.

Je tiens à rendre grâce ici à mes amis si fidèles, que j'ai tourmentés avec mes questions et mes doutes à tous les stades de cette aventure : mes censeurs de toujours, dont les réactions me sont si précieuses. Delphine Borione, Brigitte Defives, Carole Hardoüin, Frédérique et Michel Hochmann, Vincent Jolivet, et Martine Zaugg. Leurs critiques – ou leurs encouragements – requièrent de leur part une intégrité totale, qui force à chaque fois ma reconnaissance et mon admiration.

Comment exprimer ma gratitude à Catherine Bernard qui s'est trouvée un beau matin embarquée pour une virée au Puits Carré – alors qu'elle comptait visiter tranquillement la Normandie –, avant de devoir s'enfermer dans un café toute une journée, pour lire la première version du manuscrit ? À Frédérique Brizzi et Jean-Yves Barillec qui m'ont, eux aussi, suivie au fil des ans sur les traces de Nancy, lors de plongées quelquefois inquiétantes au plus profond de son univers ? Et à Francine van Hertsen qui a bouclé la boucle en m'aidant de ses judicieux conseils, à la veille même des épreuves ?

Avec toute ma colère

Que Danielle Guigonis et Cécile Nielly, qui m'ont portée à bout de bras durant tout le temps de l'écriture de ce livre, soient remerciées de leur dévouement et de leur magnifique efficacité. Merci aussi à Rosie Yangson qui m'a constamment entourée. Et à mes parents, Aliette et Dominique Lapierre.

Que Frank Auboyneau et notre fille Garance qui partagent, supportent et soutiennent mes passions depuis tant d'années, ainsi que mon gendre Leonardo Ferrario, soient tous trois remerciés de leur amour.

Enfin que toute l'équipe éditoriale des Éditions Flammarion, et notamment Anavril Wollman, sache tout ce que ce livre leur doit. Et qu'à Teresa Cremisi soit dit que son amitié fut probablement l'une de mes rencontres les plus intenses de ces dernières années… Et les plus chaleureuses.

Crédits photographiques

Table des matières

Livre troisième
HISTOIRE DE MAUD
Portraits croisés

Livre quatrième
AVANT ME SUBMERGE
COMME UNE VAGUE IMMENSE

Livre cinquième
L'AFFRONTEMENT

EN GUISE DE POST-SCRIPTUM

Cet ouvrage a été mis en pages par

<pixellence>

Achevé d'imprimer en février 2018
sur les presses de Normandie Roto Impression s.a.s.
61250 Lonrai
N° d'impression : 1800154
N° d'édition : L.01ELIN000365.N001
Dépôt légal : mars 2018

Imprimé en France